中公文庫

アリバイ奪取

笹沢左保ミステリ短篇選

笹沢左保
日下三蔵編

中央公論新社

目次

伝言 7
殺してやりたい 52
十五年は長すぎる 91
お嫁にゆけない 122
第三の被害者 153
不安な証言 202
鏡のない部屋 253
アリバイ奪取 289
編者解説 日下三蔵 349

アリバイ奪取

笹沢左保ミステリ短篇選

伝言

1

大規模な企業形態への発展にともなって、日本でも数年前から「事務の機械化《オートメイション》」がクローズアップされてきた。「事務」と云うものは本来、人間が机の上で処理をしたものだった。頭脳を必要としたからだ。ところが人間の頭脳に、とって代る機械が続々と完成されて、その上人間よりも正確に、早く、休まずに「事務」を片附けるのだから、機械文明の進歩は恐ろしいくらいのものである。

私の勤務する、太平生命保険の東京本社でもいち早く、この機械化をとり入れた。何しろ機械は、賃上げを要求しないし、人間の数百倍の能率を発揮するのだから、こんな便利なものはないだろう。社内のいたる処に、電子管式計算穿孔機だとか、読取再製機だとか、電子管式分類機だとか、多くの精密機械が据えつけられていた。これらの機械が数年前まで私達社員の事務であった、保険料金経理、増減日計表、貸借対照表、給与計算、などを考えられないような正確さとスピードをもって処理するのである。しかし、それを操作する人間にしてみれば、針一本の狂いがあっても承知しない機械であり、針一本といえども非常に高価な機械を相手にするのは、まったくやりきれない精神労働であった。

おまけに私達の生活は単調そのものであった。だいたいサラリーマンと云うものは、臆病で気力のない、批評眼ばかり発達した怠けものになり勝ちである。自分に直接影響がない事には知らん顔のくせに、蔭に廻って他人の行動に干渉したがる姑《しゅうとめ》根性がある。表面は無意味な話を交すことで旧来の知己を装いながら、実は互いに電車の車掌以上の繋りも感じていない。だから、同僚の財政状態や社内の男女のスキャンダルに尾鰭《おひれ》をつけた無責任な噂話をして、それを刺戟剤としているのだ。

それだけに、事業部の芝野監査課長が、熱海にある社の保養所「望海寮」で、素裸の死体となって発見されたと云う知らせが社内に伝えられた時の騒ぎは大変なものであった。まして、私の勤務する監査課では、猟奇的な課長の変死に、仕事は一時ストップする有様だった。

「笹木君、課長は、望海寮の離れの風呂の中で死んでいたのだそうですよ」

と同僚の米原が囁くように私に言った。

「死んだのはいつですか？」

「昨夜だそうです」

　と言ってから、米原は突然、

「僕達、昨夜、新橋でコーヒーを飲みましたっけね」

　私は米原がなぜそんな事を言うのかわからなかった。確かに昨日四時に社がひけると、私と米原は隣の係の楠木美保を誘って、新橋の行きつけの喫茶店「マルボオ」へ行ったが、それが芝野課長の死となんの関係があるのだろう。

「笹木君、僕達も調べられますかねえ」

「警察にですか？」

「ええ」

　米原の強度の近視眼が、レンズの奥で怯えていた。この男は悪い事をしなくても警察が余程恐ろしいのだと思いながら、

「さあね。新橋でコーヒーを飲んだと言って別に調べられることはないでしょう」

「でも、僕は気になるんですよ」

「何がですか」

「楠木さん、今日出勤していないでしょう」

成程、昨夜マルボオへ一緒に行った楠木美保の姿は見えなかった。

「さっき庶務へ行ってきいたら、彼女の休暇届はちゃんと出てましたけど」

「それなら気にする事はないでしょう」

私は馬鹿にされてるようで腹が立った。

「そうですよ。関係のない事ですよ」

と米原はなかば自分に言いきかせるように言った。後日、米原の気になる事は、別の意味で的中したのだが。

× × ×

芝野課長が死んだ熱海の「望海寮」は山の上にあった。熱海駅から徒歩で十五分、古い旅館を買い取ったものである。社の保養所と言っても、社員誰もが自由に利用出来るものではなかった。たいていは、社の重要会議、秘密重役会だとか労組対策だとか云う時に使用されている。従って、女中がいるわけではなく、管理人夫婦とその一人娘が一切をきりまわしていた。

一昨日、一月二十三日、「望海寮」で「企業合理化促進」について、宴会を兼ねた部課長会議があった。そして昨日の午前中に、部課長達は自動車に分乗して社へ帰って来たのだが、ひとり芝野課長だけが、ついでに二三日休養して行くと言って残ったのである。

望海寮には「桜亭」「椿亭」「楓亭」と名附けられた三棟の離れ家がある。それぞれ同じ造りで、形ばかりの垣根に囲まれ、柴折戸がついていた。玄関と六畳の寝間と四畳半の次の間、それに小さな風呂場と便所がついていた。豪勢ではないが、熱海の夜景や、朝の初島と海が一望出来る眺めは素晴しかった。

昨日、ひとり残った芝野課長は、広間ばかりの母屋から離れの一つ「楓亭」に移った。しかし不便な事は、母屋と離れの間には呼鈴があるだけで、電話が通じていない事であった。今朝になって、母屋では朝食の支度を整えて、呼鈴の鳴るのを今か今かと待っていた。滞在者は芝野課長一人であったから、それだけに食事の世話は面倒である。午前十一時になっても呼鈴は鳴らないし、幾ら休養でも寝坊すぎる、仕事が片附かないとしびれをきらした管理人の娘は、下駄をつっかけて、「楓亭」へ出向いて行った。

柴折戸をあけて玄関の外から「芝野課長さん、お早うございます」と声をかけたが、返事はなかった。娘は仕方なく玄関を細目にあけて「課長さん、おめざめですか」と言ったが次の瞬間、予感めいたものを感じて背筋がゾクッとした。

襖がしまっているから寝間は見えなかったが、次の間の電灯が、昼近い明るさの中で、つけっぱなしのまま鈍く光っていたし、その真下の卓上には、昨夜寝しなの湯上りに飲むと言っていたビールが二本、栓も抜かれずに寒々とならんでいたからである。

怖いもの見たさで、上り込んだ娘は、寝間、便所と芝野課長の姿を求めて、最後に風呂場の戸をあけた。そして、そこに、浴槽のまるで赤インクを流し込んだような水の中に、殆ど全身を没している芝野課長の蒼白い死体を発見したのである。

急報によって、自動車で駆けつけた熱海警察署の数名の係官と監察医は、一通りの調査を終えると、次の間の窓際に集まった。

「致命傷はあの頸部の傷かね」

と係長らしい警部が言った。

「耳下四糎《センチ》の処から斜め下に、長さ七糎、深さ平均一糎五粍《ミリ》、切り下げてあります。左頸動脈《けいどうみゃく》の切断による出血多量ですね」

若い監察医は、遠く水平線のあたりに眼をやりながら答えた。

「他に外傷は？」

「後頭部に打撲傷があります」

「撲られたかな」

「わかりません。何かの拍子に、つまり苦しんでのけぞった時に風呂のタイルの縁に後頭部を打ちつける——そんな程度の打撲です」

「あの湯舟の中に落ちてた西洋カミソリでやったんだな」

「間違いありません」

「死亡推定時間は？」

「詳細はわからんですが、昨夜の八時から十時と云う処でしょう」

「左腕にしとった腕時計が十時を少し廻った処でとまっていたが、時計の中へ湯が入ってとまったとしても、その頃死亡したって云う事になる」

と警部は冬の海を見ながら暗い眼で、

「殺しか」

と呟いた。

「他殺ですか」

刑事の一人が顔をあげて、こうきいた。

「自殺するのに、風呂の中で素っ裸でやる人間がいるもんか」

「しかし、傷からの判断では他殺自殺どっちとも言えませんが……」

と、刑事の一人が言いかえした。警部は怒ったように大きな声で、

「風呂の中で死ぬつもりの人間が、湯上りのビールを必要とするかね」

と言っておいてから、

「それに、あの腕時計だ。湯につかるのに時計をはめたままはいるのは変じゃないか」

「しかし、現にはめていました」

「だからさ。――そりゃ往々にして腕時計をはずし忘れて風呂に入る事がある。だがすぐに気がついてはずすさ。それをはめたままだった。つまり、気がついてはずす前に、殺られたんだ」

刑事達は沈黙した。警部はくちゃくちゃになった煙草を出しながら、

「管理人の娘を呼んでくれ」

と言った。

管理人の娘は、二十三日の部課長会議の模様から、問われるままに知っている限りの事を話した。だが事実、芝野課長の言動については特別変った事はなかった。部課長会議も宴会も終始なごやかであったし、一人になってからの芝野課長は、管理人から古い週刊雑誌などを借り込んで、一日中離れに引き籠っていた。そして室内は昨夜のまま少しも乱れていないと、娘は確認した。

最後にもう一つ、と言って警部が、

「湯舟の中は水だったが、この離れには温泉は引いてないのかね」

「ええ、沸し湯なんです」

「夜だけかい」

「母屋までは温泉が来てますし、人手不足ですから、普通は夕食前の五時から六時までの一時間ですけど、冬は寒いですから、寝る前の一風呂に八時から燃しつけます。きっと十一時頃までは熱いお湯だと思いますが」

「あんたが最後にこの離れに来たのは？」

「夕食をさげに来た六時頃だと思います」

と言ってから、娘は何かに気がついて、

「思い出したんですけど――昨日の夕方、芝野さんの処へ東京から電話がありました」

「ほう、何時頃？」

「四時四十分頃だったと思います。若い女の方からでした。離れに電話がないからお呼びして来ますって言うと、言伝《ことづけ》てくれればいいって言われました」

「名前は言ったかね」

「楠木からと伝えてほしいと言われました」

「楠木――で、その言伝わかるかね」

「電話口で二度くりかえしたんですけど、確か《私の方も八時ジャスト、時間を厳守しますから、そちらも十時、お間違いなく》って、こんなものでした」

警部の眼が鋭く、早く動いた。その眼を見て、刑事達は一瞬、頭の中で意味のわからない言伝をもう一度くりかえしてみた。

《……そちらも十時、お間違いなく》

――そして、芝野課長は十時頃、死んだ。

警部は手にしていた緑色の札入れから、「太平生命東京本社監査課長芝野一郎」と印刷された名刺を抜き出して凝視していたが、やがて、ゆっくり立ちあがると、

「東京へ連絡をつけよう」

と、言った。

2

何となく落着きを失って、死亡統計表と計算機を前に古蠟燭のような指で赤鉛筆を弄んでいた米原は、退社時刻の四時が近づくと、痛む虫歯が抜けた時のようにホッとした顔で、私を見た。だが、この時、庶務の係員が足音を忍ばせて、私達の背後に来た。

「ちょっと厄介な事になりましたよ」

「どうしたんですか」

米原がギクンとしてふりかえった。

「部長の処へ警視庁の刑事が来て話し込んでいるんですがね、しきりに楠木美保と言う名前を口にするんです。楠木君ね、社も休んでいるけど、昨夜から自宅へも帰ってないそうですよ」

米原は眼鏡をはずして、ハンケチで矢鱈《やたら》にそれを拭きはじめた。

「それで……？」

「誰かが拙《まず》い事に、昨日楠木君と一緒に帰ったのは、米原さんと笹木君だと喋《しゃべ》ったらしいんですよ」

米原が微かにふるえる手で眼鏡をかけた時に、退社時刻を告げるベルが鳴り響いた。同時にドアがあいて、事業部長が、一眼で刑事と察しのつく二人の男をともなって這入って来た。

「米原君に笹木君、こちら警視庁の方だが君等に尋ねたい事があるそうだ。芝野課長の件だよ、協力してあげてくれ給え」

部長はそれだけ言って、立ち去った。

「捜査一課の倉田です。退社時間でしょうが、お手間はとらせませんから」

と、背の高い、鶴のように細い方の男が言った。まだ若さが顔全体に残っている。もう一人の老い込んだ平凡な小父さんと言う感じの刑事は黙って目礼をした。

「私は別に芝野課長については……」

米原が早口で言いかけると、

「わかってます」

と、倉田警部補は軽くそれを制した。口許に微笑を浮かべていたが、眼は笑っていなかった。同僚達が好奇の眼を光らせながら幾度もふりかえり、帰って行った。

「昨日楠木美保さんと一緒に帰られたそうですね」

米原と私は頷いた。

「どこまで一緒でしたか？」

「三人で新橋の喫茶店へ行きました」

と、私が答えた。

「何と言う喫茶店ですか？」

「マルボオと言う行きつけの店です」

「そこを出てからは？」

「いや、私はコーヒーを飲むと、笹木君と楠木君を残して、先に帰りました」

米原は「私は」を強調して言った。

「笹木さんは、ずっと一緒でしたか？」

「僕もマルボオを出ると、すぐ、そこで楠木君と別れました」

倉田警部補は相変らず口許だけの微笑で、

「順をおって、もう少し具体的に話してくれませんか。出来たら時間も……」

「三人で四時に社を出たんですが、米原さんと楠木君に先へ行ってもらって、僕は欲しいと思っていた新刊書が来てるかどうか、本屋を覗いてから、十分程おくれてマルボオに行きました。四時二十分頃だったと思います。コーヒーを飲んでしまうとすぐ、米原さんは帰りました。僕も映画を観るつもりでしたから、先に行くと言うと、楠木君が電話をかける間だけ待っていてほしいと言うので、また腰をおろして待ちました」

「楠木さんは何処へ電話をかけたんです？」

「さあ、僕はボックスで待っていましたから、カウンターにある電話の事はわかりませんでした」

「マルボオを出たのは何時頃です？」

「四時四十分を少し廻った頃でしょう」

「すぐ別れたんですね？」

「ええ、マルボオの前で別れました」

「楠木さんは何処かへ行く様子はなかったですか？」

「別に気がつきませんでした。楠木君は行方不明なんですか？」

と言う私の問に、倉田警部補は答えず、あっさり立ち上った。

「どうも迷惑をかけました。またお伺いするかもしれませんが、今日はこれで」

そして気の抜けたように立っている私達の方は二度と見ないで引き上げて行った。

×　　×　　×

太平生命の本社を出ると、オーバーの襟をたてて、新橋駅の方へ歩きだしながら、倉田警部補は連れの岸田井刑事に言った。

「どうだね、岸田井さん、何か匂いましたかね？」

「さあ、何とも言えませんがね」

倉田警部補は岸田井刑事にとって上司に違いなかったが、彼は、十も齢上で勤続二十五年の岸田井刑事を先輩としてあつかった。岸田井刑事の方は近代派の倉田警部補に上司とは思えない親しみを感じていた。だから二人の口のききようは粗雑であり、卒直であった。

「熱海の芝野課長への言伝電話が正真正銘の楠木美保からのものか、それとも偽電話か、で勝負はきまるって岸田井さんは言ってたね」

「偽電話だとしたら〝殺し〟の線が強くなる事だけは確かでしょう」

「マルボオへ行って見るか」

だが、二人がマルボオを訪れた結果は、全て笹木の言葉を裏付けていた。ウェイトレスは笹木達を知っていたからだろう、昨日のマルボオでの笹木達の行動や時間の点などについて、一切を覚えていた。そしてウェイトレスの証言は笹木の言った事と一致していた。倉田警部補は会社から持って行った楠木美保の写真を示して、電話をこの本人がかけたかどうかを尋ねたが、これについても、ウェイトレスの一人とバーテンが間違いないと証言した。バーテンは電話の近くにいたから「時間を守るように」と言う電話でしたと、その内容まで知っていた。

もはや、正真正銘の楠木美保本人がマルボオから熱海の望海寮に電話をかけて、芝野課長に《私の方も八時ジャスト、時間を厳守しますから、そちらも十時、お間違いなく》と言う言伝をした事は、疑う余地のない事実であった。そして芝野課長は十時頃死亡し、楠木美保は行方不明である。

「楠木美保が鍵ですな」

マルボオを出ると、岸田井刑事が言った。

「行方不明だからこそ、尚更、鍵だね」

倉田警部補はそう言いながら、太平生命本社で聞き込んだ「楠木美保は相当な女だ」と言う評判を思い出していた。

そろそろネオンが、華かな銀座の夜を迎えようとしていた。

3

「芝野課長が死体となって発見されたが、情況判断では他殺と推定される。しかし、熱海は単なる舞台として使われたのであり、本当の役者は東京にいる」と言う連絡が、熱海署からあったのだが、その肝腎の役者が行方不明である。

出勤途中の倉田警部補はしきりに、芝野課長と楠木美保との関係について考えていた。課長と女事務員——社で最年少の腕利きの課長と、変っている女と評判の情熱的な女事務員——妻と義母を養っている三十五歳の男と発展的な二十三歳の女、世間にはよくある道ならぬ男女関係、と言う想像は容易につく。

国電を有楽町でおりて、桜田門へ凍てついた舗装道路に靴音をきしませながら倉田警部補は歩いた。歩きながら彼は楠木美保についての聞込みを綜合して、記憶の中に整理した。

楠木美保は決して美人ではなかったが、まつげの長い、受け口の、むっちりした肉附きの女であった。二十三歳だが、人を見る眼つきなどに三十女の色っぽさがあった。勤務先で、良く言えば超近代的な情熱家、悪く言えば無軌道な浮気娘だと評判されている。と言うのも彼女が特定の恋人を持たないからだ。通り一ぺんの交際《つきあい》ならば、誘われれば誰にでも応ずると云う。そして決して長続きはしなかった。どちらからともなく別れている。しかし一度別れた男と、その後も少しも気拙《きまず》い事にならずに、あっさりした友情のようなもので繋がりを保っているのも、女として楠木美保の変っている点であった。

彼女は徒歩で通勤していた。自宅は芝増上寺のすぐ斜前にあった。古い二階家に両親と三人暮らしである。父親は私立大学の教務課に勤務していた。

一人っ子の為か、両親の放任主義が災いしたのか、楠木美保の性格は少女時代から派手であり、積極的すぎる行動派であった。服装も趣味も金持ちの真似事が多く、常に周囲の注目の的となっているように気を配る女である。そして社内の風評などは一切気にかけなかった。自分に対する悪評を「嫉妬なのよ、自分達に出来ないから悪く言うんだわ」と軽く片附ける。

このような楠木美保と言う女の輪郭を、倉田警部補は、そのまま受け取ってはいなかった。主観をまじえた人の口が、如何に無責任なものか知っていたからである。しかし、もし犯罪のかげに女あり、ならば、その女のかげに男ありだ。楠木美保が「芝野課長事件」

の役者の一人ならば、その背後に男の主役がいるに違いない――倉田警部補は、彼女と深い仲であったと思われる三人の男を思い浮かべた。

笹木――彼女にとって最初の男だ。二十六歳で独身、離れていったのは楠木美保の方であるが、現在でも男女関係をぬきにして、最も親しい仲である。

米原――妻子もある三十三歳の臆病者のくせに彼女に夢中になったらしい。楠木美保も興味半分で相手になったのだろう。

芝野課長――そして現在の恋人はこの男である。楠木美保が熱をあげそうなタイプだ。しかし、既に死んでいる。

こんな楠木美保に、珍しく几帳面な点があった。両親は彼女の外泊をとがめなかったが、彼女は外泊する場合、例外なくその旨を家に連絡する事である。何の連絡もなかったのは今度だけであった。これは彼女が、連絡の出来ない立場にあるか、逃避を計っているかのどちらかである事を証明している。マルボオを出て、笹木と別れてから、楠木美保は何処へ消えたか――

靄《もや》のかかったお堀を見ながら、倉田警部補はそう思ったのだが、それから一時間もたたない中に、楠木美保は思いがけない処で発見されたのである。

新橋方面から来て、増上寺や楠木美保の家の前を、少し行き過ぎると芝公園がある。上野、日比谷とともに東京の三大公園の一つであるが、広いだけで何となくまとまりのつかない公園だった。

最近は、すぐ近くに東京タワーが建設され、観光地帯として、公園の内部にも手入れの工事が進められている様子だった。

今朝——近くの掘立小屋に住む一人の小母さんが、焚き附け欲しさに、この一週間工事が中止されている立入禁止の工事場に這入り込んだ。冬の朝に思うような焚き附けは見つからなかったから、小母さんは次第に工事場の奥へ踏み込んだ。そして、常緑樹の蔭に積みあげられた工事用の、砂利山の後に回った時、真紅のオーバーを着た女が、頭から砂利山を滑り落ちる恰好で、俯伏せに倒れているのが、鮮かに小母さんの眼に飛び込んで来たのである。

赤いハイヒールが左右に転がって、オーバーの裾がめくれているだけで、服装は乱れていなかった。楠木美保の死体のすぐ傍に、ビールの小瓶が一本、薄い霜をかぶっていた。底の方に、ほんの少し飲み残しがあった。

指にプラチナ台のルビーのリングをはめて居り、本物の真珠のネックレスをしていたが、オーバーのポケットからは、十円貨が三枚、ハンカチ、ちり紙少々、小型の婦人用万年筆、コンパクトに口紅、それに身分証明書と小型自動車の運転免許証の入った定期入れ、それだけが出て来た。

楠木美保は青酸加里をビールに入れて飲んだのである。他殺か自殺の断定はできなかったが、この場の情況では明らかに自殺であった。死亡は一昨日の二十四日の夜と推定された。熱海で芝野課長が死亡したのと同じ晩である。

公園であり、自宅から十分と離れていない場所であったが、工事中止中の立入禁止区域の奥であったし、真冬の厳しい寒さの為にアベックさえ入らなかったから発見がおくれてしまったのだろう。

楠木美保の左手にはめてあった南京虫の腕時計を見た時、倉田警部補はハッとして傍の岸田井刑事をふりかえった。女の場合は、手頸の内側に時計があるので、砂利山の上から倒れた時に、石にぶっつけたのだろう。腕時計の厚味のガラスは、ささくれたように割れていた。

岸田井刑事は眼をくっつけるようにしてそれを見た。とまった腕時計の針は、八時を指していたのである。岸田井刑事の耳に、あの電話の言伝がきこえてくるような気がした。

《私の方も八時ジャスト、時間を厳守しますから、そちらも十時、お間違いなく》

そして、言伝のとおりに、芝野課長は十時に死亡し、楠木美保は八時に死亡している。例え楠木美保の死が自殺であっても、芝野課長の死と関連のある事は間違いないとすると、あの電話の言伝は「死」の約束の念を押したものか。そうなれば心中である。

邪恋の清算に、二人が心中を計る事も頷けるし、何かの都合で出来ない為か後日の事を慮《おもんぱか》る為か、別々の場所で示し合わせた心中をする事も考えられるのだ——倉田警部補と岸田井刑事は、帰途、一言も口をきかなかった。

4

その晩は寒風が特にひどかった。

岸田井刑事は倉田警部補を誘って、遠縁のものが経営している築地の寿司屋へ行った。疲れ果てた時など二人はよく此処へ来る。

熱い茶をすすりながら、まず夕刊に眼を通した。一つの新聞は「芝公園で若い女自殺」と小さく載せていた。もう一つの新聞も中段に「東京と熱海で心中か」と簡単な記事にあつかっていた。

「役者があんな形で発見されても、これで舞台に幕がおりたとは思えないんだ。お互いに疑問点を出しあってみましょうよ」

と言いながら、倉田警部補は手帳をひろげて、万年筆で、

（1　心中）
（2　一方が他殺、他方が自殺）
（3　両方とも他殺）と、書いた。

「この事件の場合、こう言う三通りが考えられると思うんだ」

「倉田さんの考えでは？」

「ずばり言って、僕はどうも自殺説は頂けないんだよ。勿論心中にしてもね、二人とも自殺と断定する条件を持っていない。芝野課長の場合は熱海署が言ってた通り風呂の中で素っ裸だ。湯上りのビールをとっている」

「楠木美保の場合は？」

「女の場合だって、自殺の場所にあんな処を選ぶのは不自然だし、死ぬつもりの人間が勤務先に次の日の休暇届を出しているんだからねえ。いや、まだある。持っていた小型自動車の運転免許証ね、発行日附が一月二十三日になっているんだ。自殺者が前日に自動車の運転免許証を受け取るなんて常識では考えられないでしょう。それに、二人とも生前、自殺する気配もなかったそうだし遺書もない」

「だとすると、あの電話の言伝はどう解釈しますか。時間を約束して、その時間に死んでいる……」

「うん……あの電話がどうしても、ひっかかってくる。しかしね、逆に言うと、ではなぜ心中の時間に「八時」と「十時」と言う二時間の差をつけたんだろう。一緒には死ねない事情があったにしろ、約束するなら同時刻を決めて死ぬのが心中でしょう？」

「では、3、つまり二人とも他殺だと言われるんですな」

「確信はないがね」

「勿論、同一犯人でしょうね」

「計画的だからね」

「しかしですね、八時に東京の芝公園、十時には熱海の望海寮――これは少し時間的に無理じゃないですか。列車に乗っている時間だけでも約二時間はかかりますから、それに自家用車ならともかく、足のつきやすいハイヤー、タクシーを利用する事も考えられません」

「さあ、其処なんだがね――」

と、倉田警部補は運ばれて来た寿司の一つを無造作に口の中へ放り込んでから、

「他殺説を主張するなら、少し思いきった推理をしなければならないと思うんだ」

「と言いますと？」

「われわれはどうも、その「八時」と「十時」と云う時間に眩惑《げんわく》されてるんじゃないかな。

そこに盲点があるような気がするんだよ」

　そう言われて、岸田井刑事も忘れ物を思い出した時のように、はっと顔をあげた。

「岸田井さんも気がついてると思うがね、芝野課長と楠木美保の死に、『腕時計』と云う小道具が重要な役割をしている共通点がありますね。これが二人の死の関連を証明しているんだが、どうも作為が感じられるんだ」

「変死の場合、腕時計がその死亡時刻を教えてくれる事がままありますよ」

「その通りですよ。でもね、楠木美保の場合はともかく、風呂の中で死んでいた芝野課長が腕時計をしていたのは、少し御丁寧すぎないかな」

「つまり、楠木美保の電話の言伝を裏附ける為に、腕時計を役立てたと云うわけですか」

「と考えられるんだ。推定死亡時間が八時から十時とした場合、腕時計が破損して十時でとまっていれば、死亡時間は十時と断定するより仕方がないでしょう。つまり推定死亡時間の幅を最大限に利用して、その間の都合のいい時間に針を動かしておいて、時計をこわすと云う方法だ。楠木美保の場合、死後、時間がたっているから、推定死亡時間の幅も広いし、利用できる時間が五時間ぐらいはあるんじゃないかな。そうなれば、われわれは、「八時」とか「十時」とかにこだわる必要はなくなる。同一犯人が二人を殺す事も可能だと言えますよ」

この若い警部補の、少し小説じみた推理をききながら岸田井刑事はゆっくりと割箸を割った。まだ寿司に手をつけてなかったのだ。

卵焼きをつまんで、じっくりと噛みしめながら岸田井刑事は自分の年齢を考えた。彼は二十五年間に多くの犯罪と取組んだが、どの場合も常識的な分析と一般的な判断から出発して、根気とカンで捜査した。そしてどの場合も、平凡な解決を見た。

犯人も人間であり、犯罪は現実的である。そんなに変った事はない――これが彼の信条であった。劇的な事件など有りはしない。従って頭の中だけの推理は必要ではなかった。

「推理としては一応成立ちますが、倉田さん、やはり、楠木美保の電話の言伝が宙に浮いてしまいますよ。これも犯人の小細工ならば話はわかりますが、楠木美保本人の電話なんですからね」

「うん、堂々めぐりだね。最後には電話に戻って来てしまうんだ。あの電話の言伝が、二人の死亡時間を示す腕時計の小細工を正当づけているんだからねえ――厚い壁ですよ」

と、倉田警部補は箸を持ったまま遠くを見る眼をした。岸田井刑事が言った。

「倉田さん、他殺説に自信があるようですが、見込みはついてるんですか？」

「犯人《ほし》のかね」

「ええ」

「やっぱり確信はないんだ。しかし容疑者として条件にあてはまる人間を求めれば、答は出てくると思いますがね」

「その条件は」

「動機などは別として実際上の条件は――」

と倉田警部補はまた手帳に万年筆で次のように書いた。

（1　楠木美保の電話の言伝の内容を知っている）

（2　寒風の中を夜の芝公園の奥まで連れ込める程、楠木美保と親しい）

（3　熱海の望海寮の内情を知っている）

（4　二人の被害者の習性に通じている）

岸田井刑事がきいた。

「3点目の望海寮の内情とは？」

「望海寮の離れには電話がないと言う事、温泉が通ってないので風呂を沸かす事、その風呂の時間がきまっている事、小人数の滞在の場合は離れに移る事、人手不足で呼鈴を押さない限り人が来ない事、この位だな」

「4点目の、二人の習性とは？」

「芝野課長が大変な風呂好きである事、楠木美保が一流のビール愛好家であること、この二点でいいんだ」

「風呂好きと言う事を知らんといけないんですかね」

岸田井刑事は、外国の探偵小説に登場する名探偵を想い出して、倉田警部補の推理が現実離れをしているような気がした。

「これはね、なぜ犯人は芝野課長を、風呂の中で殺したかに関係があるんだ。勿論、時間の上でそう云う結果になってしまったのかも知れないが、僕の考えでは、計画的なものだと思うんだ。芝野課長は風呂が焚きつけられれば必ず入るんだ。その焚きつけられる時間は規則で限られている。それを見計って行ったと思う」

「なぜですか？」

「犯人は限られた時間の中で犯行を遂げて、熱海から東京へ帰って来なければならない。しかも列車に乗ってだ。この場合、犯人が恐れるのは血痕でしょう。かえり血の心配なく手早く出来る方法は、湯の中へ突っ込んでおいて頸動脈を切る事だからさ」

確かに言葉の上では理窟の通った推理に違いない、と岸田井刑事は思いながら、さめた茶をすすった。しかし、そこまで推理をめぐらせると単純な事がかえって複雑になりはしないか——と思って、急に自分の石頭が可愛くなった。

そうまで穿《うが》った考え方をしなくても、犯人がもし楠木美保に青酸加里入りのビールを飲ませたなら、無理に血を見る方法を選ばずとも、芝野課長にも何らかの手段で青酸加里を飲ませて殺すだろう。その方が楽だし、心中らしく装える——と思った。

「で、答は？」

「答は——たった一人いるんだ」

「あなたの言う条件に当てはまるのは笹木ですね」

「そうだ」と、倉田警部補は大きく頷いた。しかし、岸田井刑事は、成程とは思わなかった。全く別の疑問に気がついたからである。

5

私と米原は、何となく同僚の眼が集中しているような気がして落着かなかったが、新聞にも一度きり載らなかったし、此の事件についての社内の話題も潮がひくように、小さくなっていったので、間もなく出勤する事が苦痛ではなくなるだろうと一息ついた。

だが、倉田警部補と岸田井刑事が再び訪れて来たと聞いた時、正直に言って、試験に落第した時と同じ気持になった。捜査本部が設けられたと言う話もきいていなかったし、一応は自殺とされているはずなのに、と思ったが会わないわけにはいかなかった。

「今日は笹木君一人で結構です」

と言われて、米原の幸福そうな顔をにらみつけてから、私は面会室へ行った。

「早速ですが、二十四日の夜のあなたの行動について、おききしたいんです」と倉田警部補はすぐ本題に入っていった。

「私が、何か疑われているんですか」

「そう云う事ではありませんがね。参考としてです。――マルボオを出てから、どうしたんです？」

「映画へ行ったんです」

「どんな小さな事でもおっしゃってくれませんか」

「マルボオの前で楠木君と別れて、新橋駅の処でやっていた署名運動に署名しました」

「何の署名運動ですか？」

「核実験中止要求の署名運動です。学生がやっていました」

「それから？」

「表通り伝いに銀座へ出て、一通り歩いてから新橋シネマに入りました。五時半頃だったと思います」

「映画館を出たのは？」

「十時を少し過ぎてました」

「二本だてですね」

「そうです。映画は大好きですから、最初観た処も、もう一度観て、結局最後まで観ていたわけです」

「それで？」

「新橋から国電で、帰宅する為に大井町へ着いたのが十時半頃でした。そして――そこでちょっとした事がありました」

「どんな事です？」

「改札で不正乗車だと言われて駅の事務室でしぼられたんです」

「不正乗車……？」

「故意でやったわけではないんですが、定期券が前日の二十三日で期間がきれていたんですが、ついうっかり忘れていて――それに朝、その定期で通れたもんですから」

「それから？」

「十分程かかって釈明できましたが、何となくいやな気分だったんで、駅前の「乙女」と云う飲み屋で、銚子を二本ばかりあけました。だから、家についたのは十一時頃でした」

倉田警部補は例の口許だけの微笑を見せて言った。

「あなたが映画館にいた事を証明してくれる人はいませんかね、会社の人だとか」

「さあ、僕の方は気がつきませんでした。人間でなくて、入場券の半券なら持っているかも知れませんが」

「いや、入場券の半券では、入場券を買ったと云う証拠にはなりますが、入場していたと云う証明はしませんね」と言われて、私の顔は暗くなった。

今まで一言も言わなかった岸田井刑事が、この時初めて口を開いた。

「笹木さん、一つだけおききしたいんですがね。マルボオへ行った時、楠木美保はハンドバッグを持っていませんでしたか」

「ええと、持っていましたね。持っていましたよ。鰐皮《わにがわ》のような素晴しいやつです」

「ほう、よく覚えてますね」

「実はマルボオを出る時になって、楠木君が、今日私お金持ってないのよ、お願いねって言いながら、手にしていたハンドバッグをたたいたんですよ。コーヒー代と電話料金を僕が払ったもんですから覚えていたんです」

×　　×　　×

妙な事をきくなと思いながら、私は答えた。

太平生命本社を出ると、倉田警部補は岸田井刑事に言った。

「岸田井さん、よくハンドバッグに気がついたね」

「いや私は、このハンドバッグの点がずっと疑問だったんです」

「どうして気がついた？」

「芝公園の現場へ行った時、どうも何か一つ不足しているって云う気がしたんですがね。考えてみたら、ハンドバッグがないんです。あれだけの服装をした女がハンドバッグを持たないで歩くはずがないと思ったんです。しかも、だいたいハンドバッグに入れておくはずの、コンパクト、口紅、万年筆やチリ紙、身分証明書などがみんなオーバーのポケットに入っているんで、不思議だな、と思ったんですよ」と、半分照れるように言った。老練刑事が長年の経験から得た、現実的な疑問への着眼点であった。

「思った通り、マルボオでは楠木美保は鰐皮のハンドバッグを持っていたとなると、それを何処へやってしまったんでしょうな」

「現場から盗まれたかも知れんね」

「いや盗むなら、プラチナ台のルビーの指環や真珠の首飾りだって持って行くでしょう。――マルボオを出てから、真直ぐに芝公園へ来たならば、ハンドバッグがなくなるはずはないとすると、楠木美保は途中、何処かに寄った事になります。どうもこの辺が糸口になるような気がしますね、私は」と云う岸田井刑事と、倉田警部補は別行動をとる事にした。岸田井刑事はハンドバッグの行方を追い、倉田警部補は笹木の話の真実性を確かめるのだ。

倉田警部補はまず、大井町駅へ行った。助役に調査を依頼すると結果はすぐわかった。「二十四日の十時三十五分、期限ぎれの定期券を使用して改札を出ようとした男を発見して、事情を問いただした処、故意ではなかった事が了解できたので、三倍料金の三十円を徴収して、身分証明書などを当人に返した」と記録されてあった。駅員が身分証明書の写真を見て本人だと確認してあるから、その男が笹木である事は疑う余地はなかった。

大井町駅前の「乙女」でも、店で化粧をしていたマダムが笹木の来た事を証明した。

倉田警部補は最後に、神田の平和団体の事務所にある「核実験中止署名運動推進本部」を訪れて、二十四日当日の署名簿を見せてもらった。笹木の名前は記載されてあったが、その名前を書いた時間を知る方法はなかった。四時から七時まで署名運動をしていたのだから、その間と云うよりほかはないのだ。

一方岸田井刑事は、二十五年間の中に出来上った「無表情な歩き方」を少しも乱さずに浜松町に近い裏通りを歩いていた。

岸田井刑事は実の処、倉田警部補の言う「楠木美保他殺説」には反対であった。だが、彼が反対するのは別にむずかしい推理に基くものではなく、理由はハンドバッグであったのだ。

彼は現実的に、常識的に考えをまとめていった結果、こういう結論を出したのである。

——楠木美保はハンドバッグを何処かへやってしまった。しかし、その中に入っていたと思われる中身は殆どオーバーのポケットへ移し替えている。と云う事は、ハンドバッグを空にして手放したのだ。修理にでも出すなら替りのバッグを持っていたはずである。では他に空のバッグを手放す必要があるとしたら何か。売るか、質屋に入れるかだ。彼女は金を持ってなかったそうだ。どうしても幾らかの金が必要となった場合、彼女の性格から考えて、装身具よりハンドバッグを役立たせる事は充分考えられる。もし彼女が殺されたならば、その犯人と云う連れがあったはずだ。連れがあったならば、彼女がハンドバッグを手放してまで金をつくる必要はなかった。従って彼女は一人であった。自殺である。

しかし、今の岸田井刑事にとっては、そんな結論よりも、ハンドバッグの行方の方が重要であった。売ったか、入質したかだと言う確信はあったが、何処でそうしたかが皆目見当もつかない。

何の為に、どうしても金が必要になったのか、また幾らぐらい必要としたのか、それが問題であった。だが、とにかく彼女の終点は芝公園である。その周辺から手をつけるのが常道だと、岸田井刑事の「無表情の歩き方」が始まったのであった。

6

その夜。倉田警部補は、就寝前の時間を腹這いになって煙草をふかしながら、思索の時とした。

「二十四日の笹木の行動は一応の筋が通っている。もし腕時計の示す時間が死亡時間としたら、笹木は完全なるアリバイを持っている。大井町駅の一件だ。国鉄の公的記録で証明されているのだ。十時に熱海にいた人間が十時三十分に東京の大井町駅で駅員と一緒にいる。これは神技でない限り不可能である。だが、これも作為の匂いがする。故意に期間ぎれの定期券を使って駅員に発見され、アリバイにする。まして、腕時計の件が小細工だとしたら、笹木が十時三十分に大井町に現われても不思議はないのだ――何しろ、問題はあの電話の言伝である。あれさえ……」

倉田警部補は煙草を消すと、もう一度、全神経をあの電話問題に集中した。

○　電話の言伝通りの時間に二人は死んだ。

○　その時間に二時間のずれがある。

○　なぜ二十四日にあの電話をかけたか。

「その時間に二人が死んだと思うから、言伝の『八時』と『十時』を死の約束時間と決めてしまうのではないか。もし、これが他の意味を持つ、他の約束時間だったとしたら——楠木美保本人の電話だからと言って別に不思議はない。『死』などとは凡そ縁のない何かの約束の時間を言伝たのを、犯人が利用したのだとしたら——」

　これだ、と倉田警部補は眼を輝かせたのだが、では、その何かの約束とは何か、と云う点で行き詰った。あれだけの言伝から、何の約束か割り出すのは困難である。と言って、何の約束かがわからなければ、この解釈は単なる空論に終ってしまうのだ。

　手がかりはただ一つ「八時」と「十時」の二時間の差が何を示すかである。彼はふと、寿司屋で岸田井刑事が言った「東京から熱海まで列車に乗っている間だけでも約二時間はかかりますからね」と云う言葉を思い浮かべた。東京と熱海——二時間。しかし、八時と十時と云うような、うまい工合の列車はない。しかも言伝では、「時間厳守」を強調している。列車に時間厳守もヘチマもない。

　彼は布団をはねのけると、寒さも忘れて静坐した。楠木美保が前日に自動車の運転免許証を受けとった事を思いだしたからだ。

（わかった、八時と十時はドライヴの約束だったのだ。人間は複雑のようで単純だ。夕方に、八時とか十時とか言われると、その日の、つまり夜の八時と十時だと思い込んでしまう。だが当人同士は、次の日の午前八時と十時の事を言っていたのだ。「明日の八時」と言わなかったから「今夜の八時」と思い込む——第三者はそんな処から、あくまでも第三者といわれるのだ）

楠木美保の電話の言伝を、第三者にもわかるように言い換えるならば、

《明日のドライヴ、私も午前八時ジャスト、時間厳守で東京を出発して、二時間後の十時に熱海に着くようにしますから、あなたも、その時間を間違いなく守って、約束の場所で待っていてください》

こうなるのだ。約束の場所はわからないが恐らく、会社の寮で待ち合わせるのを避けて熱海駅とか、お宮の松とか、前もって打ち合わせが出来ていたのだろう。

自動車の初運転に、彼女は恋人の芝野課長と伊豆半島めぐりか箱根一周のドライヴを計画したのだ。会社の口がうるさいから、芝野課長は部課長会議を機会に望海寮に残り、彼女のくるのを待った。楠木美保が、次の日の休暇届を出したのも当然である。

——倉田警部補なりの推理は厚い壁を一応は破った。今度こそ電話の言伝は問題ではなくなった。笹木には何のアリバイもない。後は、東京中のドライヴクラブを調べて、二十五日、楠木美保が車を借りる契約をした事実を見つけだす事と、二十四日の夜、笹木が実際に行動した、その脚本を発見する事だけだ。

倉田警部補は明日が待遠しかった。だが、彼は、岸田井刑事が必死に歩き続けている目的のハンドバッグの事を軽く見すぎていたのではなかったか。

冬の朝の雨は気を重くした。長靴を透して足の先の感覚をしびれさせる冷たさだった。岸田井刑事は持病の神経痛を気にしながら、歩いていた。

昨日は芝公園周辺の質屋と古物商を片っぱしから歩いたのだが、これは徒労に終った。此の調子では目的の達せられるのがいつになるのかわからなかった。少なくとも最小限度の目当をつけなければならない――彼は今朝の食卓の前で考えた。

死への旅路を急ぐ楠木美保が、必要とした金は何に使う為か。あの場所で自殺する為に必要な金は衣類や食事のためではないだろうし、青酸加里は金があっても、たやすく買えるものではないだろうから、以前から持っていたものに違いない。考えられるのはビールだが、ビールの小瓶を買う六七十円も持っていなかったとは思えない。マルボオで幾ら持ってないと言ったとしても、若い女の持ってないと言うのは、沢山は持ってないと云う事だ。

すると、その他に考えられるのは、あの場所へ来る為の交通費である。マルボオから真直ぐに来たならば、徒歩だから金は不要だ。しかし、もし何処かに寄ってから、急いであの場所へ来たかったとしたらタクシーを利用したに違いない。

では何処からタクシーに乗ったか、これこそ見当がつかない。——岸田井刑事は経験から得た一つの定義を活用する事にした。（金の無い人間が目的地へ急ぐ時、いきなりタクシーなどを利用しないで、短時間で値段の安い乗物を使って、目的地へ最短距離にある駅まで行ってからタクシーを利用する）

そして岸田井刑事は最小限度の目当を、国電の浜松町駅、田町駅、品川駅の周辺とした。しかし、浜松町駅周辺の質屋、古物商では発見できず、田町駅周辺も七分通り当ってみたのだが、まだ彼の眼前に鰐皮《わにがわ》のハンドバッグは差し出されずに、無情の雨だけが、彼の足許で、はしゃぐようにはねていた。

その頃、倉田警部補は、新橋を中心として点在するドライヴクラブと貸自動車屋に手配をして、会員或いは借用申込者の中に、「楠木美保」か「芝野一郎」と云う名前がないか調べていた。彼は充分自信を持っていた。先程、念の為にドライヴクラブの一つに電話できいた。

「東京から熱海まで何時間かかりますか？」

「そうですね、車にもよりますし、運転者の速力に対する好みもありますが」

「小型で、女が運転して、二時間かかったとしても不思議ではありませんね」

「まあ、そんな処じゃないですかねえ」

こんな次第であった。昼近く、虎の門の第一ドライヴクラブから「会員に芝野一郎と云う方が居られます。一月二十五日に小型ルノォを申込まれて居りましたが、当日には見えませんでした」と云う連絡があった。

倉田警部補の頬に赤味がさした。

7

現在の処、物的証拠は何一つない。だが、「電話の言伝」を利用した巧妙な脚本は読めた。殺人事件と断定する。――と調査の結果を上司に報告する為、倉田警部補は容疑者の二十四日当夜の行動について、最後の取り纏《まと》めをしてみた。

――楠木美保と芝野課長のドライヴ計画を知っていた笹木は、楠木美保に、

「今夜にでも、もう一度課長に約束の時間、念を押しておいた方がいいよ」

とすすめた。そして、その電話の言伝の内容も笹木が作文をした。一言でも余計な事を言われたら、言伝の利用価値は零になってしまうからである。

「あんまり具体的に言伝ると、管理人の口がうるさいから、これこれこう言えばいい」

と言われた彼女は、マルボオから望海寮へその通りの電話をした。

マルボオを出てから笹木は口実を設けて楠木美保を芝公園へ誘った。工事場の奥へ連れ込んで砂利山の後に腰を下した笹木は、話の合間をみて用意のビールの小瓶を取り出して彼女にすすめた。一時は冷たいが、大好物のビールであったから、笹木が栓をぬいてくれると、楠木美保は一気に三分の一程を飲んだ。青酸加里入りだ。死亡時間は五時三十分頃だった。倒れた彼女の腕時計の針を八時に廻しておいて、笹木は時計を厳しく砂利に打ちつけた。

笹木は急いで芝公園を出て、電車通りでタクシーに乗った。品川駅まで十五分とはかからない。悠々、品川発六時一分の沼津行八四五列車に間に合った。

熱海着七時五十五分。彼は望海寮へ急ぐ。熱海駅から十五分たらずである。扉のない門から庭へ廻って、電灯のついている「楓亭」へ忍び込んだ。沸いたばかりの湯につかっていた芝野課長は、突然風呂の中へ入って来た笹木を見て驚いたが、次の瞬間、笹木は芝野課長に飛びつくと、その頭をかかえて後頭部を湯舟のタイルの縁にぶつけた。そして軽い脳震盪《のうしんとう》を起こした彼を湯の中へ押し込んでおいて、鏡の前にあった西洋カミソリで、その頸動脈を切断した。脱ぎすてた衣類と一緒にあった芝野課長の腕時計の針を十時に廻してから、それを湯の中につけた。とまるのを見届けてから死体の腕にはめた。実際の時間は八時二十分頃だった。

笹木は望海寮を抜けだすと、また大急ぎで熱海駅へ引き返した。そして大垣から来る八時五十二分熱海発の東京行準急三〇六列車に乗り込んだ。品川駅着が十時二十五分。国電桜木町行に乗りかえて、五分後に笹木は大井町駅のプラットホームにおりた。

改札で、わざと買わなかった期間ぎれの定期券を駅員の眼の前に突きだすとラッシュアワーではないから気のつかないはずがない。駅員は彼の腕を摑んだ。

調べがすむと、駅を出て飲み屋の「乙女」へ行ったのは笹木の陳述通りだ。

青酸加里入りのビールは、昼間から用意してあったかも知れないが、新橋シネマの入場券を買い、核実験中止の署名をしたのは、新刊書を見に本屋へ行ったと称してマルボオへおそく来た、あの十分間を利用したのに違いない。——倉田警部補は、犯行動機はともかく、これで報告の準備が出来上ったと思った。上司の質問に応じられるよう、細部にわたった参考資料のメモを持って席を立った。

その時、電話が鳴った。

「もしもし」

と、岸田井刑事の年寄じみた声がきこえた。

「倉田さん、楠木美保のハンドバッグを発見しました……」

「何処にあったのかね？」

「品川です。駅の傍の滝本という質屋ですがね。二百円で入質されてました。中身は、此のハンドバッグそのものの質札と、それから手紙のようなものが入ってます……」

電話の遠い声だから、岸田井刑事の話し方は尚更単調だった。その単調さが、二十五年と云う経験の大きさとなって、倉田警部補の耳には「威厳」にさえきこえた。彼は急に空が低くなったような気がした。明らかに敗北を感じたのである。

鰐皮のハンドバッグから出て来た手紙のようなものは、手帳の二枚を破りとったものだった。そこには楠木美保の筆跡で、次のような事が書いてあった。

「機械と云うものは本当に恐ろしい。人間の豊かな感情も、もろい神経も、鋭い感受性も、新鮮な意欲も、みんな台なしにしてしまう。

私は何の感情もない。精密な機械を相手にしているのが耐えられなかった。私が機械を使うんじゃなくて、機械が私を酷《こ》き使って、追い廻すのよ。私は人間じゃない、機械に使われる機械なんだわ。

神経は疲れ果てて、鈍感になり、意欲も失った。せめて『美』とか『夢』とか云うものを味わってみたかったわ。気狂いじみた音楽や唄に逃避するには、私は年齢をとりすぎていた。綺麗な洋服を着たり、ゴルフをしたりしてみても、少しも楽しくなかった。せめて恋愛に溺れてみたかったけど、どの男の人も退屈だったわ。映画を観ていても頭が痛くなる程神経が参っていたんだわ。あげくの果に到頭、機械の故障に気がつかずに大変な事故を起こしてしまった。損害賠償するには、私の五十年分の給料でも追っつかないって言われた。人間より機械の方が価値があるのよ。

そんな中でも芝野課長さん、あなただけが私の感情を人間らしく燃やしてくれました。でも二人とも此の世では機械のように、冷たく引き離される。もっと人間らしく生きるために、あの世へ行こうって約束したわね。ドライヴして、二人きりの世界へ行く別れを告げようって。その最後の新婚旅行の為に、私は一生懸命、運転を習ったわ。

二十五日のドライヴが決って、二十四日の夕方、マルボオから、念の為に望海寮へ電話したわ。でもマルボオを出ると、急にあなたが恋しくなった。明日が待てない程。六百円きり持ってなかったけど、これからすぐ熱海へ行って、顔を見たら今夜の中にまた帰ってくればいいって決心したの。さんざ迷ったのよ。新橋駅で三十分以上考えちゃった。

熱海について望海寮へ行き、お庭へ忍び込んで離れへ行ったら、あなたはお風呂へ入っていた。私が明日の天国への階段は箱根にしましょうって言ったら、あなたはゲラゲラ笑って死ぬのなんかいやだよって言ったわ。その時の憎い顔、機械のように見えた。そして、あなたは、まるで機械的に私を求めてきた。あなたもやっぱり人間的な機械だったのね。で私は夢中であなたを突き飛ばした。死ねないなら殺してあげるって、私は、湯舟の中へ転がり込んだまま動かないあなたの頸動脈を切ったわ。私は何がなんだかわからなくなって、その場から逃げだすと熱海駅から東京行の列車に乗りました。今、横浜駅を発車した処です。間もなく品川、十時三十分頃に着くらしい。今はもうすっかり落着きました。そして、これを書いてます。品川に着いたらあなたが初めて、愛しているって言ってくれたあの場所へ行きます。肌身離さず持っている、二人の為に使うはずだった青酸加里がありますし、横浜駅でビールの小瓶を買いました。でも、もうお金がないの。品川でおりたら、ハンドバッグに此の手紙を入れて質屋に入れるつもり、タクシー代ぐらい借りるの。私が死んで、ずっとたってから誰かがハンドバッグをあけて、此の手紙を読むでしょう。遺書を身につけて死ぬなんて、寂しくて嫌。

　機械みたいな人間と、人間みたいな機械、の世の中、今、その悲劇が何だかわかるような気がするの。

　あなたの時計、十時にして、とめておきました。私も死ぬ時、八時にしてとめておきますから、あなたが先に死んで、私が後から死ぬんだけど、時計の上では、その逆になるのね。

　明日のドライヴを夢見て死にたいの。

　明日八時に出ますから、十時に必ず待っててね——」

殺してやりたい

1

(殺してやりたい……)

夕希子《ゆきこ》は思わず口にだしてそう呟いた。三日前から彼女の胸で渦を巻いていた執念のようなものが、次第に膨張《ぼうちょう》して、抑える隙もなく迸《ほとばし》り出たのである。

こんな事を呟いても人に聞かれる心配はなかった。夕希子の周囲にあるのは、レースのカーテンのように降り続ける激しい雨だけであった。

青山車庫前で都電をおりた瞬間に、突如として、しかも沛然《はいぜん》と降り始めた驟雨《しゅうう》である。忽ち真夏の土曜日の午後の明るさが、灰色の幕の中へ吸い取られ、通行人達は慌てふためいて四方へ逃げ散った。

「夕立があるでしょう」という天気予報を信じて雨具を用意して来た夕希子は、臙脂《えんじ》色の折りたたみ傘をひろげると、足早に宮益坂《みやますざか》を下って来たのである。

　雨は降るというより注《そそ》いでいた。みるみる中《うち》にアスファルト道路を幾筋もの小さな川が走って、炎暑の名残りの生あたたかさと、干し足りない洗濯物のような異臭が漂った。人影は路上になく、商店の店先やビルの入口で呆然と雨足を瞶《みつ》めている雨宿りの人の顔だけだった。自動車が我がもの顔に飛沫をあげて往き交った。

（訪ねてみたところで、どうにもなりはしないじゃないか……？）

　絹傘の布地を通してポツリポツリと雫してくる雨の冷たさが、一途に燃え上ろうとする夕希子の怒りにそっと囁いた。

　確かに、これらの夕希子の行動は空《むな》しく無駄な事かも知れなかった。一旦離別した男が再び笑顔を向けるはずもなく、夕希子も覆水盆に返らずという言葉は知っていた。今更、戸部哲也に逢ったとしても、満足すべき収穫があり結果が生ずるとは考えられなかった。また夕希子にもそんな期待はなかった。ただ、あまりにも酷い戸部の仕打ちに、黙ってこのまま引きさがっては敗北の上塗りをするように思えた。言いたい事の一つも言ってやろう——そんなつもりで夕希子は今日、勤めの帰りにこっちへ足を向けたのである。

　戸部のアパート「さとみ荘」は、宮益坂から左へ折れ、渋谷警察裏の道路と交叉する小さな坂の上にあった。アパートの入口で管理人の部屋を覗くと、数回顔を合わせた事のある老人が、下着一枚の恰好で眼鏡越しにこっちを見た。

「戸部さん、います？」

夕希子は事務的に尋ねた。戸部に捨てられた女、と老人に察せられたくなかったからだ。

「戸部さん先刻《さっき》出掛けたようですがね」

老人は、喰べかけの西瓜に群がる蠅を団扇でのんびりと追いながら、答えた。

「留守ですか……」

「浴衣がけで出て行ったから、すぐ近所でしょう。雨さえ上れば戻りますよ」

夕希子は悄然と管理人室の前を離れ、アパートの入口に立って、狂ったように降り続ける雨を見た。どういうわけか、もう一度この雨の中へ出て行く気になれなかった。ビショ濡れになってここまで出掛けて来た自分が嘘のようでさえあった。どうにでもなれ、という自棄な気持ちもなく、このまま永遠に立ちつくしている方が楽なように思えた。

戸部は浴衣がけで近所へ出て行ったという。しかし、南マチ子の家もこの近所だ。戸部はマチ子と散歩でもするつもりで出掛けたに違いなかった。

新たに、戸部に対する忿懣《ふんまん》が煮えたぎった。殺してやりたい、何とかして……夕希子は忽ちこの強烈な欲望に支配されていた。

《BGかつての恋人を殺す。原因は職場での三角関係》

そんな新聞記事の見出しが、チラッと夕希子の脳裡にひらめいた。すると、まるでその新聞が眼の前に拡げてあるように、新聞活字の羅列が網膜を流れた。

《稲見夕希子（24）＝赤石産業事務員＝は同僚で夕希子のかつての恋人であった戸部哲也（28）さんを殺し、渋谷警察署に自首した。同署の調べや夕希子の自供によると、夕希子と戸部さんは一年程前から恋愛関係にあり、結婚を前提として肉体交渉もあったが、最近になり戸部さんには同じく赤石産業の事務員であるM子さんという恋人が出来た為に、以来、三人の間に悶着が絶えなかった。その結果、戸部さんに再び夕希子と撚《より》を戻す気持のない事を知り、夕希子は思いあまって凶行に及んだものと思われる》

新聞が書くのはこの程度の記事だろう。

戸部が結婚という好餌《こうじ》によって夕希子を口説きおとし、結婚という言葉に必死に縋《すが》りつく夕希子の弱味につけ込んで、適当な口実を設けては夕希子の貯金十五万円の大半をまきあげてしまった事、夕希子が妊娠した時、猫なで声で結婚を誓いながら、夕希子がやっと決心して妊娠中絶をすませたとたんに、掌をかえすようにマチ子へ移って行った戸部の狡猾な色魔ぶりの事、などは少しも世間には発表されないだろう。自分一人が犯罪者の烙印を押され二十四年の生涯に終止符をうつ。両親は悲嘆にくれ、兄弟達は肩身のせまい思いに苦しむだろう――。

夕希子は身ぶるいした。彼女の胸には、犯罪への恐怖と、このまま浅墓な女の一生にただ一度の汚点として戸部との全てを清算するなんて嫌だ、という根深い復讐心が相剋していた。

彼女自身が手を下さずに、戸部を死なせる方法がないものか、と夕希子は考えた。呪い殺すという事は、実際には出来ないものだろうか。自然死が突如戸部を襲うなんて事にはならないか。それとも殺害方法からアリバイまで完全無欠の犯罪は成立しないだろうか。このアパートに火を放ったら。毒入りウィスキーをマチ子の手を通して戸部に送ったら。夕希子の想念はヒステリー女のように、とりとめもなく乱れ、奔放であった。しかし、どれ一つ実現可能なものはなく、逆上のあまり捻出したという犯罪方法の域を出ていなかった。

次第に遠去かる爆音のように、雨の音が少しずつ弱まって、やがてピタリとやんだ。と思う間もなく、一度に灯がともされたようにカッと日射しが照りつけ始めた。木の葉の水滴や庇から滴り落ちる雨だれが、慌てふためくようにキラキラと輝いた。俄かに蝉の声と子供の叫び声がきこえて、風景は冬眠からさめたように活気づいて来た。

夕希子は雲の上へ踏み出すように力なく、「さとみ荘」を出た。銀座へでも出て、男みたいに酔ったり騒いだりしてやろうか――と眠むそうな意志の動きがあった。

2

電車通へ出たところでタクシーに乗った。八十円車だった。

「新橋……」

夕希子はグッタリとシートに躰を預けた。虚ろな倦怠感が両脚から上ってきた。このまま何十年も走り続けていたい気持だった。

「凄い雨でしたね、ワイパーが故障で往生しましたよ」

四十前後の眼鏡をかけた運転手は話好きらしく、雨の話から南の島のスコール、その島に駐屯していた兵隊時代の思い出話、と語り手批判手一人二役でよく喋った。今の夕希子にとって、このとりとめもない、ありきたりな饒舌が苦痛であった。バックミラーに映る平和な運転手の顔つきが、腹立たしくもあった。夕希子は無言で機械的な頷きをくりかえした。

前方の空は、人を小馬鹿にしたような蒼さだった。先刻の雨など嘘のように、銀色の雲が陽光に輝きながらゆっくりと走っていた。まだ地面こそ濡れているが、何事もなかったように人々の群が舗道を流れていた。浴衣の女、アロハの男、赤いワンピース、白いハイヒールが雨の後の清涼な街角を華やかに闊歩している。天候も人間も「雨のち晴」の豹変ぶりを鮮やかにやってのけたのだ。それが生きている現象なのかも知れなかった。

窓の外を見るともなく見ている中《うち》に、夕希子は自分一人が取り残された人間、そうでなければ存在価値のない人間、のような気がしてきた。彼女だけが「雨のち雨」じゃないかと思った。眩しいような蒼空の下を、高目のハイヒールに開いたスカートの腰を振り、ピンクのパラソルをクルクル廻しながら颯爽と行く娘に比較すると、自分が鼻の曲った醜悪な老婆のように感じた。

夕希子はそっと足許を見た。泥にまみれたレインシューズが恥入るようにあった。傍らに立てかけておいた傘の先で、レインシューズのつま先をギュッと押してみた。痺れるような痛さだった。自嘲しながらもっともっと痛くしたかった。痛みに耐えられなくなった自分を想像すると快かった。

夕希子はこれと似た快感を覚えた事があった。それは三日前だった。

戸部と最後の話し合いをする為に、夕希子は有楽町の名曲喫茶へ行った。男女の別れ話をする場所には相応しくはなかったが、二人が初めて愛の告白らしきものを交した店であったから、夕希子は強いてこの店を指定した。水をうったような静けさの中に、組曲「キージェ中尉」が流れて、放心した人々のシルエットが動かなかった。

二人は隅の席に向かいあって、出来るだけ声を殺して話し合った。それも、戸部がマチ子のものになっていると話の結論が出た頃だった。突如、夕希子は今店の中央へ躍り出て「結婚詐欺で訴えてやる！」と喉が裂ける程絶叫してみたらどうかと考えた。すると、どうしてもそうしてみたい衝動にかられた。席を飛び出そうとする自分を抑制していると、腰のあたりがムズ痒《がゆ》いような、下腹部が痺れるような、そんな快感が湧いてきたのである。

——痛みの為に涙が出てきた時、夕希子はようやくレインシューズから傘を離した。一円硬貨ばかりの大きさの跡がレインシューズの表面に残っていた。

　ふと、夕希子の眼の隅が、腰の横のあたりのシートに白いものを捉えた。約十糎《センチ》四方の紙片であった。タクシーの座席に落ちていたものは、それが一枚の紙であっても、前の乗客の遺失物だろう、と観察欲をそそる。夕希子は膠着《こうちゃく》した自己嫌悪から意識をそらす為にも、その紙片を手にせざるを得なかった。

　　受取票

応接セット一式　右正ニ受取リマシタ

昭和三十四年十二月一日

世田谷区等々力一ノ二二八

賀谷　正幸㊞

丸西家具店御中

何の変哲もない受取票であった。注文した家具を受取った証拠として、配達人に手渡したものだろう。おまけに、日附を見ると昭和三十四年、つまり去年の受取票なのである。価値のないものだろうし、わざわざ運転手に知らせる事もあるまい、と夕希子はその紙片をシートの上の、あったと思われる場所に置いた。夕希子が降りた後、このタクシーに乗ってくる客が一人一人、夕希子と同じようにアレッと思い、ナアンダと紙片を捨てる、同じ仕草をくりかえすだろうと考えると、ちょっぴり可笑《おか》しかった。

だが、次の瞬間夕希子はオヤッと眉をひそめた。紙片をシートの上へ戻した時に受取票を裏返しにしたらしく、今見ると裏面が出ている。そしてそこには、何やら字のようなものが書いてあったのだ。

もう一度、紙片を手にして眼を近づけた。殆ど裏面一杯に、踊るような文字が乱暴な配列で記されてあった。眼をつぶって書いたみたいに字体が崩れて、鉄板のようなザラザラした表面に紙片を置いて記したのか、線一本も真直ぐに引かれてなかった。しかも、筆記用具はペンや鉛筆ではなく、急場をしのいだ何か代用品に違いなかった。色は赤で、クレヨンの太さに似ている。夕希子は鼻を押しつけて匂いを嗅いだ。微かにストロベリーの匂いがした。間違いなく口紅、棒紅である。

「でられない、たすけて」

口紅の文字は、判読するとこうなった。

（出られない　助けて――）

夕希子は表情を硬くした。漠然としているが一種の緊張感だった。摑みどころのない二言《ふたこと》である。誰が何時《いつ》、何処でどうなっているのか、全く不明で、真偽の程も明らかではない。誰かが何気なく書いてみた悪戯書かも知れなかった。だが、もしこの二言《ふたこと》が正真正銘のSOSだったとしたら、現在東京の何処かで一人の人間が生命の危機に直面している、と言えた。

受取票の日附は去年だが、この正体不明の危機が去年の出来事であるはずはなかった。現に、今日タクシーの座席に落ちていたのだし、口紅の匂いが消えてないという事が、このSOSは極く短時間前に書かれたものだと証明している。

二言から解釈して、この発信者はある限られた空間に閉じ込められて、そこから出られないと救いを求めている事が明白である。その限られた空間が、日常生活と全く絶縁されている場所とするならば、紙一枚鉛筆一本も満足にない、とは容易に想像出来る。何とかして危機を外部に伝えようとした発信者は、口紅を鉛筆代りにする事を思いつき、次に紙らしきものを必死になって探し求めたのだろう。そして発見出来た紙らしきものは、その限られた空間の中にはこの受取票一枚だけだった——恐らく、その空間は暗闇か乃至は薄暗いのであろう。まるで眼をつぶって書いたように、字体や字の配列がおぼつかないのはその為なのだ。

夕希子はそう断定した。

何よりも、口紅の残り香が、架空に近いSOSの発信者の存在を、生々しい現実として感じさせた。

夕希子は既に、この危機に追い詰められた人間を救出する決心をしていた。それは平凡なヒューマニズムや、人間の義務感からくるものではなく、言うなれば、そうしてみたいという純然たる欲求であった。夕希子は微かに戦《おのの》いた。別に受難者の恐怖を察したわけでも、その立場に同情したわけでもなかった。前人未踏のジャングルへ足を踏み入れようとする時の、武者ぶるいのようなものだった。

夕希子はたいていの現象には傍観者でいるはずだった。誰が泣き喚こうと、それが戸部に直結しない限り、知らん顔で、見過したであろう。だが、今の彼女は無意識に、何か強烈なものに縋りつこうとしていた。ガラスの人形のようになった自分が、まだ生きている人間である事を自覚するには、何かに憑《っ》かれたように熱中するのが最善の方法だった。もっとはっきり言えば、受難者救出は第二の問題で、救出しようとする自分の意欲の炎の上で休息する事が目的だったのだ。

つまり、救出に成功しようとしまいと結果はどうでもよかったのだ。少なくとも人命救助という張合いによって、空洞となった心が僅かでも埋められれば、それで満足であった。

（救い出すには、まずどうするべきか……）

夕希子は瞑目した。

何よりもまず受難者が何処にいるのか、即ちＳＯＳの発信場所を探り出す事である。それには、この受取票が何故タクシーのシートの上にあったか、誰がどうやって、あるいはどんな偶然の作用によって、この紙片がタクシーの中へ運び込まれたのか、その経路を逆に辿らなければならなかった。

考えられるのは二点だけである。一つは、このシートの下に誰かが押し込められているのではないか。もう一つは、夕希子が乗る以前の乗客の一人が、この紙片をタクシーの中へ持ち込んだ場合である。しかし、第一の場合は簡単に否定出来る。シートの下に押し込められている人間が、シートの上に紙片を置く事は不可能に近いし、もしそれだけの余裕があったとするならば、もっと決定的な合図を夕希子に送る事が出来るはずであった。

残る第二の想定がどうやら実際的であり、また充分に有り得る事だった。受難者は紙一枚が抜けられる僅かな隙間から、この受取票を押し出した。それが何かの拍子にその傍を通りかかった人間の身についた。その人は受取票には気づかず、そのままこのタクシーに乗った。受取票は車の震動によって、その人の躰から離れてシートへ落ちる。

（傘だ！）

夕希子は眼を開いた。雨がやんで、その通行人は傘をぶらさげて歩いていた——その傘に押し出された受取票がひっかかった。車に乗れば、今の夕希子のように傘をシートに斜めに立てかける。そうすれば受取票はシートの上へ落ちる……。

夕希子以前にこのタクシーに乗った客を追って、その人が歩いた、通った道を訊き出せば、受難者が呻吟《しんぎん》している場所の見当、そして範囲が限定されるはずである。

夕希子は背を起こした。

「ちょっと停めて」

「お降りになるんですか？」

「何処かしら、ここ」

「赤坂の手前ですよ」

車は歩道に寄って停まった。濡れた街路樹の緑が鮮烈だった。夕希子はフーッと長く息を吐き出した。

運転手がバックミラーの中で口許を歪《ゆが》めた。車を停めて黙っている夕希子に、金がないとでも言われるのを警戒したのだろう。

「私、重大な発見をしたの」

「……え？」

運転手は眼を剝いた。意表をつかれた時の戸惑った表情だった。

「今ね、一人の女性が死ぬか生きるかの境い目にいるの、貴方助け出したくない？」

「冗談はよして下さいよ」

からかわれていると思ったのか、運転手は露骨に不快の色を見せた。

「本気よ。協力して欲しいのよ、私に」

「どうしろって言うんです？」

「貴方は商売していればいいのよ、私の言う通りに車を走らせればね。それから、私の質問に答えて欲しいわ」

「質問って何です？」

「私の前に、この車には何人ぐらいお客さんが乗ったかしら？」

運転手は初めて振り返った。

「そんな事を教えるのは商売の中に入っちゃいませんよ」

唾が夕希子の顔に真面《まとも》にかかった。興奮する性質《たち》らしく、運転手の頸動脈のあたりがヒクヒクしていた。

「人命に拘《かか》わる場合なのよ」

「そんなら警察へ相談を持ち込みなさいよ」

その鼻先へ、夕希子は千円札を突き出した。

そうしながら夕希子は不思議に思った。戸部を殺してやりたいと全身で叫んでいる自分が、今度は何の縁もゆかりもない女を救い出そうと躍起になっている。戸部も、その女も、一人の人間である事に変りはない。同じ夕希子が、一つの人命を奪おうとする傍ら、もう一つの人命を救おうと努力する。妙な人間模様であった。生と死、殺す事と生かす事、これは紙一重なのかも知れない——夕希子はそう感じた。いつの間にか、千円札は運転手の指先へ移行していた。

「その女の人が死ぬの生きるのって……この車と何か関係があるんですかねえ？」

興奮しやすい人間は単純であった。運転手はもう素直に夕希子の話に引き込まれていた。

「そう。この車の中に手がかりがあったのだからね」

「でもお客さん、警察沙汰は御免ですよ。今日これからを棒にふりますからね」

「私一人でやるから大丈夫よ」

「その手がかりっていうのを見せて下さい」

夕希子は例の受取票を差し出した。運転手はしばらく、もっともらしい顔つきで眺めていたが、

「まるで夢の中で屁《へ》を掴むみたいな話ですねえ。素人が飛び廻ったって……どうせ悪戯ですよ。本当の出来事じゃないんだから……」

金を使わせるのが気の毒だという口ぶりで言った。

「いいの。私の好みなんだから」

「推理ってやつですね」

よしんば誰かの悪戯でも構わなかった。金を捨てようと疲れ果てようと、そして全てが徒労に終ろうと、自分の馬鹿さ加減を見きわめて大声で泣きだすまで突進したかった。夕希子のそれは、魂の拠り所を失った人間の自虐趣味かも知れなかった。

「で、この紙っきれは車の何処にあったんです？」

「シートの上よ」

「シートの上？　いや待って下さいよ。変だな……」

運転手は煙草に火を点けて唇を噛んだ。

「ワイパーの故障をなおすんで北沢営業所へ行った時、吸殻受けを掃除して、ざっとシートの上を拭いたんだけど……その時にはそんな紙は見当りませんでしたよ」

「じゃ、その後に乗せたお客さんの事でいいわ、教えて下さい、ね？」

「一人、いや正確に言えば二人だ。つまり一組のアベックを乗せただけですよ」

「本当！」

夕希子は勢い込んだ。意外に網がしぼり上げられている。運転手が営業所で車内を掃除した時になかった紙片が、夕希子が乗った時シートの上にあった。そしてその間、この車の後部座席についたのは一組のアベックだけだった。そうなれば、そのアベックがこの車の中へ紙片を持ち込んだ事になる。アベックを追えばいいのだ。

「そのアベックは何処から何処まで乗ったのかしら？」

「下北沢から渋谷の道玄坂の上までです」

「じゃあ行って。渋谷のそこへ！」

「捜査陣出動としますか」

運転手は笑いながらハンドルを握った。勿論彼は、この受難者の実在など信じていなかった。少々フウテンの娘さんのお好みに従って、せいぜい明るく楽しませながら、稼ぐだけは稼いでおこうと思っていた。だが、謎解きの可能性が出て来た事で、運転手もこの遊戯には乗気になっていた。

車は大きくUターンした。

3

道玄坂を上りつめて左へ曲り、約三十米《メートル》も行ったところで車は停まった。

「ここで降ろしたの？」

夕希子は窓の外を見廻した。料亭や旅館のような建物ばかりで、繁華街の一角とは思えない閑散さであった。高台らしく、左側の道路越しに渋谷界隈の家並が見下せて、広大な夏の蒼空が一面に視界にあった。

「ここで車を降りてから何処へ行ったか、ちょっと見当がつかないわね」

夕希子は赤と黄のアドバルンが入道雲と重って見える美しさに眼を痛くしながら言った。

「大丈夫です。土曜日の午後、アベックがこの辺で車を降りれば、その行先は決っていますよ。まだ時間も大してたってないし、今に出て来ます」

運転手は何でもないように淡々として言った。運転手は、旅館へ入るアベックに、いちいち妄想していたらとても商売が勤まらないし、第一そんな事は不感症になっている。だが夕希子の方は、その言葉の意味が通じた時、全く照れていた。「土曜日の午後、アベック、旅館」これ等の言葉が、かつて夕希子が戸部とくりかえした行為にもピッタリ当嵌《あては》まるからだった。運転手が平然と口にしただけに、夕希子は強く羞恥を感じた。

夕希子と戸部は、殆どの土曜日の午後を千駄ヶ谷の温泉マークで過した。外泊を許されない夕希子は、夜八時に旅館を出る。それまでの数時間はいつも呆気ない程短かったが、そのくせ夕希子は昼間の旅館が好きではなかった。

カーテンで遮蔽《しゃへい》されていても、部屋は白々しく明るくて、落着けなかった。戸部との愛の行為も何かカサカサして味気なかった。それに電車の響きや道路の騒音が、外界を溌剌《はつらつ》したものに感じさせ、暗い一室で蠢《うごめ》いている自分達が不健康な密会者のような気がした。

女中が会計をすませにくる帰り際も苦痛だった。御休息と言えば体裁はいいが、男女があの行為をすませる為に来たという事が、あまりにも歴然としている。女中の視線に、夕希子は侮蔑さえ感じてしまうのであった。そして、その零落者のような寂莫《せきばく》とした気分の中で、ほんの短い期間ではあったが、夕希子は母にされたのであった。

あのアベックも、この附近の旅館の一室で空虚な情痴の時を過しているのだ、と想像した時、夕希子はアベックに、からみ合った戸部とマチ子の肢体をダブらせていた。三日前の別れ話があって以来、今日まで戸部は出勤していない。調べてみるとマチ子の方も病気休暇をとって会社には出ていなかった。二人とも社を休んでは何処かの旅館に潜り込んで我を忘れていたのでは——嫉妬が突き上げて来た。

「あのアベックに間違いありませんよ」

運転手が「はる川」と看板のある旅館の階段をおりてくる男女を顎でしゃくった。

男も女も、まだ二十《はたち》前の感じだった。男は背が高く長い脚にジーパンをはいていた。女は短いスカートでノースリーブのブラウス姿、髪の毛が腰のあたりまでのびている。

「さあ、これからが大変ですよ。下手な事言ったら脅されますから最初は私が声をかけますからね、後は適当にやって下さい」

運転手はすっかりこの冒険に熱中していた。車を動かすと、道玄坂へ向かって歩いて行くアベックに沿って徐行を始めた。そしてアベックと一線に並んだ時、運転手は窓から声をかけた。

「もしもし、忘れ物があったようですよ。ずっとあんた達を探してたんです」

アベックは立ちどまった。男の方が怪訝そうに首をかしげた。女が男の脇腹をチョイチョイと突いた。先刻《さっき》乗って来た車よ、と囁いているようだった。

「忘れ物なんかしねえよ。手ぶらだもん」

男はそう言ってから夕希子の方を見た。こうなれば仕方がなかった。夕希子は思いきって窓から顔を突き出した。

「これ、貴方達のものじゃないかしら。大切なものだと思って、運転手さんに頼んで貴方達を探して貰ったのよ」

夕希子の手には、あの受取票があった。

「俺達のじゃないよ」

男は確かめようともしないで、ぶっきら棒に答えた。

気がつくと、アベックはどちらも傘を持ってなかった。

「あら貴方達、傘は？」

「傘なんて持たないさ」

「だって来る時、雨が降ってたでしょう」

「だから車で来たのさ」

傘がなければ、先程の受取票が車の中へ運び込まれた経緯に関する夕希子の想定は成立しない。それにアベックの恰好は、どうみても受取票を偶然身につけて歩けるとは思えない程、さっぱりした軽装だった。どうやら、このアベックと受取票は無関係のように思われた。夕希子は早々に諦める事にした。アベックを眼の前にしていると、情事の直後の粘っこさが纏《まと》わりついているような気がして、またあの戸部とマチ子の肢体を連想する恐れもあったからだ。

「そう。じゃ呼びとめて悪かったわね」

夕希子はアベックに軽く会釈して、バックミラーの中の運転手の眼と頷きあった。車は飛び出すように走りだした。

「どうします？　これから」

「アイスクリームでも喰べましょう」

道玄坂へ出て、渋谷駅とは反対の方向へ玉川線に沿って走った。

「でも可笑しいわ。あのアベックに関係がないとするなら、この受取票は何処からどうして舞込んだのかしら……」

「すれ違った車から……ってのはどうです」

「私が乗った時、この車の後部の窓は全部しまっていたわ」

受取票がシートの上にあったのは厳然たる事実である。物の存在には、その位置に存在した理由があるはずだ。この場合、自然の作用は考えられない。人為の現象だ。だが、運転手も唯一の乗客であったアベックも無関係だとしたら、一体これはどう解釈するべきか。

夕希子はパン屋の前で車をとめさせて、アイスクリームを二つ買った。彼女も運転手もそれを口へ運ぶ間、沈黙を続けた。

そうだ、と夕希子は小さく叫んだ。最も簡単にたぐれる手がかりがある事を忘れていたのだ。受取票の受領者である家具店を探してみる事であった。その家具店にこそ、この受取票は保管されていなければならなかったはずである。

「丸西っていう家具屋知らないかしら？」

「さあねえ、職業別の電話帳で調べてみたらどうです」

斜向いに煙草屋があり、赤い公衆電話が見えている。夕希子は車を出て、小走りに道路を横切った。電話帳を借りて家具製造業の部を指先で追った。丸西家具製造販売店はすぐ見つかった。大きい店らしく、広告兼用で店の名前は特別の活字に囲みまでしてあった。電話も三本ある。場所は東中野だった。

「東中野よ」

車へ戻って夕希子は言った。運転手は待ってましたとばかりにアクセルを踏んだ。日射しはやっとゆるんできていた。建物が道路へ落としている影の縞模様も心持ち薄くなっている。最近珍しい騎馬警官がゆったりと馬を歩ませていた。

夕希子は丸西家具店へ行って、どういう口実のもとに受取票に就いて訊きだそうかと考えていた。矢鱈《やたら》な質問は相手を怒らせるだけだし、万が一にも犯罪に関係するかも知れないと察せられたら、相手は貝のように沈黙するか、夕希子に水でもぶっかけるだろう。

しかし、これという妙案はなかった。ただ一つ、受取票にある賀谷という名を借りて話のきっかけを作る方法があった。賀谷だと名乗れば一応は家具店にとってもかつての客であり、木で鼻をくるような応待には出ないだろうと考えた。

丸西家具店は東中野駅前の大きな結婚式場の裏手にあった。店先に小型トラックが三台もあり、三階建ての堂々たる店構えだった。一階と二階が既製品の陳列場らしく、二階の窓越しにソファや洋服ダンスの一部が見えていた。

夕希子は薄暗い店の奥でテーブルの上の帳簿をめくっている男に声をかけた。

「あの等々力の賀谷ですけど……」

男は驚いたように顔を上げ鼻の脇を爪の先で掻いた。

「去年に応接セットを買った賀谷です」

「はあはあ」

その名前を思い出したのか、それとも単なる儀礼か、男は大きく頷きながら立ち上った。

「毎度どうも……何か御注文でも？」

「いいえ。あの今日ね、状差しの中を整理していたら、この受取票が出て来たんです。きっと配達の人が忘れたのでしょうけど、何かの時にやはりないと困るものだろうと思って、こちらへ来るついでがありましたから、持って来たんですの」

「それはそれは。お客様に届けて頂くなんて真に恐縮でございます」

男は夕希子と受取票を交互に見やった。卑屈なまでに満面に微笑をたたえながら、男は妙に探るような眼つきをした。

短い沈黙であったが、この沈黙に夕希子はイヤな予感を感じて、さりげなく表情を整え懸命に男の顔を直視した。

「実はあのう……」

男は一度口ごもってから言った。

「真に失礼な事をおうかがい致しますが、お嬢様は本当に賀谷様の御家族の方でいらっしゃいますか？」

言葉こそ馬鹿丁寧だったが、それはむしろ慇懃《いんぎん》無礼と言うべきであった。夕希子はギクリとしながらも虚勢は保った。

「そうですわ」

「左様ですか。どうも納得致しかねるのですが、この受取票の隅に《前島》と《藤田》という扱者印が押してございますね。この前島が配達主任でして、藤田と申す方が配達者です。つまり藤田がこの受取票をお宅様から頂いて参りまして、前島がそれを確認したという証拠でございます。という事は、この受取票は確かにお宅様から頂いて、当店に保管されていたもの……なんでございます。その受取票がまだお宅様にあったとは考えられないのですが」

　微かな悪寒が夕希子の背筋をモゾモゾと這い上った。別に悪い事をしているわけではなかったが、嘘がバレる時は恐怖をともなうものだった。

「それなら逆に、このお店に保管してあるべき受取票が何故私の手にあったのでしょう」

　夕希子は声の震えを隠す為にも語気を強めなければならなかった。そして、守勢を攻勢に挽回するにはこの質問以外になかった。

「さあ……」

　男は椅子に坐って、夕希子を上眼使いに見た。もうその眼には柔和さがなかった。犯罪者に対する刑事の眼であった。

「こちらからお尋ねしたいですな」

　言葉の最後の「な」というのが、既に客を意識していない証拠だった。頭ごなしに痛めつける事の出来ない相手に密かに敵意を燃やしている時、よく使われる「な」であった。

「誤解しないで頂きたいわ」

　不利となりつつある焦燥が夕希子の声を癇高くした。

「まるで私がこの店に因縁をつけに来たみたいだわ。こんな紙一枚で、一体私が何をたくらめるって言うの」

男は答えなかった。沈黙する方が利口だという事に気がついたのだ。男には勿論、夕希子の真意が通じてない。考えてみれば確かにこの受取票で何か悪意の企図をしているとは思えない。かと言って夕希子の言う事には大きな矛盾がある。追いかえすわけにも行かないし、応答するのも無意味だ、と男は口を噤《つぐ》んだに違いなかった。

「調べてみたら如何？　保管してあるはずの受取票がどうして私の手にあるのか……」

男はしばらくして、思いきったように顔を上げた。

「半月ばかり前までは、配達部は別にあったんです。それが火事で焼けましてね。今はこの本店に同居してますがね。多分、その配達部の火事の際に、混乱にまぎれて、この受取票が保管してあるべき所から飛び出したのでしょうな。大事な証拠書類だったら紛失に気づいて探したでしょうが、受取票のように大した重要性もないものは……」

「半月前の火事の時に失くなったものなら、雨に濡れたりしてもっと汚れているはずでしょ」

「それ以上の事は想像出来ませんよ」

男は素気なく言って、再び帳簿を拡げた。もう帰れと言わんばかりだった。しかし夕希子は腹を立てなかった。今の男の話から、大きく一歩核心に近づく事が出来たからである。

この受取票があるべき、いやあったであろう場所は、その半月ばかり前に全焼したという丸西家具店配達部の焼跡またはその周辺に間違いなかった。その焼跡または周辺に、人間一人を閉じ込める事が出来る空間を探し求めればいいわけだ。受取票が全然汚損されてないのも、その空間へ収っていた事を証明している。

「その焼けた配達部ってのは何処にあったのかしら？」

男は不審そうに帳簿から眼を離した。だが真剣そのものの夕希子の視線にあって、圧倒されたように呟いた。

「渋谷ですよ」

「渋谷の何処？」

「宮益坂の右側……渋谷警察署の裏から入ればすぐです」

「そう」

左足を軸にしてクルリと回転するように、夕希子は男に背を向けた。男が慌てたように声をかけた。

「あのう、本当に賀谷様の御家内の方でしょうか……？」

「御想像にまかせるわ」

小心翼々とした男の顔を、夕希子は睨みつけるようにそう言うと店先のタクシーへ向かって走った。

「また渋谷へ戻ってね」

車の中へ飛び込むと、夕希子は口早に告げた。待ちくたびれたと見えて、運転手は生《なま》欠伸《あくび》を噛み殺しながら頷いた。

「お客さんも相当な強情ですね」

運転手は指先で、滲みでた涙を拭って言った。夕希子は鼻先で苦笑した。今はこの強情さを発揮していなければやりきれないのだ——と侘しさが胸の中で疼《うず》いた。

「少々あきれましたよ。まるでスッポンみたいですね。そんなに心配だったら警察へ届けた方がいいでしょう。その方が早いし、もし本当に誰かが何かの中へ閉じ込められていて発見が遅れた為に死んだなんて事になると、寝覚めが悪いでしょう」

夕希子は、確かに自分が何かにとり憑かれているのかも知れないと思った。最善の道は運転手の言う通りであった。しかし夕希子にその気はなかった。受難者の生死は全く念頭に置いてなかった。宝の有無に拘らず宝探しを続ける探険隊であり、その執念は非情であった。戸部を殺してやりたい欲望と似たようなものかも知れなかった。戸部殺害を受難者発見にすり換えた。いわば意欲の上での代償行動であった。

車は渋谷へ入った。気の早いネオンが躍り始め、相変らずの雑踏がだらしなく続いていた。電光ニュースが台風の発生とテキ屋の刺殺事件を報じていた。

夕希子は渋谷警察署の前で車をおりた。料金は意外に安かった。

「御成功を祈ります」と言う運転手に手を振って別れた。車は間もなく地下鉄のガードの方へ消えた。もうあのタクシーとは無縁であった。運転手は次の客を拾った瞬間に、夕希子の事も受難者の存在も綺麗に忘れるだろう。そして、もしかして明日の新聞で「閉じ込められた女救わる」とでもいう記事を見たら、熱い味噌汁を飲みながら、笑い話同様の食卓の話題にするだけだろう。夕希子はそんな事を考えながら、点滅《てんめつ》するテールランプを見送った。ふと夕希子は下腹の痛むような孤独感に襲われた。運転手が自分よりはるかに幸福そうに思えた。

夕希子はトボトボと歩きだした。

4

丸西家具店配達部の焼跡はグローブを持って駈けて来た子供に訊くとすぐ判った。大通りから約五十米ばかり引込んだ所で、ひっそりとした商事会社と大きな質屋との間にあった。まだ焼跡という印象が生々しく、崩れたコンクリート壁や、黒焦げの木材が二、三本残っていた。何かの遺跡のように、地面へ突出した残骸から焼ける前の建物の構造が想像出来た。相当大きな車庫と、倉庫、事務所の三棟が全体であったのだろう。その焼跡の向こうに道路があり、だらだらした小さな坂に接続していた。

突然、夕希子は妙な事に気がついた。その坂を上りきった所に「さとみ荘」があるのではないか。そして、この焼跡は先刻夕希子自身が「さとみ荘」の帰りに横切ったのではないか。夢遊病者のように「さとみ荘」を出て来たので、焼跡を通り抜けた強い記憶は残っていないが、前を歩いて行く人の後に従ってフラフラとこの焼跡を横切ったような気がした。同時に、夕希子はまるで試めし斬りのように爽快に一つの疑問を両断していた。灯台もと暗しというか、それは開いた口が塞がらないような盲点であった。

受取票が何故あのタクシーのシートの上に存在したのか。運び込める可能性のあったアベックに無関係だとしたら、この謎は解きようがないと決め込んでいたが、もう一人、受取票をタクシーの中へ持ち込めた人間がいたのである。それは夕希子自身であった。今、受取票が保管されていたと思われる場所と、夕希子が歩いて来た場所とが一致し、これを夕希子が乗ったタクシーの中に受取票があったという事実に結びつければ、受取票の運搬者は夕希子自身であると、完全に推定出来るのである。

即ち、夕希子はこの焼跡を通行中に、何らかの方法により受取票を傘にひっかけられ、そのままタクシーに乗ったのだ。そして傘からシートの上に落ちた受取票を発見した。自分に見おぼえのない物は先客の遺失物だ、という先入感が、この簡単な答を引き出せなかったのである。

夕希子はもう一度焼跡を見廻した。人間一人が閉じ込められる大きさのもの——それはたった一つきりなかった。事務所だと思われる棟の焼跡にひっそりと取り残されている金庫だった。配達部に現金があったはずはないから、恐らく重要書類や各種受取などが詰め込まれてあったのだろう。縦一米五十糎位、奥行き一米ばかりの据えつけで、既に赤錆《あかさび》色に変色していた。そして金庫は、人がこの焼跡を通り抜ける時歩くであろう一直線の際に立っている。もし金庫の鍵のあたりの位置の隙間から受取票を押し出せば、さげて歩いている傘の中へ入りそうであった。

夕希子はソロソロと金庫に近づいた。目的達成の喜びや、人命救助の感激などは少しもなかった。象の墓場を見つけた時のような、神秘的な恐怖、無気味さを感じた。怖々と金庫の扉に耳を押しつけたが、中から人声は愚か人間がいる気配さえ感じ取れなかった。金庫は何万年も昔からそうしているようにヒンヤリと沈黙を守っていた。

夕希子は手頃な石を拾うと、扉の表面を激しく乱打した。とてつもなくけたたましい音が、夕暮の静寂に波紋を残して響いた。打ち終ると夕希子は急いで鳥肌のような金庫に耳を密着させた。今度は反応があった。人声とも言えないが、女の叫びとも泣き声ともつかない「音」がウワンと聞こえた。恐らく「助けて」と怒鳴っているに違いなかった。夕希子は踵《きびす》を返すと、焼跡の隣の質屋へ向かって走った。質屋の娘らしい若い女に事情を手短かに話して聞かせた。若い女は一一〇番に連絡した。

五分もしない中に、渋谷警察から駈けつけて来たらしい制服の警官が二人、息をはずませながら金庫の前に立った。続いてパトロールカーが到着し、白い救急車が大袈裟にサイレンを鳴らしてドタドタと焼跡へ入り込んで来た。その後からは先を争って野次馬が殺到して来た。男も女も子供もいた。女達は笑いながら走って来た。忽ち焼跡は人の顔と囁きで埋った。老人は腕を組み、子供は祭りの見物のようにはしゃいでいた。

やがて、人垣をわけてもう一人の警官が若い工員風の男を連れて金庫に近づいて来た。工員風の男は重そうな機具を背負っていた。酸素バーナーであった。青い炎が流星の尾のように噴出し始めた。鉄は真赤に染まり、すぐ鉛色に変った。バーナーの炎を追って警官の一人が鉄の棒で鉛色の線を少しずつ突いて行った。

「扉が二重じゃなくてよかったですね」

救急車の白衣の消防夫がパトカーの警官に囁いた。人々の眼は金庫に集中していた。まるで開かれんとする玉手箱を覗くようであった。出てくるものが人間である事は百も承知のくせに、人々は一秒でも早く中の正体を見きわめようと固唾《かたず》を飲んでいた。そこには重苦しいが何処か滑稽な、沈黙があった。

約一米四方の口がポッカリと開くまでは、それでも相当な時間を要した。中にいる人間に害のないようにバーナーを使用しなければならなかったからだ。

女が警官に手を取られて地上に立ち、崩れるように膝を折った時、人々の口から溜め息まじりのどよめきが拡がった。髪の毛を絶望のあまり掻きむしったのか、赤毛に染めた長めの頭髪は逆立ったように乱れていた。眼に険があったが美人に属する女だった。救出された安堵の為だろう、女は肩で大きく息をしていた。続いて、穴からもう一人、男が出て来た。金庫の中でしゃがみ続けていたと見えて、背を円め両手で腰のあたりをさすっていた。

「心中するところだったですね」

警官の一人が元気づけるように男の肩を叩きながら手帳をとり出した。

「お騒がせしてすみません」

男は整った顔を少し歪めて頭をさげた。

「どうしてこんな所へ入り込んだのです？」

警官がやや厳しい顔で訊いた。子供じゃあるまいし、とつけ加えたいような口ぶりであった。野次馬の中からクスクスと女の含み笑いが起こった。野暮な警官の質問だったと言わんばかりの笑いだ。

「キスする為だよ！」酒気をおびているらしい労働者風の男が叫んだ。ドッと笑いが拡がったが、警官達は知らん顔をしていた。

「いやあ、あの雨なんです」

男は答えた。

「あんまり凄い降りで雨具もなかったものですから、仕方なしにこの金庫の中へ逃げ込んだのです」

「散歩中だったのですね？」

「ええ。ところが金庫の中へも吹き込んで来ますし、何の気なし扉を閉めたんですよ。そしたら、ガチンと音がして、今度は押そうと叩こうと扉は頑として開かなくなってしまったんです。空気の流通はあったんで窒息《ちっそく》の心配はしませんでしたが……」

「救いを求めたわけですね？」

「声がかれるまで怒鳴りましたが外へはあんまり聞こえそうもなく効果がないと諦めたんです。紙に書いて外へ押し出してみようと思ったのですが、僕は鼻紙一枚持ってなかったし、その彼女の方も口紅とコンパクトをハンケチに包んで持っているだけでした。金庫の中を探すと、たった一枚紙のようなものがあったんで、それに口紅で字を書いて、金庫の前を人が通る気配がした時を見計って外へ押し出したのです。もしその通信が人の手に渡らなかった時は万事窮すだと、生きている心地はしなかったですよ」

「恐らく餓死する前に発狂していたでしょうな」

「ところで、どなたが僕達を発見して下すったのでしょうか？」

「その女の方です——」

と振り返った警官は目標を見失って狼狽した。夕希子の姿はそこにはなかった。

「発見者はどうした？」

警官は同僚の顔を一人一人順々に見やったが、どの警官もキョロキョロ野次馬の方を振り返るだけだった。

「ここに立っていた娘ですかね？」

野次馬の最前列にいた老人がゆっくりと腕組を解いた。

「御存知ですか？」

「その娘なら、先刻《さっき》あっちの方へ立ち去りましたよ」

「先刻《さっき》？」

「ええ、まだ金庫が焼ききれない中《うち》にです」

警官は諦めたように首を振り振り、男の方へ向きなおった。

「行ってしまったようですな」

「そうですか。せめて一言位はお礼を言いたかったのですが、残念です」

「ところで貴方がたの住所氏名をお訊きしたいのですが」

と、警官は鉛筆を舐めた。

「住所は……僕はあのアパートに住んでいます」

男はそう言って「さとみ荘」を指さした。

「名前は、僕が戸部哲也で、彼女の方が南マチ子です」

「じゃあ病院へ行って注射でもして貰って下さい」

「どうもお手数かけました……」

浴衣がけの男は恋人を促して、救急車の中へ消えて行った。野次馬達は一幕芝居を見終った時のように、何か物足りなさそうな顔つきでグズグズと散って行った。

夕希子は国電のガードをくぐり、渋谷駅前広場へ向かって歩いていた。一目で、当てもなくさまよい歩いていると知れる足どりであった。歩調はゆっくりしているくせに脇目もふらないという歩き方は、心の均衡を失った者特有のそれだった。

金庫の中に入っていた人間に就いて、夕希子には興味がなかった。警官が金庫の前に立った時に、夕希子の一連の行動には終止符をうたれたのだった。だから、野次馬が人垣を作った時、夕希子はそっとあの場を抜け出して来たのである。

疲れていた。事の終りが一度に彼女を緊張から解放し、その解放がけだるさを呼んだ。夢に溶け込む直前のように、その疲労は波状的に襲って来ては、山間に吸い込まれる谺《こだま》のように夕希子を虚無感へ誘った。

既に彼女の、戸部への憎悪からの一時的な逃避は終局を迎えていた。心の支えは再び崩壊し、数時間前のあの自分の嘔吐物を始末するような自己嫌悪が、巨大な幕となって夕希子の行手に張りめぐらされていた。早く家へ帰って母親の顔を見たい気もあったが、そうするべく行動を起こすのが億劫《おっくう》であった。

浴衣がけの男がサンダルをはいた女を連れて夕希子を追い越して行った。一瞬、それが戸部哲也と南マチ子のように思えて、夕希子はピクリと肩を震わせた。

救急車のサイレンが聞こえた。あの救急車が交通事故で瀕死の重傷を負った戸部を運んで行くなら素晴しいと思った。すると、何だか本当にそうなるような気がして来た。哀しい錯覚だった。夕希子はすぐ力なく首を振った。

渋谷の街は夕希子に遠慮なく、いよいよ華やかに咲き乱れ、ケバケバしく着飾った。

ふと夕希子の唇から呟きが洩れた。

(殺してやりたい……何とかして……)

十五年は長すぎる

1

昭和二十一年一月――。

都心はまだ一面の焼野原だった。赤錆びたような地上を寒風が吹き抜ける。それを遮る一本の樹木、一棟のビルもなかった。

それでも街を行く人々の表情には気の弛《ゆる》みと、何となく明るい穏かさがあった。物資の窮乏はひどくても、やはり昔ながらのお正月――という観念的な安堵感がある。戦争という死の魔手から解放されたことも、その原因になっていた。

赤石《あかし》和子は、浜松町から金杉橋寄りの道路を歩いていた。黒いズボンに真紅の半オーバーという恰好だった。灰色の斑点を撒き散らしたようなあたりに、和子の真紅の半オーバーは鮮やかに目立った。

和子は美しかった。化粧っ気はなかったが、顔立ちは立体的な陰影をつけていた。青白い肌は弱々しかった。だが、それが大きな目を病的にまで熱っぽく見せている。混濁《こんだく》した世相には関わりなく、二十《はたち》の娘はそれなりに魅力的だった。和子とすれ違う誰もが、ふと爽やかな希望を感ずるに違いなかった。ロマン——それは殺伐とした日常には一服の清涼剤となった。

和子は恋人の宗方敬一《むねかたけいいち》を訪れるところだった。宗方は東部金属ＫＫの独身寮に住んでいる。三十九歳で、和子の勤め先、東部金属ＫＫ会計課の課長である。

東部金属は戦時中、供出された鉄製品を溶解する軍需会社だった。だが、終戦直後、鍋釜類を製造する平和産業に切り換わった。一部の技術者や工員を除いて、軍需会社時代の社員はそのまま居坐った。従って、宗方は戦時中からの和子の上司であったわけである。ただ、終戦までは、宗方は技術室長であり、和子は医療班勤務の臨時看護婦だったのだ。優秀な技術者であったためか、それとも身体に障害があったせいか分からないが、宗方は召集されないままに終戦を迎えている。

宗方と和子の関係は終戦三ヵ月ほど前から始まった。

「結婚してくれ」

と、宗方に囁かれた時、和子は別に驚かなかった。前々から、そう申し込まれるような予感があったのだ。宗方は殆ど毎日のように医療班の部屋へ姿を現わしていた。水虫の治療のためである。薬を塗布する和子に、宗方は好意以上のものを含めた視線を注ぐ。和子はそれを敏感に感じ取っていた。

和子も、宗方を嫌いではなかった。三十九歳という年齢は気になるが、その頃の和子の周囲には若い男など一人もいなかった。宗方がいちばん若い男性だったかも知れない。恋愛をする機会や対象に恵まれていない若い女性にとって、宗方の愛の告白は悪い気持ちがするものではなかった。大阪の空襲で、一家諸共妻子を失ったという宗方の立場にも同情した。

やがて、東部金属の独身寮にある宗方の個室へ、和子が姿を現わすようになった。勿論二人の関係は徹底した密会によって重ねられた。非国民呼ばわりされたくなかったし、和子にしてみれば、厳格な両親に自由恋愛を察知されることが恐しかったのである。

和子が男に、簡単に処女を許したのは、不安と無味乾燥との谷間にあった当時、セックスへの没入が唯一の潤いであったためかも知れない。

だが和子は、決して肉体遊戯のつもりではなかった。あくまで結婚を前提としていたし、結婚あってこそ、宗方との結びつきに、生き甲斐を見つけ出したのである。明日の命が分からない毎日であっただけに、和子の結婚に対する執着は強かった、とも言える。

和子は献身的に宗方を愛した。自分の情の激しさに驚いたくらいである。そして、二人の交渉は秘密に終戦後も続けられて来た——。

和子は、右手に小さな風呂敷包みを持っていた。中身はお餅である。父親の郷里である山形から送って来たものの極く一部を、母親の目をかすめて盗み出したのだ。

会社はまだ正月休みである。今年になって和子は、一度も宗方に会っていない。一片のお餅もなく、寝正月を送っているかも知れないと思うと、和子は宗方が心配になった。適当な口実を設けて、和子は、家を抜け出して来たのである。恰好だけでもお雑煮らしいものを作って、宗方に喰べさせてやりたかったのだ。

痩せた野良犬が、和子の手にある風呂敷包みに、鼻を寄せて来た。子供が二人、寒々とした顔つきで和子を見送った。アメリカ兵が口を動かしながら、和子を瞶《みつ》めて通り過ぎる。ジープが輪タクを追い抜いて、殺風景な大通りを走り去った。

色褪せた、何か不潔な視界だった。しかし澄みきった青い空には平和があった。和子はその空の青さに幸福を感じた。

《早く、宗方の喜ぶ顔が見たい》

和子の胸に凝固《ぎょうこ》しているのは、それだけだった。自然に足の運びが早まった。

金杉橋の手前で右へ折れると、古ぼけた兵舎のような建物が見える。とり残されたように暗い影をおとしていた。東部金属の独身寮である。焼け残ったのが悪いように、薄汚れた壁面を鈍い陽光の下に曝《さら》していた。

和子は用心深くあたりを見回した。それから崩れかけた木製の非常階段を上った。ドアを押すと、二階の廊下へ出る。すぐ左側が宗方の部屋だった。

和子はいつもの通り、ノックもしないで素早く、宗方の部屋の中へ身体を滑り込ませた。

「あたしよ……」

振り向いた和子の目に最初に触れたのは、テーブルの上に無造作に投げ出されているボストンバッグだった。バッグは醜《みにく》く膨脹《ぼうちょう》して、その口から溢れ出ているのは白い餅である。

「あら……」

和子は複雑な気持ちで小さく叫んだ。なぜ宗方の部屋にこんな多量の餅があるのか——。

そして同時に、宗方の喜ぶ顔を見たいという和子の志は無に等しかった——。と、意外さと失望が彼女の胸で交錯したのだ。

「誰が下さったの？」

部屋の隅で幾つもの大きな包みをひろげていた宗方に、和子は訊いた。

「え……？　ああ……」

宗方の顔を狼狽が走った。和子は直感的にある種の想像をした。顔が冷たくなり、微かに硬ばるのを感じた。

「田舎からの、おみやげだよ」

　宗方は無意味に手をはたきながら、立ち上って苦笑した。

「あなたの田舎って……？」

「うん？　そう……」

「大阪が郷里のはずでしょ？」

「そうだよ」

「大阪では、こんなに沢山のお餅が手に入るの？」

「大阪って言っても広いさ。ぼくのところは市内じゃない。百姓をやっているんだから」

「そのくせ、空襲で爆撃されたって言うの？　妙な話ね」

「いや、それとはまた別の親類があってね」

「一体、誰が来たの？　はっきり言って欲しいわ」

喋りながら、和子の目は部屋中を甜め回していた。ある種の想像がその裏付けの観察を命じたのである。

見たことのない荷物が四つあった。トランクが二箇に、一反風呂敷の包みが二つである。トランクは二箇とも開かれていた。詰め込まれているのは衣類である。それも、子供の洋服と女物の和服ばかりだ、と和子は見て取った。

想像が事実であることは確定的だった。和子は、白く硬直した頬に手を当てた。ここで何を言い、どんな行動に出るべきか。咄嗟に思い浮かばなかった。

一瞬の気づまりな沈黙があった。和子は右手の小さな包みに目をやった。哀れな餅の包み——と和子は思った。すると、惨めさが腹の底から噴き上げて来た。顔がカッと熱くなり、すぐにもとの冷たさに戻った。

「騙したのね……」

和子は静かに呟いた。宗方に言うより、自分に語りかけているようだった。騙す人間がいれば、必らず騙される相手がいる。それが自分であったことを、和子は嚙みしめているふうに見えた。

「妻子は死んだなんて……奥さんは今、どこにいるの？」

憎悪が剝き出しになる寸前の、冷ややかな視線が宗方に向けられた。宗方は無表情で答えた。

「女房と子供は、長野県の田舎に疎開させておいたんだ。明日あたり東京へ帰ってくるはずだ。とりあえず荷物だけが先に届いたというわけさ」

「そう……それで、あたしは？」

「今日限りで、会えなくなるだろうね」

「それで、すむと思う？」

「すまさなければならない」

「最初から、疎開妻の代用品に、あたしを、利用するつもりだったのね？」

「その時その時を生きていた頃だった。互いに楽しめばそれでよかった。君も、結構楽しんだのだから、まあいいじゃないか」

「結婚は……？」

「男も知らずに死んで行くのは可哀想だと思ったんだ」

「結婚の約束は……？」

「空襲で死んでしまったと思えば、何でもないだろう」

「結婚の約束はどうなるの？」

「これからは、青年がどんどん復員してくるさ。妻子ある男を横取りしても無意味だと思うね」

尻をまくった宗方の態度とは、よく分かっていた。だが、和子は、彼の本心を確かめ、話し合ってみようとするだけの冷静さを失っていた。騙され続けてきた自分に対する嫌悪、結婚を含めた将来への絶望、宗方を完全に捉えている彼の妻に対する絶望、この三枚羽のスクリューが憎悪の渦となって、和子の頭の中で回転していた。

逆上は限られた時間だけ和子を狂人にした。不貞腐《ふてくさ》れた宗方の顔が黄色くぼやけて、その声は俄かに遠のいた。和子は全ての判断を失っていた。殺意だけが、彼女の身体に粘膜となって張りめぐらされた。

宗方が何かを叫び、その顔が裂けて、ピンク色に近い血が八方へ飛び散ったのが、映画の一シーンのように印象的だった。

和子は手に握りしめていた鉈《なた》の柄から、指を取りほぐすのに苦労した。寒くもなく、暑くもなかった。感覚がなくなったようであった。ただ身体がひどく重い感じだった。

窓から射し込む陽の光が、白々しく目に映じた。点々と畳にこぼれた血痕が花模様のように美しいと思った。和子はネットリと湿っている手袋を取って、テーブルの上に置いた、そして、ゆっくりと部屋を出て行った。

「愛していたんだ……」

放心した口調の言葉が、ドアのあたりで洩れた。

宗方の死体は約三時間後に発見された。犯人の推定は容易だった。怨恨による犯行であることは、現場の状況が物語っている。宗方と和子の仲を知っていた東部金属の社員が三人も名乗り出た。和子が独身寮を訪れたのを目撃した者もいた。血染めの手袋が和子の遺留品であり、餅を包んだ風呂敷が和子の家の物であることも判然としていた。その夜のうちに、和子が加害者と確定、逮捕状が出た。

2

昭和三十六年一月七日――

正月気分がまだ抜け切らない街の表情だった。だが空は暗く、風景は老《ふ》けた感じであった。大雪でも降るか――人々はそんな予想をした。妙に暖かい気候なのに、街の屋根屋根や乾いた路上に寒々とした翳《かげ》があるのだ。

電線が微かに震えているのは風があるせいだろう。雀も電線に並ぼうとしない。私鉄の電車が走り過ぎる。その響きだけが澱《よど》んだ街のアクセントだった。

赤石和子は部屋の窓を開いた。重い静寂が流れ込んでくる。窓の下の道路に人影もなく、行き交うトラックの音もしない。

和子は両腕をのばして、大きくノビをした。上機嫌である。軽い興奮さえ胸の底にあった。暗い空も陰気な街も、和子にとっては輝くような明るさの中にあった。

待ちに待った今日である。十五年間——何という長い時間の帯だったろうか。和子にはその長さの苦痛を表現することは出来なかった。

待ち合わせの時間に一時間待たされても、その間の不安や焦燥は苦痛に近い。和子の場合は一時間の約十二万九千六百倍も、待ち続けたのだ。自分でも感嘆するほどの忍耐と努力だった。

和子は鏡の前に坐る。三十五歳にしては皺も多く、疲れた顔だった。しかし、今日の肌は生きている。気のせいかも知れない。だが、女の肌は感情を敏感に表わすものだ。今日の喜びを素直に物語っているに違いない。

クリームを塗る、軽く白粉のパフで頰を叩く。ほんのおしるしに口紅をさす。張り合いのある化粧だった。十五年ぶりに女らしい気持ちで鏡台に向かっている。興奮が幸福感へ移行する。

《あと十三時間……》

和子は時計を見ながら呟いた。

あと十三時間で、昭和三十六年一月七日は過去となる。一月八日という日を迎えるのだ。それと同時に、和子は十五年間の苦痛から解放される。

《自由……》

ジユウ……と噛みしめるように口の中で繰り返した。もう人を恐れる必要もない。駅だってデパートだって、大手を振って歩くことが出来る。目の鋭い男から視線を向けられても顔をそらさなくてすむ。知らない人に声をかけられれば、胸を張って応対すればいい。普通の女のように大口あいて笑えるし、長い間御厄介になってきた睡眠薬がなくても熟睡出来るのだ。

自由、解放——何と素晴しいことだろう。幾百万の金を積んでも買えない魅力——和子はそう思う。

失われた十五年など少しも惜しいとは思わない。二十歳の時から三十五歳まで、と言えば、確かに女の一生で花も実もある時期だった。その間を灰色の空白として過してしまったのは不幸かも知れない。

だが、ものは考えようだ。不幸の割れ目が深かったからこそ、今日の幸福を強烈に味わうことが出来たのだ。明日から失われた十五年間を埋め合わせするような毎日を送ればいい。そして和子には、そう出来る自信があった。

《信吉と……》

和子は脳裡に戸畑信吉《とばたしんきち》の顔を描いた。もう信吉からの結婚申し込みを受入れることが可能なのだ。天下晴れて夫婦《めおと》になる——と。古風な言葉を和子は思い浮かべた。

信吉はわたしを愛している、と、和子は一片の疑いもなく信じていた。根拠のない自惚《うぬぼ》れとは、違う。信ずることが出来る理由があるのだ。信吉は、全ての事情を承知の上で、和子を愛し続けてくれたし、結婚しないかと言ってくれた。

一度だって冷やかな目を、和子に注がなかった。敬遠する様子もなく、恐れている振りも見せず、第一、信吉は和子の秘密を他言しなかったし、警察へ通報しようともしなかったではないか。

和子も信吉を本気で愛している。信吉は唯一の灯であり、杖でもある。今日まで彼の結婚申し込みに応じなかったのは、正式な手続きをとることが不可能だったからだ。

勿論、既に和子と信吉は事実上結ばれている。三月ほど前からである。

だがそれは、あまりにも短く、カサカサとささくれた愛の時間の繰り返しに過ぎなかった。夜遅く、人目を避けて、三流どころの温泉マークで慌ただしくすまされるのだ。余韻《よいん》も情緒もなかった。情が深く人間が熱っぽいとよく言われた自分が、よくこんな中途半端な関係に耐えられたものだ、と和子は思う。

しかし、そんな信吉との関係にも終止符をうつ時が来たのだ。明日以降、二人はいつでも堂々と区役所へ乗り込める。躊躇なく、赤石和子を戸畑和子と改められる。そして一軒の家の同じ屋根の下で生活出来るのである。

和子は深く吐息した。喜びが実感となる反面に、過ぎ去った十五年間に対する感慨があった。

今日という日を目指して、一途に生きてきた十五年間――。その間の恐怖と苦痛は、刑務所の鉄格子の中にあるのと変りないくらいだった。いっそのこと自首して出て、さっさと絞首台に上った方が楽かも知れない、と考えた瞬間もある。

殺人罪の時効は十五年。しかし、警察の追及を逃れ、不安に脅かされながら過す、「孤独」という針の蓆《むしろ》の上での十五年は、罪の償いをしてなお余りあるほどだった。

犯罪者として全国に指名手配されてから、北海道に三年、盛岡に一年、仙台に一年、大阪に二年、神戸に一年、福岡に二年、別府に一年、名古屋に一年、横浜に二年、という順で各地を転々とした和子は、去年の春に初めて東京の土を踏んだ。

この間の職業は九割までが水商売だった。料理屋、旅館、キャバレー、バー、飲み屋、一時は特飲街で男の袖を引いたこともある。多勢の人間と顔を合わせる職業は避けたかったが、この種の商売でなければ、身許の不確かな女を気軽く雇ってはくれなかった。

それに水商売となれば、夜の人工照明の中で働くのだし、どぎつい化粧によって顔を変えることが不自然ではないという利点もあった。年々、目に見えて老け込んで行くし、すっかり板についた商売女ぶりが、二十《はたち》の頃の和子とは全くの別人にしてしまった。誰が見ても、かつての和子を連想することはないだろう、と自信を持って東京へ舞い戻って来た。東京が見違えるほど変ってしまったのも好都合だった。十五年前の和子の世界は消滅していた。そんな昔の殺人事件を記憶している者もいないようだった。東京の現実は悠長ではなかった。過去に構っていては生きて行けないのだ。そして、一千万人近い人間の中からかつての知人を見つけ出すのは、そう願っても無理なことだった。

和子は安心して神田にあるキャバレー「火の接吻」で働くことが出来た。信吉と再会したのは、「火の接吻」に勤め出して半年ばかりたった、去年の九月だった。

その夜、指名もつかずにブラブラしていた和子は、仲のいいホステスの麗子に誘われて社用族らしい一団の席へ行った。その一団の中に、信吉がいたのである。

「和子さんと違うかい？」

小声でそう囁かれた時、和子は愕然となった。まず、自分の耳を疑い、それから相手の顔をしげしげと眺めた。

「やっぱりそうか……」

男は晴れ晴れしい顔付だった。

「あなたは……？」

和子の声は震えた。見覚えのある顔だったが、はっきり思い出すことは出来なかった。気持ちが動顛《どうてん》しているせいだった。

「忘れたとは冷たいねえ」

「名前をおっしゃって、頂けません？」

「戸畑だよ」

「信ちゃん……！」

と口走ってから、和子は、しまったと思った。自分が赤石和子であることを、認めたようなものである。

信吉は和子の幼な友達だった。家も近所だったし、宗方殺し当時、信吉は既に厚木の海軍基地から自宅へ戻って来ていたから、当然、指名手配された和子が行方をくらましたことを知っているはずである。

和子の目の前は真っ暗になった。全てが頭の中で、音をたてて崩壊して行くのを感じた。

「君への初恋に破れて、おかげでぼくは未だに独身だぜ」

信吉は屈託のない笑い方をした。

「あたし……」

和子は身体を固くした。冷たい汗が背筋を流れ落ちる。痛いほど、唇を嚙んだ。ワーッと叫びながら、この場を逃げ出したい衝動を感じた。

「深刻な顔をするなよ」

信吉はコップを突き出して、ビールの催促をした。

「だって……」

「知っている。しかし、ぼくには無関係なことさ。無関係なことに興味はないね」

「信じられないわ」

「しかも、初恋の女性だ。進んで不幸にはしたくないからな」

「本当なら嬉しいわ」

「古い話さ。ぼくは記憶力には至って弱い方なんだ」

「あたしね……あと四ヵ月ほどで、自由になれるのよ。時効になるわ」

「よし、では乾杯と行こうか」

この時の和子は、とても彼を信ずる気にはなれなかった。

酔っぱらいのヒロイズム、偽悪者ぶり、感傷、そうでなければ酒の肴にしているのだろうと思った。明日になって冷静に考えた結果、警察に電話するに定《きま》っている。今夜のうちに、再び遠くへ飛んだ方が賢明だ——と、和子は思案した。

だが、それを実行するには大きな障害があった。逃避行するには、まず金が必要だ。しかし、金は銀行に預金してあって、今夜中に引き出すことは不可能である。と言って、明日の銀行の開店時間を待っているわけには行かない。警察は多分、朝のうちに手配をすませてしまうだろう。

「どちらへ？」

和子はビクッと肩を震わせて信吉を仰いだ。彼が突然、立ち上ったのである。

「トイレだ」

信吉は照れたように口許を綻《ほころ》ばせた。何のわだかまりも、そして悪意も感じられない笑顔だった。

和子はカウンターでおしぼりを貰い、トイレの前で信吉が出てくるのを待った。

「ぼくを信じられないらしいね」

出て来た彼は、おしぼりを受け取って手を拭いながら、ふと真顔になった。

「警察へ知らせるつもりなら、たった今、電話をかけることだって出来る」

「そうするなら、あたしの目の前でやって欲しいわ」

「だから、そんな気はないと言っているだろう」

「………」

「そんなことよりね、近いうちにどこかでゆっくり会いたいな。君の将来に就いても考える必要があるし」

「からかわないで……」

「本気だよ。ぼくは十五年間、君のことばかり考え続けて来たんだ」

「駄目よ。昔の和子はとっくに死んでしまったわ。今のあたしは……」

「分かっている。十五年間の君の苦労は想像がつく」

　酔った客の高笑いと女の嬌声が聞こえた。乱れた足音がトイレへ近づいてくる。信吉は口を噤《つぐ》んだ。そして、一枚の名刺を無言で和子に手渡した。

名刺を受け取りながら、和子は胸がキーンと痛くなるのを覚えた。なぜだか、具体的な理由はなかった。ただ、十五年ぶりに他人の温か味に触れたような気がした。この瞬間に、和子は信吉が事実味方になってくれるのかも知れないと、期待を持ったのである。

　その期待は決して裏切られなかった。信吉は一ヵ月後に、結婚してくれと言った。和子は汚れきった自分の肉体にひけ目を感じながら、もう信吉なしでは生きて行けないと思った。肉親への慕情は少しもなかった。信吉さえいれば、和子は孤独を忘れていられるからだった。

　大洋電機の販売課に電話をかけ、押し殺した声で信吉を呼び出すのも、湿った六畳間で温泉マークのネオンの点滅を気にしながら信吉に抱かれるのも、昭和三十六年一月七日までのことだった。それ以後は、大洋電機社員の妻となり、小綺麗なアパートで二人の生活が始まる。

その日を境にして、和子の環境は百八十度転換する。過去と未来には黒白の相違があるのだ。玉の輿どころではない。苦悩のどん底から幸福の絶頂へ、一息に達するのだ。

そして、その日が来た——。

3

時計を見る。午後三時だった。

《あと九時間……》

和子は落着けなかった。お茶漬けでも流し込もうかと考えたが、食欲が湧かなかった。

胸が一杯なのだ。待ちに待った瞬間が迫るにつけ、緊張と興奮は高まるものだった。山の頂きで、初日の出の一瞬を待ち受けているように、厳粛な気持ちにさえなっていた。

和子は大して多くもない荷物を整理した。急にそうする必要はなかったが、そんなことでもしていなければ、一秒一秒があまりにも長かったのだ。暗い過去に訣別を告げるには、荷物の整理が一つの手段でもあった。

整理し了《お》えて、四畳半の部屋を丹念に掃除した。そして、再び時計を見た。また四時である。意地悪でもしているように、時間の経過は遅かった。

外出してみようか、と考えた。その方が気がまぎれるし、いつの間にか時間が過ぎ去るような気がした。だが、そうしたい欲望を抑制するものがあった。大きな喜びには大きな不安がつきものである。ちょっとした油断から、九分通り掴みかけた幸運を逃すこともある。この最後の数時間に、和子の過去を知っている人間に出会い、時効を目前にしながら逮捕される――こんな皮肉な結果を、和子は最も恐れたのだ。

ゴール間近であるからこそ、自重しなければならなかった。

ドアがノックされた。

「ちょっとすみませんが……」

ドアの外で管理人の声がした。

「はい」

和子はドアを開いた。同時に脳天から下腹にかけて、鋭い悪寒が突っ走った。戦慄とはこういう気持ちを言うのだろうか。指先が紫色に変るほど柱を掴みながら、和子は廊下に立っている人影を凝視した。人影は制服警官だった。

「お名前は？」

警官は能面のように表情を動かさなかった。

「五十嵐妙子です」

和子はこのアパートで通している偽名を口にした。

「職業は?」

「キャバレー従業員です」

「最近、部屋の中の様子が変っていたことはありませんか?」

「どういう意味でしょうか?」

「何かがなくなったり、留守中に誰かが部屋へ入ったような形跡があったとか――」

「さあ……?」

「そうですか。あとで指紋を採らせて貰うかも知れませんから。どうも失礼しました」

警官は事務的にそう告げると、隣の部屋の方へ歩いて行った。アパートの管理人が、それを追うように歩きかけながら、和子を振り返った。

「いや、困りましたよ。正月早々……」

「何かあったのですか?」

「三階の部屋へ軒並みにコソ泥が入ったんです。どうも、犯人はアパートに住んでいる者らしいって言うんでね」

「そうですか……」

「顔色が悪いようですね？」

「ちょっと風邪気味なんです」

「いけませんねえ。大事にして下さいよ」

管理人は人のいい笑いを見せて立ち去った。和子はドアをしめ、それに背をもたせかけた。身体中の力が、肩のあたりから抜けて行くようだった。膝が崩れそうになるのを、和子はノブに手をかけて堪えた。

《指紋採取——》

和子の意識はそこに集中していた。まずいことである。今日のうちに指紋の照合が行われて、宗方殺し犯人の指紋と一致することが分かってしまえば、とんでもない偶然によって十五年の苦労が水の泡となるのだ。

指紋採取を避けるには、外出してしまう以外に方法がない。正月映画で満員の映画館へでも入り込んでいた方が安全である。とにかく、あと七時間余りの時間を稼げば、全ては解決するのだ。

《あと七時間余り……》

和子は外出の支度をした。いちばん地味なオーバーを選び、その襟を立て、マスクをかけた。逃げ出すのだと思われないように、堂々と正面玄関から、中野の江古田アパートを出た。

新宿へ行くことにした。西武電車に乗った。赤く頬を染めた男と子供の晴れ着が目立っていた。勿論、和子の存在を気にするような視線はなかった。他人の詮索をしているほど退屈していない顔ばかりだった。

新宿で洋画専門館へ入った。予想以上に混雑していた。映画は豪華な配役の大スペクタクル西部劇だった。和子は背の高い男たちの渦の中で、画面の上半分ばかりを見ていた。しかし、それで満足だった。映画の鑑賞が目的ではないのだ。こうして暗い映画館の中で多勢の人間の一人になっていると、不思議に落着いた。周囲の男たちが自分を護衛しているような気がした。

映画館を出ると、街はもう夜だった。和子は習慣的に腕時計を見やった。七時三十分だった。残りの時間はあと四時間三十分――。

《それを、どうして費すべきか……》

和子は佇んだ。路上を紙屑が滑って行く。風が強くなったらしい。正月は盛り場の夜も早い。行き交う人の足も帰りを急いでいるようだった。

四時間三十分の穴――その穴は途方もなく深いような気がする。十五年間の年月をかけて歩んで来た道の、最後の一メートルなのだ。それを踏み越えるのが、何か恐しいように感ずる。足を踏みはずしたら、底なしの穴へ落ち込みそうである。目が覚めたら夢だった――ということにならないか、そんな不安に駆り立てられる心理に似ていた。

「もしもし……」

と声をかけられて、和子は、突き飛ばされたように身を避けた。

「お一人で寂しそうですね」

中年の男が追い縋るように近づいて来た。

「どこかでお茶でも。いかがです?」

男の口からアルコールの匂いが漂った。驚きが激しかっただけに、和子は腹が立った。

「余計な心配しないでよ!」

和子は肩に置かれた男の手を振り払った。

「いいじゃないか。附き合えよ」

「何するのよ!」

「あんまりブルのはよせよ」

「人を呼ぶわよ」

「恥をかくのは、お前さんだ」

二人は少しの間、もみ合った。だが、男はすぐジャンパーをひるがえして、映画館脇の路地へ駈け込んで行った。和子は呆気にとられて振り返った。パトカーが一台、徐行してくる。和子もさりげなく、その場を離れた。今はどんな被害を受けても、警察の庇護は避けなければならないのだ。

和子は小さな喫茶店へ入った。客は少なかった。赤いシェイドのスタンドがあるテーブルについて、和子はコーヒーを注文した。死に損った小さな蛾が、スタンドの電球の周囲を弱々しく舞っていた。

三杯目のコーヒーを飲み了えた時、和子は信吉に会うことを思いついた。和子に新しい人生が展開される一瞬を、信吉と共に過すことは素晴しいに違いなかった。時計の針が十二時を回った瞬間に、和子は泣き出すかも知れない。その時、傍らに信吉がいてくれれば——と、久しぶりに女の甘さが甦《よみがえ》ったのである。

だが、信吉に連絡する方法がなかった。信吉から貰った名刺には、大洋電機の電話番号があるだけだ。今まではこの電話番号で連絡をつけていたのである。しかし、もう退社時刻はとっくに過ぎている。今頃電話しても、大洋電機に信吉がいるはずはない。

駄目だとなると、和子は無性に信吉の顔が見たくなった。どうしても会おうとするならば、彼のアパートを訪れるより仕方がない。和子は大洋電機へ電話して、彼の住所を聞き出そうと決心した。

電話すると、宿直員らしい男の声が、思ったより親切に、信吉の住所を調べて教えてくれた。蒲田にある「藤山荘」というアパートだった。羽田空港の近くらしい。新宿から少し遠い感じだったが、余分な時間をつぶすには好都合だった。

和子はその喫茶店でケーキを買い、新宿駅から国電に乗った。品川で乗り換え、蒲田駅に着いた時には、ホームの電気時計が十時二十分を示していた。

《あと一時間四十分……》

改札口を抜けながら、和子は口の中でそう反芻《はんすう》した。一時間四十分——映画一本分の時間である。解放の時点は、もうすぐ目の前まで来ているのだ。

やっと柔かい安心感が、和子の全身を包んだ。この最後の一時間余りのうちに、全てが発覚するというようなことは有り得ない。それではあまりにも劇的過ぎるのだ。現実は案外、平凡な終局を迎えるものである。後になって、自分の苦労性を笑いたくなるかも知れない。

羽田空港の近くでタクシーをおりた時、和子は自分の過去に何かがあったことが不思議のような気がした。十五年間が夢の中のことのように思えたし、何もかも錯覚ではなかったかという錯覚に捉われていた。

「藤山荘」はなかなか見当らなかった。夜も遅く、人通りの多い場所ではないのである。交番で尋ねてみる勇気だけはなかった。番地の標示板だけを頼りに、和子は闇の中を歩き回った。

一時間以上は探し歩いただろうか。大きな工場の裏手で、ようやく「藤山荘」という古ぼけた表札を見つけた。想像していたより小さく古いアパートだった。一階二階の窓は殆ど暗くなっていた。夜の商売の住人が少ないせいだろう。

和子は入口から入り、玄関の壁にかかっている名札を調べた。「戸畑信吉」は二階七号室と記されてある。和子は足音を忍ばせて正面の階段を上った。二階の廊下は暗く、天井にはたった一つの裸電球が、寝呆けたような光を放っていた。

七号室は左側にあった。ドアの下の隙間から一筋光線が洩れている。

《彼はいてくれた……》

和子はホッとした。

ドアを軽くノックする。

「誰？」

信吉の声だった。少々荒っぽいのは、きっと酔っているからだろう、と和子は思った。

「あたし……」

と言った時はもう、和子は部屋の中にいた。

「和子……」

立ち上りかけた信吉が、赤い目を剥いてポカンと口をあけた。パジャマ姿で、右手にはコップを持っている。万年床らしい布団の枕許にはウィスキーのビンがあった。

「ごめんなさいね、突然……」

中年男のパジャマ姿というのは滑稽なものだと、和子はニヤニヤしながら言った。

「一体、どうしたってわけだ？　何かあったのかい……」

信吉はもつれる舌で、それでも真剣に訊いた。

「ううん、……今、何時だと思うの？」

「十一時五十五分だろう」

時計と和子を交互に見て、信吉は答えた。

「あと五分間……なのよ」

と言いかけて、その語尾を和子は口の中で消した。

和子の目は洋服ダンスの上にある写真に据えられていた。男と女が笑って写っている。

男は信吉だった。女は二十五、六の、歯ならびの綺麗な娘である。

「あれ、どなた？」

和子は直感的にある種の想像をした。顔が冷たくなり、微かに硬ばるのを感じた。

信吉の表情を狼狽が走った。

「え……？　ああ……」

信吉は無意味にコップを弄びながら、苦笑した。

和子は次の間を覗いた。三面鏡とミシンが置いてある。

「独身男には必要のないものがあるわね」

和子は十五年前のことを思い出していた。その時の場面を今、そっくり再現しているようだった。今は右手にケーキの包みを持っているが、十五年前は餅の包みをさげていた――。

「女房がいるのさ。おれにはね。胸を患って大磯海岸で一年前から療養していたんだが、近いうちに帰ってくる……」

「騙したのね……」

「馴れているだろう」

「承服出来ないって言ったら？」

「警察に電話するさ。指名手配中の殺人犯がここにいるってね」

「どうして今まで、警察へ知らせなかったの？」

「性的処理に最も金のかからない女が欲しかったからね」

「そう……」

和子の声は空虚だった。宗方に対した時のような激しい憎悪は感じなかった。信吉の妻への嫉妬もなかった。ただあるのは、茫々とひろがった絶望の荒野だけだった。

和子の行動は彼女の意識の外で起こされた。

信吉が何かを叫び、その顔が裂けて、ピンク色に近い血が八方へ飛び散ったのが、映画の一シーンのように印象的だった。

和子は手に握りしめていた大理石の大型置時計から、指を取りほぐすのに苦労した。物音を聞きつけて起き出した人々がドアの外に集まって来たらしい。

だが、今度は和子も逃げようとはしなかった。発作的な行為の後の空《むな》しさに、和子は身を沈めていた。その手にある置時計は、十二時五分を指している。既に一月八日になっていた。

和子は血に染まった布団の上に、ゆっくりと坐り込んだ。もう一歩も動きたくなかった。動くのがひどく億劫だった。

「十五年は長過ぎる……」

ふと和子の唇から、そんな呟きが洩れた。

お嫁にゆけない

1

杉山英二が、自分が所有するアパート『富士見荘』に放火しようと決意したのは、アパートにかかっている火災保険金が欲しかったからだ。

英二は文字通り、借金で首が回らなかった。何んとしても百万円ばかりを握らなければ、刑務所へ送りこまれるかも知れなかった。

借金は、英二が競輪に凝ったことが原因して、積もり積もったものである。顔見知りの金貸しから十万円を借りたのが病みつきだった。借金は瞬くうちに数倍になった。その金貸しも、英二を信用して無担保で融通してくれたのだし、高利というほどの利子も要求していない。これでは、もし英二が借金を返済出来ないとなれば、寸借詐欺の悪質なものとされてしまう。

今度こそ穴を当てて借りを返そうと、またその為の資金を工面する。しかし、穴どころか一文の価値もない車券の紙片が手に残るだけだった。よし、今度こそは――という悪循環が繰返されているうちに、その金貸しから約四十万、アパートの住人から屋根の補修をするという口実で半強制的に巻上げた一ヵ月分の前家賃が計四万二千円、貯金しておかなければならない敷金十万五千円、その他の借金と併わせて総計七十万近くの負債を背負い込んでしまった。

進退きわまったとは、このことである。この頃英二には、百とまとまった金もなかった。ネオンの街を歩くことや好きな酒、それに女の肌に接することは愚か、飯のおかずも満足には買えないのである。

『富士見荘』を売りに出そうかと考えたが、急場に間に合いそうもなかったし、交通の便もよくない郊外の小さなアパートでは、足許を見すかされた挙句に、安値に叩かれるだろう。それより三百万円の保険金を目当てにして、『富士見荘』を灰にした方がはるかに利口であった。

英二は、この『富士見荘』そのものには全く未練がなかった。もともと、彼の所有物ではないのである。

英二がまだ新宿の『河田組』でゴロゴロしている時分、ひとみという夜の女に惚れられて、その女のヒモになった。ひとみは堅実型の女で、英二に貢ぐほかにも、せっせと稼いではせっせと貯め込んでいた。英二をヒモとする以前からの貯金も相当のものだったらしい。売春防止法が施行されると、ひとみはきっぱり足を洗って、京王線のT駅から徒歩十五分の畠際の空地を買ってアパート『富士見荘』を建てた。

英二も『河田組』から抜出して、改めてひとみと結婚、二人は『富士見荘』の所有者兼管理人におさまったのである。

だが、去年の秋にひとみが肺炎をこじらして、ぽっくり死んでしまった。身寄りは勿論のこと、肉親とは全く音信不通のひとみだったから、『富士見荘』の所有権は英二が独り占めにする恰好になった。

しかし、一人になってみると、夜の盛り場の生活が身についた二十七歳の英二には、所詮アパートの管理人などという堅気の生活は向いてなかった。

アパートの管理人室にいる時は、ホットジャズのレコードをガンガン鳴らしっぱなしだった。アパートの住人からうるさいと苦情が出ると、

「厭なら出て行け。その代り、敷金は返えさねえぞ」

と、脅かした。やくざ上がりの英二に凄まれると、苦情はすぐ引っ込められた。二年契約で支払った権利金が惜しいのか、思いきってアパートから出て行く者もないようであっ

た。

競輪に凝って借金がかさんでくると、英二の生活はますます荒れた。

まず旺盛な精力をもて余した。金を出して女を抱く余裕もないし、ひとみのように向こうから躰を投げ出してくる女には、そう都合よくめぐり合わないのだ。『富士見荘』の二階の六号室に、小暮礼子という女が住んでいた。渋谷のバーに勤めている女で、その二十二歳の肉体は弾力に満ち溢れていた。裸にすれば、きっと白い野獣といった肢体をしているに違いなかった。美人という顔ではないが、眼や唇が濡れている感じの妖しい魅惑をたたえている、いわばセクシーな女である。唇の脇の黒子《ほくろ》と、かすれたような声が、いかにも好きそうであって、英二の乾いた躰は幾度かキーンと締めつけられたくらいだった。

英二は以前から大分参っていたのだが、二ヵ月ほど前の、まだ残暑にひぐらしの声がやかましいある日の夕方、欲望の疼《うず》きに耐えかねて、礼子の部屋をフラフラと訪れてしまった。そしてそこに、ブラジャーとショートパンツだけを身につけた礼子の姿を認めた時、英二は正常な分別を忘れてしまった。ポカンとしている礼子へ飛びかかろうとする自分を、抑制することが出来なかった。

だがその瞬間、部屋のドアがノックされて、洗濯屋のケイ子が顔を出した。

ケイ子は、T駅の向こう側にあるクリーニング店の注文とり兼配達人であった。十八という花も開いたばかりの娘なのに、ケイ子は赤ら顔で斜眼の醜い容貌だった。

英二は仕方なく、そのまま礼子の部屋を出たが、目的を遂げられなかったことと、燃え盛った欲情に、これっきりでは腹の虫がおさまらなかった。

英二は管理人室へ戻ると、やがて二階からおりて来たケイ子を部屋の中へ呼込んだ。この女に邪魔されたという腹立たしさと、一旦噴出してしまった欲望を静める為には、このケイ子を犯すより仕方がなかったのだ。

青くさいようなケイ子の体臭を嗅ぎながら、英二は彼女を力まかせに引倒すと、西陽が照りつける畳で膝小僧にすり傷を作った。汗みどろになるほどケイ子の抵抗は激しく、事が終ると、彼女は三十分近く泣いていた。ケイ子は処女だった。

しかし、それ以来、毎週水曜日の夜八時になると、ケイ子は必ず英二のところへやって来た。店にはどういう口実で、抜出してくるのか分らなかったが、ケイ子は二時間を英二の管理人室で過した。殆ど口をきかずに、英二の躰を受入れる。それが萎えるのを待って、英二の躰をそっと押しやると、ケイ子は食器の始末や簡単な洗濯物をすませて帰って行くのである。

こういう女は純真で、一度躰を与えた男の為には献身的になるのかも知れないと、英二は思った。彼女の醜さと、まるで人形を抱いているように反応のない行為中の態度が、英二には不満だったが、まあまあ今の自分にケイ子は相応しい女だと、強いて諦めをつけていた。

セックスの処理は、それでどうやら片付けられるようになった。だが、金の面ではいよいよ切迫して来た。

一週間ほど前、債権者が貸金返済の催促に訪れた。元河田組の幹部という英二の顔を立てて、多少の無理には応じてきたこの金貸しも、もうこれ以上は譲歩出来ないという強硬な態度であった。

英二は切羽詰まって、その金貸しをアパートの裏へ引っ張り出すと、眼前の二百坪あまりの畠を指さして言った。

「これは俺の土地なんだ。まあ自分の喰物ぐらいは自分で賄おうと思って、片手間に野菜を作って来たんだが、近いうちに住宅地として買手がつくことになっている。そうすれば、あんたからの借りぐらいはサッパリするはずだ」

「ほう……」

これもやくざ上がりの金貸しは、鋭い眼で皮肉に笑った。

「英二さんが畠仕事をしているとは知らなかった。しかし、それにしちゃあ、あんたのところに畠仕事に使うような農具が見当らないね」

「冗談じゃない。物置きには立派な農具が揃っている。もっとも、こんな小さな畠で使うのは鍬と鋤ぐらいのものだが」

英二は狼狽しながら答えた。農具など一つもありはしないのだ。だが、金貸しはそれ以上の詮索をしないで帰って行った。英二はホッとすると同時に、これは鍬や鋤ぐらいを買い込んで管理人室にでも置いておく必要がある、と思いついた。しかし、農具を買うにも金がないのである。

英二は仕方なく、アパート一階の三号室にいる柴村清造に頼んでみることにした。柴村は深川にある農機具製造工場に勤めている、中年の独身者であった。

金は後払い、という話に渋りがちな柴村を半ば脅すようにして、英二は鍬と鋤を一本ずつ持って来させることにした。

だが、金貸しはそんな一時しのぎの見せかけに誤魔化されるほど、甘くはなかったのである。すぐ彼から手紙が来て、その二百坪の畠の所有者を調べた結果、あなたのものではないことが分った、と穏かな文面ではあったが、そっちがそんなつもりなら私にも覚悟があると挑戦して来た。

英二はお手上げだった。こうなっては、『富士見荘』に放火して、保険金で借金を返済する以外に手段はなかった。そして、残金二百万を資金に一旗上げようと思うと、もうその決意は英二の胸の中で凝結していた。

放火というものは非情に難かしい。必ず発火地点が分ってしまうし、その痕跡が残るのである。最も誤魔化しやすいのは、漏電を装うことだった。幸い、『富士見荘』には鼠が多い。天井裏へ入り込んで電気の配線に細工をして発火させれば、多分、鼠によって漏電作用が行なわれて失火した、という原因が成立するに違いなかった。

問題は建物を全焼させることだった。地理的に考えて、消防車の到着に時間がかかり、水の便が悪いことから消防活動はある程度阻害されるだろう。よく晴れていて風の烈しい日であれば、全焼は可能とも思われた。

時間は真夜中が適当だった。昼間、アパートに人があまりいない時に出火するより、人々が眠り込んだ真夜中の火事の方が、鼠の仕業らしくて自然だった。この為にアパートの住人が焼死したり、丸裸になってしまったりすることは、英二にとってどうでもいいことだった。どうせ英二を毛虫のように嫌っている奴等ばかりだ、と彼にはそんな気持もあった。

そして、放火決行の時――十一月二日水曜日の夜が来た。

2

夕方になって、英二はアパートを出た。

行先はT駅にある小さなバー『駒子』であった。

さすがに、英二も落着いてはいられなかった。数時間後には、放火という犯罪を犯さなければならないのである。河田組の幹部でありながら、前科が一犯もなかった英二だった。傷害や恐喝でパクられた経験は幾度もあったが、その度に不起訴処分になっている。運がよかったのである。

しかし、今夜は自分から重大犯罪へ向かって突進もうとしているのだ。今までのようにスタイルの為に犯した傷害などとは違って、三百万円の金を賭けての、ノルかソルかの犯罪である。鷹揚に構えていられるはずがなかった。

管理人室の天井板がはずれるかどうか、充分に確かめておいたし、配線に細工する準備も整えた。十一時頃になって仕事をすれば、明日の夜明前までに火事になるという見込みも立った。

用意が出来上がると、英二はじっとしていられなくなった。少し酔っていた方が落着いて事を運べるような気もした。それで、英二は『駒子』へ足を向けたのである。

T駅の付近は辺鄙《へんぴ》である。ありきたりな商店が並んでいるだけで、最近設けられた水銀灯の行列が、場違いのように豪華に見えた。

『駒子』は駅前で営業している唯一の飲み屋だった。足でほこりまみれのドアを押開くと、歯の浮くような金属音をたててドアが軋《きし》った。

店の中は暗かった。光線を操作した暗さではなく、ぼやけたような陰気臭い夕闇であった。その中に、マダムの寝呆け顔があった。

カウンターの上には、マダムの喰べ残しらしいラーメンの丼が寒々と置かれてあった。

「いらっしゃい」

マダムの声には気がなかった。せいぜい三百円どまりの飲み代で粘る、客であることを知っているのだ。

英二は止まり木に腰掛けて、サンダルを脱ぎ捨てると、グイと足を組んだ。短かく刈った髪の毛を掌でひと撫でしてから、額のあたりをゴシゴシとこすった。英二の癖である。そんなポーズをとると、愚連隊のチンピラよりは、はるかに凄味のある彼だった。

マダムは黙って、口紅もよく拭ってなさそうなグラスに、ウイスキーを注ぐ。駒子という名の未亡人と自称しているが、その名も泣くだろうグロな容貌である。化粧をしなければ、まだ人間らしいのだが、なまじ肌に何か塗っていると、粗い毛穴から分泌する脂のために、顔全体に斑点が出来るのだ。

このマダムのほかに、十八貫はありそうなボリュームの、馬鹿笑いばかりしている女がいるのだが、夕方では、まだ出勤時間前らしい。

「相変らずね」

マダムが沈黙を破った。さすがに英二の無口に息苦しくなったのだろう。

「何が？」

「つまらなそうな顔して……」

「面白いことでもあるっていうのか？」

「まだ若いのにさ」

「若いからつまらねえんだ」

「あんた、女が欲しいんでしょう？」

「世話してくれるか？」

「もっと飲んでくれたらね？」

「ストレートだ」

英二は指先でグラスを弾いた。そうしながら、彼の充血した眼がキラッと光る。女が欲しい——これは事実だった。犯罪を目前にして緊張した神経が、ギリギリの線で眼の眩《くら》むような刺戟を欲しているのだ。酒を飲むのもその為であり、これ以上の刺戟は女の肌をすり切るまで苦闘するほかにはないのである。何かに没入して我を忘れようと努めるのは、犯罪者特有の自虐的な欲望だった。

英二の頭の中には空洞があった。ふと、その空洞を埋めたのは、ケイ子の白い裸形だった。

（そうだ、今日は水曜日——）

夜八時になると、アパートの管理人室へケイ子がやってくる日である。

仕事にかかる前に、ケイ子を抱けると、英二は気がついた。すると、急に店の中が明るくなったように感じた。飲めるだけ飲んで、ケイ子との情事を限界がくるまで繰返す。それから思い残すことなく仕事にかかればいいのである。英二は気が楽になった。案外簡単に目的を達せられたような楽観が、彼の胸に生じた。

英二はグラスをカウンターに滑らせた。

「五杯目よ？」

念を押すようにマダムが言った。英二が金を持っていないことを察しているのか、マダムの眼差しには不安の翳があった。

英二のポケットには五十円玉が一枚あるだけだった。飲みたいだけ飲んでからツケにしてくれと、マダムに強制するつもりである。

英二は黙って頷いた。

この時、ドアが軋って黒い影が店の中へ入って来た。

「あら、お珍らしい。すっかりお見限りで」

マダムは愛想よく笑顔を見せた。英二の時よりは数倍も華やかな手ぶり身ぶりだった。はっきり差別されたことが、英二には不愉快だった。彼は思わず険しい視線を新しい客へ向けた。その客は、英二と一メートルばかりの間隔をとって止まり木に坐った。カウンターの庇の下にとり付けてある青い色電球の逆光を受けて、客の横顔が浮かび上がった。

「やあ、水原さんじゃないか……」

英二が拍子抜けしたように言った。

その客は、アパートの管理人室の隣りにある一号室の住人で、水原裕介という男であった。

「いやあ、これはどうも……」

水原は当惑したような、しかし精一杯にへつらった微笑で頭を下げた。

内心は嫌な奴に会ってしまったと思いながら、表面はさりげなく装っているのだ。英二を畏怖しているのである。ホットジャズがうるさいと文句を言いに来て、英二に脅かされて慌てて逃げ帰ったのはこの男である。

アパートの入居者は誰でもそうだが、英二をひどく怖がっている。廊下ででも顔を合わせると、丁寧に頭を下げてコソコソと躰を壁際に避けるのである。臆病者と嘲笑しながら英二は、内心いい気持になっていた。

「今、勤めの帰りかね？」

「はあ」

水原は眼を伏せて頷いた。彼はある官庁の技官である。三十になるそうだが、弱々しい躰つきで、頼りない蒼い顔の男だった。服装はキチッとしているし、生活も独身者とは思えないほど清潔である。

（お前は今夜、丸裸になって焼け出されるのだ……）

英二は、弱き小羊の横顔を眺めて、そう思った。気の毒だとは感じなかった。むしろ、勝利者の快感のようなものがあった。

「あのう……」

水原はおずおずと言った。

「よろしかったら、付合って頂けませんか……？」

「何をだ？」

「たまには御馳走させて下さいよ」

水原は腰をずらせて英二にすり寄った。マダムが待っていたとばかりに、大きいグラスを二人の前に置いた。

「奢ってくれるっていうのか……」

英二は昂然と胸を張った。

「何んでもお好きなものを、どうぞ」

水原は卑屈な笑いを浮かべた。強者に対する弱者の媚態である。

「そうかい。じゃあ折角だから……」

心の中で、しめたっ、と思いながら、英二は意識して渋面を作り、マダムに、

「ジンでも貰おうか」

と、言った。

「いや、今日は給料日ですから……」

ボソボソと小声で呟いて、水原はピーナッツの皿をすすめた。

「さあ、じゃんじゃん飲んで！」

景気をつけながらも、マダムはカウンターにこぼれたウイスキーを惜しそうに指で拭った。彼女の顔は、惨劇を予告するかのように醜怪であった。

3

冷やかな晩秋の月が、中天にかかっていた。大通りから右へ折れて、畠沿いの道へ出ると、風の音が耳許で鳴った。英二が狙っていた風の烈しい晩である。黒い畠が茫々と拡がっている。これが大東京の一部とは思えない、寂莫とした夜景だった。

凍りついたように固い地面には、英二と水原の絡み合った影があった。二人は足許が定まらずに、もつれ合っていた。

英二としては久しぶりの痛飲だった。水原の奢りなら、『駒子』にある酒を飲み尽くしてみたかった。

しかし、これからの仕事もあり、脳裡にチラつくケイ子の裸形が、英二の気持を早らせる。顔色が青味がかったところで、彼は『駒子』から腰を上げたのである。

英二の胃袋の中では、数種類の洋酒が混合していた。酔心地は満点である。冷たい風が吹きつけてくると、早く温かい女の肌に吸いつきたい欲望が、彼の全てを支配した。

畠沿いの道が二又に別れる三角地に、アパート『富士見荘』はあった。

その背後にはるか遠く、畠をつぶした土地に建てられた公団アパートが、無数の灯に飾られた巨船のように並んでいる。

それに比較すると、『富士見荘』は漁船のように小さかった。二間続きに簡単なキッチンのついた部屋が、一階に四部屋、二階に四部屋あり、六人の入居者が住んでいる『富士見荘』だった。

「あれあれ、ずいぶん悩ましいシルエットですな」

水原が、呂律《ろれつ》が回らない舌で言った。彼の酔眼はアパートの二階の窓へ向けられていた。

ふらつく足を踏ん張って、英二も水原の視線を追った。

アパートの二階の窓は六号室——それは小暮礼子の部屋だった。

クリーム色のカーテンに、室内で動く礼子の姿態がくっきりと映っている。

彼女のいる位置と、背負った電灯が、うまい工合いに調節されて、その影は等身大に濃く映っていた。しかも、睫毛《まつげ》まで見て取れるくらいに鮮明だった。

礼子は、ネグリジェに着換えようとしている気配だった。

身をこごめてセーターを脱ぎ、躰をよじってスカートのホックをはずしている。

道路の二人は息を詰めた。

手にとるように彼女の仕草が分ったし、影絵であることが想像を促して、動悸が高まるほど煽情的だった。

影はスカートを脱いだ。両脚の膝が入れ違いに折れる。そして、両腕が頭の後へ回されると、スリップが背中を繰上げられて行くようだ。

礼子の影は完全に裸体だった。ピンと反りかえった胸の隆起から、腰へかけてのくびれた曲線。髪の毛が振りかかった肩の円味、形よく突出したヒップと、たくましい太腿のあたり。全てが、英二の網膜に焼き付いた。

英二は固唾を飲んだ。彼の血液は奔流していた。躰中をかけめぐる欲情に、せめてケイ子の肉体を妄想していた彼である。日頃からその性的魅力に眩惑されていた礼子の、素晴らしいストリップを見せつけられて、英二の本能が狂わないはずはなかった。

「今夜、彼女は店を休むつもりかな」

英二は乾いた声で言った。

「風邪気味だと言っていましたからね」

水原も窓から眼を離さずに答えた。

英二は、何よりも、管理人室の真上が礼子の部屋であることで刺戟されていた。天井から彼女の匂いが舞いおりてくるような気もしたし、微かな物音でも彼女が何をしているか空想を強いるのである。英二には、礼子をいつも体の上に抱えているような錯覚さえあった。

ケイ子に邪魔されて、礼子をモノに出来なかった時の記憶が、礼子に対する欲望を生々しくしたようであった。英二は瞬間的に、自分の腕の中で躍動している礼子の裸体を頭に描いた。

すると、礼子と凝固したい衝動が、アルコールの力に煽られて、英二の全身で爆発した。彼は、憑かれたように急ぎ足でアパートの中へ入って行った。

「おや、どちらへ行かれるんです？」

英二を追って来た水原が、呆気にとられて訊いた。当然一階にある管理人室へ入ると思っていた英二が、二階へ通ずる階段を上がりかけたからである。

「小暮礼子の部屋へ行ってみるのさ」

英二は、引きつったような歪んだ笑いを浮かべた。

「よしなさいよ、面倒が起きますから」

水原は自分のことのように狼狽した。酒を飲ませた自分の責任になることを、この善良な公務員は恐れたのだろう。

「へっ！　あんな恰好を見せつけられて、黙っているほうはないぜ」

やくざ口調で言い放つと、英二は急勾配の階段を上がり始めた。だが、それと入れ替って、柴村が階段の下へ飛出して来た。

「管理人さん！」

声をかけられて、英二は階段の途中で足をとめた。

「お約束の鍬と鋤を持って来ましたよ」

柴村は下から怒鳴った。その右手に鍬、左手には鋤が握られている。新品らしく、刃も光っていたし、柄も白っぽく見えた。

「見本に必要だって言って、会社から持出して来たんです。苦労しましたよ」

柴村は恨めしそうな眼をした。

英二は柴村を見下して、その律儀そうな顔を睨みつけた。

（気の利かない唐変木め！）

英二はそう思っていた。礼子へ向かって突き進んでいる自分を呼止めて、鍬や鋤を突きつける柴村の間抜け加減が腹立たしいのである。そんなことは明日でもよかったし、第一もう、金貸しに口から出放題の嘘を見破られて今夜このアパートに放火する英二にとっては、鍬鋤など無用の長物なのである。

「その辺に置いて行けばいいだろう!」

英二は仏頂面でそう言い捨てると、柴村に背を向けた。

「そうですか、じゃあ、ここへ置いておきますよ」

柴村は、英二の眼光の鋭さに縮み上がって、恐る恐る鋤と鍬を階段の上がり口に立てかけると、そそくさと逃げるように姿を消した。

英二は例え一分間でも引留められていたことに、焦燥を感じていた。一分遅れた為に、礼子が部屋のドアに鍵をかけてしまうかも知れないのだ。

英二は、階段の残りを二段ずつ駈上がった。しかし、階段を上がりきったところで、英二は正面に人と衝突した。それが不意であったし、勢いづいたので、ぶつかられた方の人間は手にしていた物体をとり落してしまった。

「あっ!」

その女の甲高《かんだか》い悲鳴とともに、手から弾け飛んだ丼が床に叩きつけられて、白い破片とトロリとした液体が四散した。

「あら、困ったわ……」

女は泣き出しそうな声で言った。英二は初めて、相手の顔を見た。女は階下の二号室にいる真鍋清美だった。保険の外交員だが、腕がよくて歩合いの稼ぎ高は相当なものだという噂である。三十五歳のオールドミスだった。

「井には何が入っていたんだ？」

英二は口早に訊いた。眼は礼子の部屋のドアへ向けられていた。

「七号室の沢野さんのところから、サラダ油を借りて来たんですよ。フレンチドレッシングを作ろうと思ってね」

「何んだ、そんなものか……」

英二は、そう言ってその場を離れようとした。

「そんなものかって……沢野さんのところにあったサラダ油を、殆ど全部借りて来たんですよ。こうなれば駅前まで買いに行かなければなりません」

清美は保険勧誘の調子でまくし立てた。

「何？　おい、文句をつけるつもりか！」

英二は振向いた。どうしてこうも邪魔が入るのか——と、頭がカッと熱くなり、それが彼を凄ませた。

清美は近眼鏡の奥で、怯えた眼をパチパチと瞬かせて、両手で胸を抑えると首を左右に振りながら後ずさった。次の瞬間、清美は身をひるがえして、廊下を七号室の方へ逃げて行った。

英二はホッとして、礼子の部屋の前に立った。やっと目的地に到達したのである。燃え盛る欲望が、ノブにかかる彼の手を震えさせた。

ドアがさっと開かれた。英二は素早く部屋の中へ躰を滑り込ませると、後手でドアを閉めた。

「誰？」

奥の部屋から声がして、引戸が開くと礼子のネグリジェ姿が現われた。同時に、英二は礼子へ向かって一直線に突進していた。それはタックルに等しい体当りだった。英二と礼子はもつれ合って、畳の上に転った。

「何をするのさ！」

礼子は手と足で、英二を突きのけようとした。だが、英二は抱き込んだ礼子の躰を放すはずもなかった。彼の念頭からは総てが洗い流されていた。今は、礼子の肉体と密着することだけに全力が集中されていた。

ネグリジェは引裂かれ、礼子の艶のある肌が蛍光灯の下に剝き出しになった。自分の腕の中で彼女の躰がピチピチと跳ねかえる度に、英二の欲情は倍加された。

白い乳房の先にピンクの可愛らしい玉がついている。英二はそれに口をつけて、思いきり吸った。すると、軽い呻《うめ》き声が礼子の口から洩れて、彼女の抵抗が弱まり、間もなく四肢から力が抜けたように躰の動きが静止した。見ると、礼子は口を微かに開いて、眼を閉じていた。

英二の掌が反復するように、彼女の肌を這い回った。唇も、乳房から首筋へ移り、最後に礼子の唇に合わされた。反応があった。彼女の胸が波うち始めて、滑めらかな肌に赤味がかった光沢が現われた。

やがて、英二の躰が礼子のそれに侵入した時、彼女は緩慢な動きとともに喘《あえ》ぎを洩らしていた。

しかし、長い間の欲望を遂げた刺戟が強過ぎたせいか、英二は自分でも情けないほど早く行為を了えていた。ところが、礼子はそれに対する不満を露骨に示したのである。彼を急かすように息をはずませながら、礼子は背中に回した手をはずさなかった。

英二は、必死になって礼子の要求に応えようとした。そしてそれは、幾度となく繰返された。

英二がやがて、動かなくなった礼子を残して部屋を出たのは、八時を少々過ぎた頃だった。けだるい躰に、酔も発散を早めたらしく、階段へ向かう英二の足どりには、全く力がなかった。半ば、放心状態だった。彼の活力は残らず、礼子の肉体に吸取られてしまったようである。

その為に、英二は注意力も散漫になっていたし、視力も朦朧《もうろう》としていたのだろう。階段の上まで来た時、三段目ぐらいまでにかけて流れていたサラダ油が、重心をかけた英二の足を見事にすくった。瞬間的に体勢を整えられるほど、彼の神経は健全ではなかった。踏みこらえようとした足も、宙を蹴って滑った。

急勾配の階段を、英二は頭から激しい勢いで滑り落ちて行った。階段の下に立てかけてある鋤と鍬を目がけて――。

4

八時と言えば、ケイ子が来ている時間だった。もしこの時、ケイ子が管理人室にいれば、英二は重傷を負っても生命は失わずに済んだかも知れない。だが、不幸にしてケイ子は来ていなかった。いや、アパートのすぐ近くまでは来ていたのだが、そこでアパートの七号室に住んでいる沢野静子と立話をしていたのである。

沢野静子は外国商社に勤めている通訳で、何かと話題が豊富だった。ケイ子は、もともとこの垢抜けのした若い女通訳に、憧憬に似たものを感じていたから、幾度か、ではまたね、と言いかけては、話しかけてくる静子に引込まれて、つい長話をしてしまったのである。

これから散歩に行くという静子と別れて、ケイ子がアパートの中へ入ったのは八時三十分頃だった。間もなく、血相を変えて飛出して来たケイ子は、そのまま夜道を公団アパートの方へ向かって走った。

医者を呼ぶにも一一九番に連絡するにも、『富士見荘』には電話がない。それにこの近辺には公衆電話もなかったのである。いちばん近いボックスで、公団アパートへ通ずる道路の角にあるのだ。しかし、この電話ボックスまで駈けつけたケイ子は、ここでも簡単に目的を達することが出来なかった。

電話ボックスは塞《ふさが》っていたのである。先客が長々と受話器に耳を当てたまま、動こうとしないのだ。ケイ子は、やきもきしながらボックスの周囲を歩き回ったり、ボックスの窓ガラスを叩いたりした。だが、その先客は知らん顔をしていた。ケイ子は、その先客とは顔見知りだった。『富士見荘』の五号室にいる篠崎章太郎という男である。土地売買のブローカーをやっている、四十過ぎの男やもめだった。今の電話も仕事のことと見えて、篠崎の顔は真剣そのものである。

篠崎の電話は、それから二十分ほどかかって、ようやく終った。

入れ替りにボックスへ飛込んだケイ子は、警察に通報した。しかし、全ては遅過ぎた。英二は、鍬で額を割り、鋤で喉を突刺されて死んでいた。

アパートの住人達は、ありのままに参考事情を述べた。それによって、いろいろと偶然は重なっていたが、英二は不運な過失死を遂げたということが明白になった。

二日後の晩がお通夜だった。

お骨にしてしまった英二を囲んで、『富士見荘』の管理人室には六人の男女が集まっていた。

やくざのなれの果ての英二であり、しかも急死であった為か、通夜の客は一人として姿を見せなかった。白布に被われた骨壺の周囲に淡い線香の煙りが漂っているだけで、寂しいお通夜だった。六人の男女は『富士見荘』の住人ばかりで、酒も菓子もなく、ただ音もたてずに渋茶をすすっていた。

「これで、明日から安心して生活が出来ますな」

土地ブローカーの篠崎が、低い声でポツリと呟いた。

「同感です。ホットジャズはガンガン響いてくるし、訳の分らない前家賃は巻上げられるし、文句を言えば脅かされるし……こんな毎日では堪《たま》りませんからね」

と、公務員の水原が同調した。

「でも、放火しようとしている気配があったのは、事実なんでしょうか？」

農機具製造会社社員の柴村が訊いた。

「決定的ですわ」

保険外交員の清美が眼鏡を光らせた。

「借金に困っている。もともと自分が汗水流して作ったものではないこのアパートに三百万円の火災保険がかかっている。やくざ上がりの独身者。この三つの要素が揃っていれば、放火する可能性はほぼ確実ですわ」

「よかったわ。放火されて、荷物も全部焼かれてしまったら、自殺するところだった」

と、これは女通訳の静子である。

「でも、各人が分担した役割の中では、わたしが最も割損だったわね」

バー勤めの礼子がニヤニヤした。

「我慢して下さい。あなたでなければ出来ないことだったから仕方がないのです。何しろ彼がすっかり参っていたのは、あなただったのですからね」

篠崎がもっともらしい表情で慰めた。

「私だって、内心ビクビクしてましたよ」

柴村が大袈裟に肩をすくめた。

「とにかく、鋤や鍬は直接の凶器だったんですからね。その点を追及されれば、私はまず疑われるんですよ」

「僕も駅前では大分散財しましたよ。彼はなかなか酒が強いんでね。それに、礼子さんのストリップのシルエットが実によく出来ていて、僕の方も彼と一緒に礼子さんの部屋へ行きたくなりました」

水原がそう言って、チラッと礼子の剝き出しの膝のあたりに眼をやった。

「あら、わたしだって、凄い勢いで衝突されながらサラダ油をうまく階段へ流す、その呼吸に苦心したのよ」

清美が口を尖がらした。

「誰だって同じだわ。わたしにしたって、ケイ子ちゃんを引留める為に三十分も面白い話を喋り続けるのは容易なことではなかったのよ」

静子も負けずに言った。

「いや、私にしても、受話器を握って相手のいない電話に向かっていること二十分、大変な忍耐でした」

篠崎がそう言って苦笑した。

「話は別だけど……」

礼子が膝を乗出した。

「このアパートは誰の所有になるのかしら、一体……？」

「さあ、それは成り行きにまかせましょう」

落着いた口調で、篠崎が答えた。

「私達は、このアパートを自分のものにするのが目的だったのではない。私達はただ、平和な毎日を送りたかっただけなんです」

そうだ、と言うように、一同は重々しく頷いた。そしてそれが、各人の部屋へ引揚げる機会となった。

管理人室はからっぽになった。だが、一同が誰もいないと思っていた管理人室の奥の部屋から、黒い影が一つ現われた。それはケイ子だった。

ケイ子は小さな咳をしてから、奇妙な笑いで表情を崩した。彼女は英二の骨壺に語りかけるように喋り出した。

「誰も知らないんだ。みんな自分達が英二を殺したんだと思い込んでいる。そりゃあ、みんなの計画でも、英二を殺せたかも知れないさ。でも、階段の上から落ちた人間が、絶対に鍬にぶつかったり、鋤で喉を刺されたりするとは限らない。そんな成功率の方が低いだろう。もし英二が足の方から滑り落ちれば、軽い怪我で済んでしまうし、鍬や鋤に触れない場合だってある。わたしがアパートへ入って来た時、事実英二は鋤で額を割られ、鋤の先がほんの浅く喉を刺していて、ただ気絶していただけなんだ。その鋤を、わたしがグイと深く刺込んでやった。それからアパートを飛出して、公衆電話へ駈けつけたんだ。英二はわたしが殺したんだ。もし警察が、みんなの計画犯行だと見破れば、みんなはきっと自供するだろう。わたしの殺人罪を背負ってくれるんだ。わたしは絶対に犯人にされないのさ」

ケイ子は、ゆっくりと窓辺に寄った。そして、外の闇に顔をすりつけるようにして呟いた。

「何故、わたしが英二を殺したって？　わたしはあの日以来、英二に接近して殺す機会を狙っていたのさ。だって、英二の奴……わたしを、お嫁にゆけない躰にしてしまったんだもの……」

冷たい星の青い光を見上げるケイ子の斜眼には、キラッときらめく雫《しずく》があった。

第三の被害者

清瀬万吉という老人が絞殺されたのは、十月二十日の夜、九時半頃である。場所は足立区の綾瀬町六五番地の路上だった。

清瀬万吉は焼き鳥屋であった。焼き鳥屋と言っても一軒の店を構えているわけではない。赤い提灯《ちょうちん》をぶらさげた屋台を引っ張っているのだ。焼酎《しょうちゅう》か二級酒をコップで呷《あお》り、焼き鳥の二三本も齧《かじ》って行くという客を相手の商売である。

清瀬万吉が殺されたのは、九時を過ぎれば人通りが杜絶《とだ》えるという暗い街角だった。石屋の店先で通りから引っ込んでいる小さな空地を、清瀬万吉は商売の『場所』にしていた。彼は六時から九時半まで、この場所に屋台を据えた。その時間は判で押したように正確だった。雨でも降って来ない限り、清瀬万吉は九時半になると店じまいをした。

清瀬万吉が屋台の傍らで死体となっていたのを発見したのは警官だった。顔が膨脹《ぼうちょう》して結膜に溢血《いっけつ》が認められた。他殺である。麻ヒモのようなもので絞殺されたという断定だった。

だが、清瀬万吉を殺した犯人は、容易に見当がつかなかった。殺された動機が分からなかったのである。清瀬万吉は綾瀬町に住んでいる。魚河岸へ勤めている息子と中学生の娘のほかに、これと言って身寄りはなかった。その息子や娘が原因で、彼が殺されるということはまず考えられなかった。彼には金も名誉も地位もない。つまり世間から見て、清瀬万吉という男の存在は無価値に等しかった。

存在に価値がないということをある一面から見ればその人間の生活に葛藤《かっとう》がないということになる。清瀬万吉を殺しても、誰一人得をする者はいないわけなのだ。

彼の性格は温厚だった。というよりも、老人らしく自分の宿命に従順だったのだろう。腰を出来るだけ低くして、物事に角が立つことを嫌った。周囲の者の評判では、彼は好人物ということになっている。

勿論、清瀬万吉に女性関係はなかった。従って痴情怨恨による殺人動機は、最初から否定された。彼が男で、しかも老人である以上は、通り魔のようなものの犯行と見るのは荒《こう》唐《とう》無《む》稽《けい》であった。

最も考えられやすいのは、清瀬万吉の売り上げ金欲しさの凶行ということである。しかし、これも妥当ではなかった。その日の売り上げ金は、屋台の棚にあるボール箱へ投げ込んであった。誰が見ても、それが清瀬万吉の持ち金全部であると察しはついただろう。犯人がこのボール箱に気づかなかったはずはない。

ボール箱の金は合計二千六百円あった。清瀬万吉の一晩の稼ぎ高としては、多すぎるくらいだった。犯人が老人から金を奪い、この二千六百円だけを残して行ったとは、まず考えられなかった。

この焼き鳥屋の客は殆んどが老人とは顔馴染《かおなじ》みの連中ばかりであった。勤めの帰りに、あの赤い提灯を見なければ気がすまないという者もいたし、はしご酒の終点を清瀬万吉の屋台と決め込んでいた者もある。

清瀬老人を愛していた者こそあっても、彼の顔を見たくないという客は一人もいなかったのだ。

動機のない殺人というものが、あり得るだろうか。あるとすれば精神異常者の仕業《しわざ》である。そうでない限り、動機というものは必ずあるはずだった。

都会の片隅で黙々と働き、黙々と生きていた、まるで一枚の枯葉のような老人を殺さなければならなかった必然性――それは、少なくとも表面上は見当らなかった。

老人を死へ追いやった『因』と『果』は、ひどく歪《ゆが》んだ線によって結びつけられていたのである。清瀬万吉は自分とは全く無関係な事件を起点として、犠牲者となることを強《し》いられたのだ。

1

東京の夜は疲れを見せていた。空には月もなく、闇が都会の騒音を吸い取って、ふくれ上っている。十時を過ぎれば、夜の活気も萎《な》えて行く。人々はふと明日があることを思い出すのだ。

殊に繁華街とは違って、足立区の綾瀬あたりになると、夜の更《ふ》けるのが早かった。朝が早い住民が多いのだ。

綾瀬町の印象は地方の小都市の片隅のそれである。ビルのない平板な町の家並に、赤茶けた灯が点在している。常磐線の汽笛が尾を引いて消えると、東京がはるか遠くにあるように錯覚する場合もある。

常磐線の列車は綾瀬駅には停まらない。上り列車で帰って来た村野士郎は、窓の外を走り過ぎる綾瀬町を眺めるだけで、そのまま一旦日暮里《にっぽり》まで行かなければならなかった。日暮里で電車に乗り換え、再び綾瀬まで引っ返してくるのだ。

「目の前にぶら下っているマンジュウに、手が届かないっていうところだな」

別所則夫《べっしょのりお》が向かいの席で、片目をつぶって見せた。

村野はくすぐったそうに苦笑した。そうしている間に、綾瀬の町は消えていた。国電綾瀬駅のホームの、長い灯の帯が目に触《ふ》れただけである。

「しかし、どうも不合理だな」

別所はシートに頭を押しつけて、自堕落《じだらく》に股《また》を開いたという恰好だった。色の悪い頬が一層、褪《あ》せている感じである。この三日四日、生活に余裕がなかった証拠なのだ。東京へ帰って来たという安堵感《あんどかん》が、疲労を一度に噴き出させる。

「出張からやっとの思いで引き揚げて来たというのに、我が家を目前にして通り過ぎるなんて」

「仕方がない。われわれのために臨時停車はしてくれないだろう」

村野は俄《にわ》かに重くなった肩のあたりを拳《こぶし》で叩いた。解放されたというより、むしろ倦怠《けんたい》感《かん》が胸のうちにひろがった。

別所はひどく静かな車内を見渡して、疎《まば》らな乗客の殆んどが仮睡《かすい》しているのを見ると、自分も胸に顎《あご》を埋めて目を閉じた。

興信電機のこの二人の社員は、水戸へ出張した帰りだった。水戸まで新工場建設の用地買いつけに、業務部長のお伴をしたのである。本社と細かいうち合わせをするために、とりあえずこの二人だけが帰京を許された。

二人は平凡な男たちである。将来の地位を予想されるほどの腕ききでもないし、社内で無視されるような無能社員でもない。一人前に働き、適当に勤勉であった。いわば典型的なサラリーマンだった。

村野は三ヵ月ほど前に結婚した。妻の純子は、それまで同じ業務部で村野と机を並べていた興信電機の社員だった。彼女は結婚と同時に社を辞《や》めた。会社は夫婦共稼ぎを許さないからである。

村野と純子の結びつきには、恋愛というような劇的な要素は少しもない。一年ばかり机を並べて一日の大半を一緒に過しているうちに、何の曲折もなく好意を抱き合ったのである。

無事平穏な家庭を作ろうという点で、二人の意見は完全に一致した。そして、その通り実行した。だから、この夫婦は感情だけの愛では結ばれていなかった。お互いが必要だった。その必要度を確かめ合うことに、ささやかな歓びを感じていた。

村野夫婦は綾瀬町の都営住宅に住んでいた。駅前のアパートに別所則夫の部屋があった。別所はまだ独身だった。たまには村野の家へ寄って、純子の家庭料理に舌鼓《したつづみ》をうつこともあった。こんなことが、村野と別所の仲を並の同僚以上のものにしていた。

日暮里で国電に乗り換えて、綾瀬駅へ引っ返す途中、村野がふと思いついたように言った。

「どうだ、うちへ寄らないか？」

かなり混んでいる車内だった。酒臭い人いきれと居眠りする顔とを運ぶ電車である。村野と別所だけが、疲れてはいても健全な人間という感じであった。

「遠慮するよ」

別所は、だるそうに肩をすくめた。

「腹へってないのか？」

「へってるよ」

「それなら来たらどうだ。アパートへ帰っても何もないだろう」

「しかし、奥さんと顔を合わせるのは三日ぶりじゃないか。水いらずの方がいい」

「何を今さら……」

つまらない、というように顔の前で手を振ったが、そんな村野の仕種《しぐさ》には照れ隠しも含まれていた。

「じゃあ寄るだけ寄ろう」

別所は分別臭そうに表情を引き締《し》めた。

体格は別所の方がはるかに立派だが、年は村野より一つ下だった。だが、村野は別所の方が年上ではないのかと思いたくなることが、しばしばある。家庭を持って落ち着いたはずの村野が、独身の別所に教えられることがあるのだ。

今も、うちへ寄らないかと軽々しく誘ってから、村野はやはり純子と二人きりでいる方がいいのではないか、と瞬間的に後悔していた。だが、別所はそんな村野の後悔を見抜いたように、寄るだけ寄ろうと答えた。常に余裕を持って人と接している別所が、村野は羨しかった。

綾瀬駅で降りた時、ホームの電気時計が十時四十分を示していた。別所は駅前のアパートを素通りして、村野と肩を並べて歩いた。都営住宅は北へ向かって十分ほど歩いたところにあった。

二人はあまり口をきかなかった。時折、ボストンバッグを持ち変えるだけである。東京へ帰って来たという実感が、二人を満足させていた。充ち足りた時の沈黙である。

ほこりっぽい道が、夜目に白くのびていた。人影は全くなかった。廃墟《はいきょ》のように、家の屋根がひっそりと眠っていた。

「おい、少し変だと思わないか？」

別所が言った。

「静かすぎるじゃないか」

「うん」

村野も、落し物でもしたように左右へ目を配った。確かに異様な静寂だった。夜の早い街には違いないが、これではまるで人間の生活があることを感じ取れなかった。例え灯は消えていても、ラジオの音ぐらいは洩《も》れてくるはずだった。

「何かあったのかな」

村野は漠然と不安を抱いた。そして、それをすぐ妻の純子に結びつけて考えた。家をあけていた男の、本能的な不安である。

「誰かくる」

別所が足をとめた。赤い光が闇に浮き上って見える。それは左右に揺れながら近づいて来た。間もなく車の音が、悪戯《いたずら》でもしているように無遠慮に聞こえて来た。

「焼き鳥屋の屋台だ」

ほっとしたように、村野が声を弾《はず》ませた。

山奥で人家の灯を見つけた時の気持とは、こういうのを言うのだろう。

「石屋の前に屋台を置いている、あの焼き鳥屋かい？」

「そうだよ」

焼き鳥屋の提灯が、この町の平和を保証してくれたような気がした。やはり変ったことはなかったらしい。焼き鳥屋がいつものように屋台を出していたことが、なによりの証拠だった。

町の静けさは当然だったのかも知れない。短期間でもこの土地を離れていたことが、町の雰囲気に対する感覚を狂わせたのだろう。

そう思いかけて、村野は妙なことに気がついた。綾瀬駅で降りた時、ホームの時計が十時四十分を示していたではないか。

彼は反射的に腕時計をかざして見た。十時四十五分である。彼の記憶は正確だった。

この清瀬万吉という焼き鳥屋の老人が、必ず九時半に屋台の店じまいをすることは有名だった。彼が屋台を据《す》える石屋の店先は、都営住宅へ通ずる道の途中にある。村野も清瀬老人の屋台に寄ることがあったし、老人の几帳面《きちょうめん》な店じまいの時間をよく知っていた。九時半に店じまいをした老人が、今頃こんなところを屋台を引っ張って通るはずがないのだ。

何かの都合で店じまいが遅れる場合もあるだろう。しかし、一旦ある想像が凝結しかかったからには、容易にそれを氷解出来ないのと同じように、そんな些細《ささい》なことでも村野の胸にひっかかったのである。彼は暗い予感がした。

「爺さん」

屋台が近づくのを待って、村野はそう声をかけた。

屋台はそれを予期していたように停まって、老人の白い顔が恐る恐る二人の方へ向けられた。村野は、しまったと思った。その理由はともかく、清瀬老人の目がひどく怯えていたからである。

「おれだよ」

村野は、かすれがちな声をしぼり出した。

「ああ村野さん……」

ここで会ったことが拙《まず》かったというように老人は顔をそむけて、目だけをやり場がないみたいに動かした。

「何かあったのかい？　町がばかに静かだけど」

「村野さん、えらいことになりましたよ」

老人はなおも落ち着かない目を宙に迷わせていた。

「小菅《こすげ》拘置所から未決囚が三人も脱走しましてね」

「いつ頃だ？」

「今日の夜七時過ぎだそうですよ。わたしは何も知らずに、いつものように屋台を出しましたが、九時頃にはそのことがテレビやラジオで流されたらしいんです。間もなく、警官隊が続々と車で送り込まれて来たんで、その時になってはっきり知ったんです」

老人は女のように細い声で喋《しゃべ》りながら、間引きされたような歯ならびを覗《のぞ》かせた。

小菅町はつい目と鼻の先にある。拘置所から凶悪犯が脱走したことは、今までにも幾度かあった。地理的に言って、脱走囚が綾瀬町へ逃げ込んでくる可能性はないとは言い切れない。しかし、せいぜい戸締りを厳重にするくらいで、恐怖に戦《おのの》くなどということはなかった。脱走囚には逃げること以外に目的はない。何も自分に危害を加えるために脱走したわけではないだろう、と人々は他人事に考える。それよりもやはり、警察が何とかするに違いないと楽観してしまう。

村野も、未決囚が脱走したのに過ぎないと知って、やれやれと思った。妻の純子に脱走囚を結びつけて考えるのは取り越し苦労というものである。

「それにしても爺さん、今夜の店じまいは遅いじゃないか」

村野は楽な気持になって、そう言った。

「ええ。つまり、そのう……」

老人は、それが悪かったとでもいうように口ごもった。

「つまり、見物していたものですから」

「見物?」

「ええ」

「何を？」

「脱走囚の騒ぎをなんです」

「捕物があったのかい？」

「いえ、まだ捕まっちゃあいませんよ」

「脱走囚はどこにいるんだ？」

「亀田湯の裏の空地なんです」

「ほんとかい、それ……！」

亀田湯という風呂屋は、都営住宅の裏手にある。しかも、村野の家からは垣根越しに風呂屋の窓が見えて、夏の夜などは風呂おけを使う音が聞こえてくるくらいだった。

　その亀田湯の裏の空地から、ゆるやかな斜面の綾瀬台地にかけて、最近鉄筋コンクリートのビル建築工事が始っている。飯場《はんば》小屋こそないが、建築資材が戦場のようにぶち撒《ま》けられて、仮設した板塀が広大な土地を囲んでいた。

「あの空地に逃げ込んだのか」

「空地の真中にある資材小屋にとじこもっているんですよ。それを遠巻きにして、警官隊と町の人が多勢集っています」

「じゃあもう袋のネズミだろう。なぜ早く捕まえないのかな」

「それが……」

「村野さん、それより、とにかく早くお帰りになった方がいいですよ。わたしはこれで失礼しますから」

清瀬老人は言いにくそうに、言葉のつなぎを唸《うな》るように引きのばした。もともと口数が少ない老人で、あたらずさわらずに人と接する清瀬万吉だった。村野と言葉を交していることが苦痛のように感じられた。

「行ってみよう」

逃げるように屋台を引っ張って行く老人を見送って、別所が鋭く村野を促した。

ここから都営住宅までは幾らもなかった。大通りを右へ折れてしばらく行くと、石屋がある小さな十字路だった。左側には日用品を売っている店が統制もなく軒を突き出し、右側は三十五戸の木造平家建ての家が立ち並んでいる都営住宅地だった。

このあたりまでくると、そこここに立ち話をしている人の輪が幾つもあった。寝巻の上から羽織を引っかけた女や、子供を抱いたパジャマ姿の男が、ひそひそと囁き合っていた。どの表情も深刻ではあったが、好奇の目にはどことなく傍観者としての余裕が感じられた。

亀田湯の裏手は、約三百メートル四方にわたって、真昼のような明るさだった。夜間工事専用の照明と、警察の投光車が、立ちかけた鉄骨や木材の山を何かの残骸のように照らし出していた。何も知らずにこの光景を目にしたら、映画の夜間ロケと見間違っただろう。現場から興奮した面持ちで戻ってくる者もあれば、お祭り気分で現場の方へ駆け抜けて行く少年もいた。

村野は緊張した。自分の家のすぐ付近で、このような騒ぎが行われていると、彼自身も事件の当事者であるような気がしてくるのである。

「とにかく、奥さんの顔を見ておこう」

別所が先に立って、都営住宅の垣根沿いに歩いた。

「純子のやつ、まさか火事場見物の気分で家をあけちゃあいないだろうな」

「それより、おれには気になることがある」

「なんだ？」

「焼き鳥屋の爺さん、妙に曖昧《あいまい》だった」

「純子がどうかしたというのか？」

「かも知れない」

「冗談はよせ」

二人の足の運びは早まった。

村野の家は住宅の並びの右端にあった。六畳、四畳半、台所、二坪の庭、とどれもそっくり同じ型の家ではあったが、丹精して育てた植木の鉢棚が庭にあるのが、村野の家の目印しだった。

村野はその鉢棚が損われていないことを確かめて、家中に灯がともっているのを目にすると、身体全体が軽くなるような気がした。家に何ごともなかったことと、純子がどんな顔で出迎えるかという期待に、若い夫は幸福を嚙みしめているようだった。

しかし、玄関をあけたとたんに、村野は面喰らっていた。純子の代りに考えてもみなかった人間の顔があったのだ。

「あ、村野君。別所君も一緒か！」

興信電機の総務部長は、半ば叫ぶように言った。それを待っていたように、玄関の上り框《かまち》へ五つ六つの人影が飛び出して来た。それも興信電機の社員たちの顔だった。総務部の連中もいたし、村野の同僚の顔もあった。

「どういうわけなんです？　部長」

村野は、この思いがけない出迎えの顔ぶれに、呆《あ》っ気《け》にとられていた。

「実はたった今、水戸へ電報を打ったところなんだ」

「電報？」

「君を呼び戻そうと思ってね」

「何のためにです？」

「君、大変なことになったんだよ」

常に新調の背広を着込んで高慢な態度をとっている総務部長の、こんなに沈痛な面持ちは初めて見た。小肥りの体軀も、一回り小さくなったような気がする。そう言えば、黙念《もくねん》と突っ立っている同僚たちの表情も固かった。眼差しには同情があり、口許は緊張に引き攣《つ》っているようだった。

村野の胸裡で、不安が次第に具体化し始めていた。顔は冷たいのに、頭の中だけが燃えているように熱かった。

村野は放心したように、事件現場の方へ視線を向けた。交錯している光線の帯が眩しかった。黒く光っている球状のものは、警官のヘルメットに違いない。

「まだ、君の奥さんだと確認されたわけじゃないんだ。だから落ち着くんだよ。ただ万が一の場合を考えて、君を水戸から呼び返そうとしたんだ」

総務部長は、落ち着けという言葉を、半分は自分に言い聞かせているようだった。壁についた彼の腕は、痙攣《けいれん》するように震えていた。

「純子は……」

「あの資材小屋の中にいるのかも知れない」

「なぜ、かも知れないんです？　そうならそうと、はっきり言って下さい」

村野は怒ったように言った。

「いや、事実、かも知れないのだよ。わたしは警察から連絡を受けて、呼び集められるだけの社員を集めて、ここへ駈けつけて来たばかりなんだ。詳しいことは分からない。しかし、行方不明なのは君の奥さんだけではないんだ」

「誰が行方不明なんです？」

「このお隣りの家のお嬢さんも、姿が見えないんだ」

「じゃあ二人とも、あの小屋の中へ連れ込まれたんでしょう」

「それが違うんだ。三人の脱走囚があの資材小屋へ逃げ込むところを目撃した者がいるんだが、遠くで見たのだから誰ということは判断出来なかったが、とにかく三人の脱走囚に小屋の中へ引きずり込まれたのは女一人だったと言ってるんだよ」

「女を連れ込んだというのは、人質にするのが目的だったんでしょうね」

別所が口を出した。

「まあ、そうだろうね。警察の話によると、三人の脱走囚はこの先の路上で警戒網にひっかかると、そのまま都営住宅地へ逃げ込んだんだ。最初はこのお隣りの……野口さんという人の家だそうだが、そこの玄関から入って家の中を通り抜け、庭を突っ切って村野君の家へ飛び込んだらしい。それで、野口さんのお嬢さんか村野君の奥さんを道連れにして、あの工事現場の資材小屋へとじこもったという推定なんだ」

総務部長は村野の顔色を窺《うかが》うようにして説明した。

「しかし変じゃないですか」

別所は唇をとがらした。

「二人の女性が姿を消しているのに、資材小屋へ引きずり込まれた女は一人だったというのは。もしそうだとすると、もう一人の女の人はどこにいるんです？」

「恐らくどこかへ隠れたまま、恐怖のあまり出て来られないのではないか、と警察では見ている」

力なく総務部長は答えた。悲観的には考えまいとしても、確率は五分五分なのだ。連れ込まれた女が、野口の娘であってくれと願うつもりはないが、総務部長にしてみれば村野の妻でない方が幾らかでも救われるのだろう。

村野は、総務部長の話を遠くで聞いていた。目の覚めきれない夢の中にいるようだし、自分とは無縁の出来事のような気がする。訳もなく彼は、小学校時代のことを思い浮かべていた。

「村野さん、お帰りでしたか」

しゃがれた声が耳許でして、その声の主が隣家の野口公平だと分かっていても、村野はすぐには振り返る気になれなかった。

硬直した四肢が自分のものではないような気がする。迂闊《うかつ》に身体の向きを変えると、ガラガラと崩れ落ちてしまいそうだった。

「えらいことになりました。家へ帰ってくるまでは、夢にも思っていなかったことでしたよ」

野口公平は唇を歪めて、喰い入るように眩ゆい光の幕を凝視していた。

野口は娘の千鶴と二人だけの家族だった。秋葉原の社会福祉協議会の事務長をやっている。髪の毛も半ば白く、五十を越している年輩だが、ずんぐりとした身体つきに、分厚い唇や大きな目が精力的な感じだった。

社会福祉協議会の業務内容は、主に篤志《とくし》家の寄付を恵まれない家庭に配分する中継ぎの仕事だという。このほかに、困窮者のためにはどんな相談にも応ずることになっていた。この協議会の事務長に、野口はうってつけの人物だと言われている。

野口は自分の過去を多くは語ろうとしない。だが、彼の生い立ちが人並のものではなかったことは察しがついた。野口の体験が、協議会の仕事に役立っていることは事実なのである。凡てに献身的で、かつて人命救助で表彰されたことがあると、村野は聞いている。

娘の千鶴は二十二になったばかりだった。平凡な容貌で、どこにでもいるという感じの娘だが、肌の色が少女のように青白く、まだ成熟にはほど遠いふうであった。

千鶴は主婦代りに、いつも家で働いていた。年齢の隔りもあまりないし、純子とは結構親密だったらしい。

村野の方は、あまり野口との付き合いはなかった。野口も酒好きで、清瀬老人の屋台店で顔をつき合わせることなどあったから、たまに話を交す程度だった。

それが妙な形で、二人を結びつける結果となったのである。父と夫という立場の差から、苦痛の色合いは多少違っているかも知れない。だが、恐怖の度合には全く変りがなかった。

同病あいあわれむ、という現在の二人である。

しかし、互いの苦悩を察し合うことは出来ても、その裏側で激しく牽制《けんせい》し合っているのかも知れなかった。

自分か相手か、そのどちらかが合格しているはずの試験結果の発表を見るようなものだった。自分が合格なら、相手が落ちている。相手が喜べば、自分は悲しまなければならない。

三人の脱走囚によって、資材小屋へ連れ込まれた女は、村野の妻か野口の娘か、そのどちらかなのである。互いに、自分の妻でなく自分の娘でなく、と願っているはずだ。同時にそれは、相手の娘であってくれ、相手の妻であってくれと、望んでいることにもなる。だから二人は、自分の願いを口にすることが出来ない。

村野と野口は、肩を並べて立っている。同情されるべき二人だった。互いに慰め合っても不思議ではない。表面は確かにそうも見える。だが、二人はそれぞれの望みを、歯を喰いしばって言葉にすまいと努力しているはずだった。同病あいあわれむ、とは言っても、そんなところに微妙な感情の推移があった。

「三人の未決囚というのは、何をやった連中なんです？」

押し殺したような声で、村野が訊《き》く。

「強盗傷害、それに婦女暴行、といったやつ等らしいですな」

さりげなく、野口が答える。

「すると、人殺しの経験はないわけですね」

「いや、脱走を図った時、看守を一人殺しているそうです」

「凶器を持っているんですか？」

「脱走して間もなく、近くの農家から鎌を二挺《ちょう》、盗み出したらしいと聞いてます」

「まさか……。殺しはしないでしょうね」

村野がゴクリと喉を鳴らした。野口は激しく手を振って、それを否定した。

「人質を殺せば、直ちに自分たちが逮捕されると知っているはずですよ。助かろうとするなら、人質を殺しっこないでしょう」

「では……」

と、出かかった言葉を、村野は舌の先で消した。彼が最も恐れている想像だった。彼は目を剝くように見開いた。目を閉じると、脳裡に描かれた情景が一層鮮明になりそうなのである。

純子が救いを求めているような気がする。その声が聞こえて来そうだった。新妻の肉体に三人の凶暴な男の姿が重なって、目先をチラつく。

いや、こうしている間にも、あの小屋の中で純子の身体は蹂躙《じゅうりん》されつつあるのかも知れない。苦痛に歪められた妻の顔、引き裂かれた衣服、股間を伝わる血の流れ、がありありと目に浮かぶ。

村野は、妻の顔を、千鶴のそれに置き換えようと努力する。だが、力めば力むほど、いつも見ている妻の顔が生々しく描き出される。

村野はあの小屋をめがけて走り出したい衝動に駈《か》られた。大丈夫だ、脱走囚にそんな気持の余裕はない、と自分を抑制する。しかし一方では、絶望的な立場に追い詰められた人間は、かえって異常な欲情に煽《あお》られるものだという囁きを耳にする。否定が再び否定される。やりきれない反復作用だった。

「実は、わたしもそのことを心配しているんです」

野口も、村野の胸のうちは察していたらしい。もっとも、三人の脱走囚が一人の若い女を連れ去ったとなれば、男たちが女にどんな危害を加えるか、誰でも同じ想像をする。

「何しろ長い間、禁欲生活を続けて来た男たちなんですから」

その通りである。一本の煙草欲しさに狂暴さを発揮する彼等なのだ。若い女の肉体に触れて、長い間忘れていたその感触を甦《よみがえ》らせた時、彼等が狂うのはむしろ当然なのである。

「わたしは、十時少し前に帰って来ました。この騒ぎがもち上った直後なんです。わたしは千鶴の姿が家の中にないことを気づいた時は、意識を失いかけました。千鶴の一生は台なしだ、と直感しましたよ。あんな飢えた狼どもの餌食《えじき》にされたら、第一、千鶴は生きていないでしょう」

野口の言葉は、村野の胸に喰い込んで来た。彼の言うことは、そのまま純子の場合にも当て嵌《は》まるのだ。

村野は胸の鼓動が頭の芯でガンガン鳴っているように感じた。一瞬、彼は発狂した自分を考えていた。

その村野の耳に、途方もなく大きな声が聞こえて来た。

「鈴木春雄、小泉次郎、畑研一、小屋の周囲は二百名の警察官によって包囲されている。無意味な抵抗はやめろ。無意味な抵抗はやめろ。お前たちは逃げられない。直ちに監禁中の女子を小屋の外へ出せ。直ちに監禁中の女子を小屋の外へ出せ」

警察のマイクがそう呼びかけている。夜の空にはねかえるように、その声は町の上を被って響いた。

村野は、ぎこちない足どりで歩き出していた。

「どこへいく？」

別所が追いすがって来た。

「現場の近くまで行ってみる」

素気《すげ》なく村野は、背中で答えた。

歩きながら、村野は祈るような気持になっていた。

《小屋の中にいる女が、野口の娘であってくれ》

2

深夜の十二時を過ぎると、『日本住宅協会建設用地』と大文字で記された仮塀《かりべい》の周囲は、全く人の波で埋まった。

亀田湯から都営住宅へかけての道路上にも、集って来た人々が溢れ出ていた。興味半分で見物に来た弥次馬たちも、誰一人帰ろうとはしなかった。いつの間にか、弥次馬たちの表情が真剣なそれに変っていた。

集ったのは、この町の住民ばかりではなかった。この事件を聞きつけて、興信電機の社員や純子の友人たちも来ていた。建設工事現場の人夫と思われる一団も、姿を見せていた。二千人に近い人数が、この一点に集中された恰好だった。

小屋の周囲は、半径十メートルばかりの円周を描いて、警官隊が包囲していた。その外側をテレビ・カメラの報道関係者が占めている。さらに整理の警官が綱を張って、一般の人の立入りを遮《さえぎ》っているという三段構えだった。

群集は数の割には平静を保っていた。騒ぎ立てたり混乱したりするはずもなかったが、こんなに人が集っているのにと不思議に思うくらい、あたりは静かだった。

三人の脱走囚への呼びかけは、警察のマイクが幾度となく繰返していた。しかし、小屋の中からは全く反応がなかった。

「本当に四人とも、あの小屋の中にいるのかい？」

「飛び込んだところを見た人がいるんだ。そのあとは、この態勢が整うまで、警官が二人小屋の入口を見張っていた」

「入口は一個所だけなんだろうな」

「そうだろう」

人々の間でそんな囁きが交された。

村野は警察隊の指令車の傍らにいた。小屋へ連れ込まれたのは自分の妻かも知れないのだ、という理由でここまで立入ることを許されたのだ。野口と別所も、村野の脇に立っていた。

村野は時間の経過を忘れていた。時間そのものが、村野にとっては無意味だった。いつまでこのままの状態が続けられるか分からないし、たった今、あの小屋から出て来る女が誰であるかという結果を見るのも厭だった。

自分が何を待っているのか不思議でもあった。いっそのこと、永久に結果が出ない方がいいと思った。そのくせ、許されるならば、一直線に小屋の入口へ突進したいのだ。

野口は腕を組んで動かなかった。小屋を瞶《みつ》めている目が赤く充血している。皮膚の弛《ゆる》みが、彼を俄かに老けさせたようだった。

小屋は八方から光線を注がれて、立体感を失っていた。陰影のない一枚の白い紙のように見えた。古材を組み立てた粗末な小屋である。これだけの人間の注目を浴びるほど、あの小屋の中にどんな貴重なものが隠されているのか、と村野は混乱した思考の中で首をかしげた。みんなで寄ってたかって、あの小屋を叩きつぶせばいいと思いたくなる。

「鈴木、小泉、畑、よく聞け」

すぐ頭の上で、スピーカーが大声をはりあげた。

「ここに、小泉の妹さんが来ている。妹さんが小泉に頼みたいことがあるそうだ。三人ともよく聞くんだ」

野太い警官の声は、震えをおびた若い女のそれに変った。

「兄さん、富子です。聞いてますか？　兄さん、お願いです。まず小屋の中にいる女の人を逃がして上げて下さい。それから、三人とも小屋から出て来て下さい。富子の一生のお願いです。とにかく、今すぐ、女の人を逃がして下さい」

富子という女の声は、途中から泣き声になってしまった。やがて、余韻《よいん》を残して、その声は消えた。すると、穴の底のような静寂が来た。二千人近い人々が、一人残らず息を詰めているようだった。小屋からの反応を、靴音一つ聞き逃すまいとしているのである。

微かに、小屋から声が洩れたようだった。無理に笑っているような甲高《かんだか》い声は、二度目にははっきり聞き取れた。

「富子、警察に利用されるな！　いいか、十分以内に警官が引き揚げないと、ここにいる女をズタズタにするぞ。馬鹿野郎！」

相手の姿が見えず、しかも押入れの中で怒鳴っているような声は、誰かが悪戯《いたずら》している山彦に似ていた。勿論、彼等が強がりで嘲弄《ちょうろう》しているとは分かっている。しかし、それでも人々は焦燥《しょうそう》を掻き立てられた。

突然、村野が立ち上った。別所がそれを引きとめる間もなく、村野はのめるように小屋の方へ走りながら絶叫した。

「小屋の中にいる女は誰だ！　返事をしろ、純子か！」

そんな質問に、小屋の中の女が答えられるはずはなかった。

なおも絶叫を続けようとした村野は、駈け寄った三、四人の警官に押えられた。村野はもがいた。警官に手と足をとられて、彼は腰から地上へすっぽ抜けた。地面を転げ回る村野の衣服が乱れて、まるめられた雑巾《ぞうきん》のようになった。

この小さな騒ぎは、すぐにおさまった。自宅へ帰るように警官隊の指揮者からすすめられたが、二度と勝手な行動をとらないという約束で、村野は元の場所に留まることが出来た。崩れるように坐り込んだ彼に、医師が鎮静剤らしい注射をした。

「十分以内に人質を殺すと言いましたが、それはやつ等が焦《あせ》って来た証拠ですよ」

誰に言うともなく、野口が呟いた。

「どうしてそう言い切れるんです？」

村野は、まだ肩で息をしていた。その目は熱っぽく、何かに刃向かうように鋭かった。柔和《にゅうわ》さがないのはともかく、その瞳は猛々しすぎる感じだった。

「どうしてって……。こんな場合に人質を殺せば自分たちがあらゆる点が不利になることを知っているし、一種の足掻《あが》きが、あんなことを叫ばせるのですよ」

野口は眉間にタテ皺を刻んだ。村野のつっかかるような語調が、ささくれている野口の神経を刺戟したのだろう。

「そんなこと、分かるものか」

吐き出すように村野は言った。

「まあまあ、少し落ち着きましょうよ。こんな時に、われわれが苛立《いらだ》っても何の足しにもなりませんよ」

なだめるつもりか、野口は目を細めて小刻みに頷いて見せた。

「落ち着いてなんかいられませんよ」

「しかし、血迷ってはいけませんね。われわれのために、こうして多勢の人様が努力していて下さるんだから」

「血迷うのが当り前なんですよ。ぼくは、あなたのような社会奉仕家とは違うんです。自分が可愛い、自分の女房が可愛いんだ。それで悲しい時は泣くし、嬉しい時は笑いますよ。定《きま》りきったことじゃないですか」

「そりゃ、わたしだって自分が可愛いし、千鶴の身を案じてます。しかし、そのこととわたしの職業とは別問題ですよ」

「いや、ぼくには分かっている。自分の気持は犠牲にするっていうところを見せたいんでしょう。だから、あんたは落ち着いていられるんだ。ぼくはね、はっきり言いましょう。ぼくはね、あの小屋の中にいる女が、あんたの娘だったらいいと思っている」

「村野さん！」

「ぼくは、千鶴さんであってくれと神に祈っているんだ！」

「酷《ひど》いことを言う……」

　野口が表情を険しくした。怒りが直接表面には出ず、鬱憤《うっぷん》を胸に蓄積する時の震えが彼の目尻や顳顬《こめかみ》のあたりを痙攣させていた。

この時である。群集の一角から歌声が広がり始めた。女の声が出だしをつとめ、やがてそれに男の声が加わった。

群集は呆っ気にとられて、歌声の発生点へ視線を向けた。一人の若い男が、人垣の前へ出て、

「小屋の中の女性を力づけるのです。みなさんも一緒に歌って下さい」

と、大声で叫んだ。その男は興信電機の社員の一人だった。どうやら合唱を始めたのも、興信電機のコーラスグループらしい。

間もなく、群集の中にこの思いつきに同調する者も出て来た。歌声はあちこちに飛び火して行った。最初は遠慮がちだったが、次第に声を張り上げて、合唱は一つの渦になった。曲は、『赤とんぼ』から『デビークロケット』に変り、さらに『ドドンパ』に移った。警官たちは無表情で突っ立ったままだったが、別にこの合唱を制止するふうは見せなかった。野口は項垂《うなだ》れて、この深夜の合唱を耳にしているようだった。

「畜生……」

村野がうめくように言った。

「暢気《のんき》に歌なんか」

彼は掌に摑んだ赤土を地面に叩きつけた。それが、野口の足許で黄色い砂埃を散らした。

砂埃は吸い込まれるように舞い上って、光線の帯の中で乱舞した。

「暢気に歌っているわけじゃないんだ、みなさんは」

堪《たま》りかねたように、野口が激しく言った。

「小屋の中の、あんたの奥さんかわたしの娘を励まして下さるつもりなんだ」

「励ます？」

頸《くび》をねじるようにして、村野は野口を見上げた。

「励ましてどうなる？　人はただ、女があの小屋へ連れ込まれたとしか考えていない。男たちが連れ込んだ女に何をするか。そこまで実感が伴っていないんだ。もう凡ては終っているのかも知れない。終ってしまってから励ましてどうなる？　歌声が妻を元通りにしてくれるんですか」

「何も、あなたの奥さんとは限っていない。何もかも悲観的に見るなら、ここにいる必要はないはずだ。家へ帰ったらどうです」

「あんたの場合は娘だ。自分の女房が、どんな目に合わされているかって考えたら……」

「娘にしても同じですよ。いや、女房以上だ。女房だったら別れれば赤の他人です。しかし娘は死ぬまで、わたしのものだ。わたしは、女房が死んだ時は泣きもしなかった。娘だったら、わたしはあとを追うかも知れません」

野口はそれだけ言うと、もう村野にはとりあわないというように口を噤《つぐ》んだ。

村野は自動車の車輪に背をもたせかけた。ひどく疲れたようだった。気は張っている。意欲もある。しかし、肉体がそれに伴わなかった。唇を動かすのも、気怠《けだる》いのだ。僅か数時間のうちに、体内の血液が半分にも減ったような気がした。

村野は興奮がさめつつあるのを知った。虚脱感は、必ず興奮のあとにくるものだった。彼はその空しさの中で、自分がとった言動を振り返っていた。

野口に大分つっかかったらしい。とは思っていた。彼には、なぜ野口に面あてがましく嚙みついたか、その理由が分かっている。村野は野口が憎かったのだ。千鶴でなければ純子、という切羽《せっぱ》詰まった気持が、いつの間にか野口に対する敵意となっていたのだ。裏目とはこのことを言うのだろう。賽《さい》が投げられる。もし、小屋の中から現れたのが純子だったとしたら。村野は絶望し、野口は狂喜するに違いない。絶望と狂喜では、その差が大きすぎる。小屋の中にいるのは純子ではないかという不安が、その通り的中して野口がすでに有頂天になっているような気がしてくる。それが、野口に対する敵意となったのだ。

気がつかないうちに、歌声はやんでいた。この工事現場の人夫たちが、それぞれ罵声を小屋に向けて投げつけているだけだった。

「悪党なら悪党らしくしろ」

「女を楯《たて》にしなければ、小屋から出て来られねえのか」

「この工事場には、お前らより上手の男が幾らでもいるんだぞ」

野方図なそんな叫び声を、村野はぼんやり聞いていた。その肩に、重く手がかかった。振り返ると、年輩の警官が顔を寄せて来た。

「四時になりましたら、威嚇《いかく》のために空砲を撃ちます。空撃ですからご心配なく」

警官は念を押すように目で頷いた。

村野は空を仰いだ。夜空はブルーをおびていた。星の輝きが薄れて、白い雲の縞《しま》模様《もよう》が微かに浮き出ていた。頬に触れる夜気が、しっとりと濡れ手拭いのように冷たかった。

村野は、こんな色の空をどこかで見たような気がした。純子と一緒の時だったかどうか、記憶は曖昧《あいまい》だった。とにかく、昔ではなかったかと思う。そんなことを考えていると、純子がすでにこの世にはいないように感ずる。

村野はなげやりな追憶を続けた。そのうちに、この現在も追憶の中の一部のように思えて来た。まるで、あの世から自分を眺めているような、奇妙な錯覚だった。

そんな村野を現実へ引き戻すように、スピーカーがピーという調節音を発した。

「鈴木、小泉、畑、最後に通告する。今から五分内に小屋から出て来い。五分後には一斉に攻撃する」

スピーカーの声が消えないうちに、小屋の正面に位置していた三人の警官が、拳銃を握った右手を高くさし上げた。

銃声は一秒あまりの間隔をおいて、三発鳴った。空に金属的な余韻《よいん》を残して、銃声は遠くまで響き渡ったようである。

さらに追い討ちをかけるように、マイクが呼びかけた。

「鈴木、小泉、畑、あと四分だ。早く出て来い。早く出てくるのだ」

小屋からは何のもの音も聞えて来なかった。幾千もの視線を受けて、小屋は無表情に沈黙を続けていた。

空気が凝固したような静寂だった。群集は写真の被写体のように、鳴りを静めて動かなかった。咳一つ聞こえなかった。黒い波のような群集が目の前にあるだけに、その静けさは無気味でもあった。時の経過する音だけが聞こえているようだった。

村野は立ち上っていた。誰よりも強い視線を小屋のドアに向けていた。傍らに、野口の横顔があった。彼も瞬《まばた》きすることさえ恐れているようだった。

《純子でなければいい。千鶴であってくれ》

村野は息を殺した。

突然、小屋のドアがバタンとあいた。暗い小屋の中から、真昼のような光線の下へ一人の女が泳ぎ出て来た。女は半ば失神状態であった。腰が全く不安定で、足を踏み出すたびに崩れそうになった。

息の詰まりそうな緊迫感が弛《ゆる》むと、群集の間に声にならないどよめきが広がった。女の姿が、あまりにも惨めだったからである。

女は切り裂かれたスリップ一枚という恰好だった。髪の毛が剝き出しの肩に乱れて、手足のところどころに血が滲《にじ》み出ていた。小屋の中で何が行われたかは、一目瞭然だった。女は正常な神経をすりきってしまったようである。あるいは発狂しているのかも知れない。そんな恰好を衆目にさらしながら、少しも恥らいを見せなかった。かえって、群集の中に顔を覆う娘たちが幾人もいたくらいだった。

女は泣きもしなければ、警官の方へ逃げて来ようともしなかった。ゆっくりと小屋を離れてくるだけだった。

村野は、身体中が熱くなり、それがまた冷たくなって行くのを感じた。視線の凡てに遠近感がなかった。工事現場も警官隊も、そして群集も、搔きまぜたように一つになり、ただの一枚の黒い幕に見えた。

《純子……》

不意に敗北感に襲われたのは、最後の一瞬まで、小屋から現れる女が千鶴であってくれという期待があったからだろうか。

純子が担架《たんか》で運ばれて行くのを目の隅で捉えた時、村野はその場から駈け出していた。

村野は夢中で走った。どこへ何のために走って行くのか、自分にも分からなかった。

誰かが追ってくるような気がした。しかし村野は、もう誰の顔も見たくなかった。純子が三匹の野獣に凌辱《りょうじょく》され、しかもそれを多勢の目の前にさらけ出した場所から、少しでも遠ざかりたい一心だった。

どこをどう走ったか分からなかった。突然目の前に、二本の銀色の線が流れているのに気がついた。村野は無人踏切の真中で足をとめた。レールが自分の行く方向を示すように真直ぐに闇の中へ溶け込んでいた。彼は向きを変えた。銀色の直線に沿って、再び走り出した。背中に悪寒《おかん》があった。靴の底で砂利が軋《きし》んだ。

汽笛とともに、真黒い物体が村野の行手を遮った。彼は足をとめなかった。

別所と野口は、長い貨物列車が通過するのを待って、あたりを見回した。しかし、線路の上に人間らしい形を保っているものは見当らなかった。

別所が乾いた唇を舐《な》めると、傍らで野口が蒼白な顔に噴き出た汗を、手の甲で拭った。

3

焼き鳥屋の清瀬万吉が殺されたのは、二日後のことだった。

別所は、このニュースを村野の告別式の席上で耳にした。別に殉職《じゅんしょく》というものではなかったが、出張中にああした事件が起きて、その結果が彼の死であったからだ。

それに、村野の死があまりにも悲惨であり、式をとり運ぶ者もいないということが、社の幹部の同情をかったわけでもある。

東京に肉親がいないせいか、遺族の席についたのは彼の郷里から上京して来た母親一人だけだった。純子は発狂も同然で、入院したままである。それでも、興信電機の社員や事件の夜集って来た群集の中の有志たちで、焼香客はかなり多かった。

別所は式の受付をつとめていたが、屯《たむ》ろしている焼香客の話で、清瀬万吉の死を知ったのである。まだ興奮もさめやらぬ人々は、清瀬万吉の死を、しきりと村野の凶事に結びつけようとしていた。つまり、因縁だとか、老人が村野のあとを追ったのだとか、もっともらしい怪談なのである。

この時の別所は、別に清瀬万吉の死について深くは考えなかった。辻強盗の犯行だろうぐらいに単純に決め込んでいたし、それよりも村野の死の衝撃が彼の心を占めていたからである。

告別式でも、受付にいながら別所は何一つ手につかなかった。焼香客が置いて行く名刺を一枚一枚手にとって、ぼんやり眺めたりしていた。それでいて、誰が焼香に来たか殆んど記憶していなかった。

ただ、当然のことだが、野口の娘の千鶴が告別式に姿を見せていたのは忘れなかった。

野口は長い間合掌《がっしょう》を続けていた。千鶴は告別式に来た時から、葬儀車を見送るまで嗚《お》咽《えつ》をやめなかった。

千鶴は事件後、ひょっこり現場に姿を現した。自分の家の床下へもぐり込んだまま、身動きも出来なかったそうである。若い娘であれば、それも無理はなかった。彼女の話によると、三人の脱走囚は九時四十分頃、雪崩《なだ》れ込むように玄関から飛び込んで来たという。付近に警戒網が布《し》かれていることを知っていた千鶴は、この三人を脱走囚だと直感した。千鶴は必死になって一旦裏口から飛び出すと、這《は》いずって庭の方へ回り、夢中で床下へもぐり込んだそうだった。それっきり、身体がすくんだように動かず、あたりが明るくなって、やっと床下から這い出すことが出来たらしい。

千鶴としては、当然のことをしたまでだ。何も進んで脱走囚の餌食になる必要はない。しかし、別所は千鶴がなぜ早く姿を現さなかったか、そのことが不満だった。千鶴がもっと早く無事だと分かっていれば、村野に対して講ずる手段もあったはずである。千鶴が無事であれば、あの資材小屋に連れ込まれた女は純子だとはっきりする。そうなれば、村野を警察に保護してもらうという手もあったのだ。村野も、最初から純子が小屋の中にいると分かっていれば、あのような一寸刻みの苦痛を味わうことなくすんだかも知れない。

そんな感慨もあって、村野の初七日の日、別所は彼が轢断《れきだん》された場所へ出掛けて行った。すっかり冷たくなった秋風が足許を吹き抜けて、線路ぎわの枯草に寒々とした音を立てさせた。

別所は長い間その場に佇《たたず》んでいた。純子の手料理で食事をしている情景がしきりと思い出された。感傷的にならないのは、村野の死に方が無残すぎたせいだろう。

そのうちに、別所はふと小さな矛盾に気づいた。村野を追ってここまで辿りついた時、確か彼の傍らに野口がいた。つまり、野口は別所と一緒にここまで村野を追って来たのだ。

なぜ野口は、こんなところまで村野を追って来たのだろう。別所が彼を追いかけたのは当然である。だが、野口には、やらなければならない重大な仕事が、ほかにあったはずではないか。

それは、千鶴を探すことである。

野口がそのことを放り出しておいて、村野の身を案ずるというのは不可解だった。まさか社会奉仕家の信念ではあるまい。それとも小屋にいた女が純子と分かったから、千鶴のことは二の次にしたのだろうか。

いや、その解釈は人間の情理に反するものだ。自分の家が火事らしいと聞いて急いで帰って来た人間が、火事は近所が焼けただけだと分かったとたんに、自分の家にも寄らず、そのまま引っ返して行くだろうか。一旦は家へ帰って、無事であることを確かめるはずである。

しかもあの時、千鶴の行方は不明だったのだ。父親として、娘の無事な姿を求めるのが当然ではないか。娘にもしものことがあったら、死ぬともいっていた野口である。その彼が、千鶴のことなど念頭にないように村野の身を案じたのだ。

理由は一つきりない。野口は最初から、千鶴が無事であり、また小屋の中にいるのは純子だということを知っていたのだ。

あるいは、千鶴を床下に隠したのは、野口だったのかも知れない。

別所はこの想定を、清瀬万吉殺しに結びつけて考えた。清瀬殺しは動機が全く分からないという点で、捜査が難航しているらしい。

しかし、別所はここでどうやら清瀬老人が殺された原因を発見出来たような気がした。彼はその足で、秋葉原の社会福祉協議会の事務所へ向かった。別所は、この思いつきに満足しているわけではなかった。殺人犯人を指摘しようなどという意欲もない。ただ彼はこうすることが義務のように思えただけである。

社会福祉協議会の事務所は、秋葉原駅のすぐ近くにあった。高架線のガード下を利用した五坪ほどの事務室が一部屋あるだけであった。三人ばかりの、まだ二十前と思われる女子事務員が、ひっそりと机に向かっていた。

野口はいちばん奥の席にいた。古ぼけた机と傾きかけた回転椅子が、事務長の席というわけである。

別所の姿を認めると、野口は老眼鏡をはずして穏やかに微笑した。挨拶を交して、バネが飛び出ている椅子に坐ると、別所は無表情のままできりだした。

「野口さん、三人の脱走囚が家の中へ飛び込んで来た時、咄嗟《とっさ》に人質を求めて来たのだなと判断したわけですか？」

「は？」

野口の表情が硬《こわ》ばった。正面の壁の一点に据えた目は、死魚のそれのように鈍く動かなくなった。ひどい衝撃に思考の方角を見失いながら、なおもその衝撃に耐えようとしているらしかった。

別所の第一の質問は確かに唐突であった。だがそれは、野口の意表をついたことで効果的だった。野口は全く狼狽《ろうばい》したようである。必死になって、口にすべき言葉を探しているのだ。

別所は手をのばして、電話機を押さえた。受送器がコトリと音を立てた。野口の視線は素早く、その別所の手へ走った。

「何のことだか、よく分かりませんが」

野口はようやく、そんな言葉を唇からよじり出した。下手なとぼけ方だった。

「しかし野口さん、あなたはその時、家にいらしたはずでしょう」

抑揚のない語調で、別所は言った。

「いや、わたしは、脱走囚が侵入して、逃走してしまったあとに帰って来たのですから」

野口は、書いてあるものを読むように、口調を乱さなかった。しかし、言葉に力がなかった。

「そんなはずはないでしょう。あなたはあの晩、清瀬の爺さんの屋台へ寄ったんですからね。清瀬の爺さんは九時半ピッタリに屋台店をしまうんです。あの晩もそうだった。九時半に屋台店をしまい、片付けをしているうちに、あの騒ぎが始まった。清瀬の爺さんは、少しの間、騒ぎを見物して、それから帰ったんです。だから、清瀬の爺さんの屋台で一杯やったあなたは、九時半前に、家へ帰っていたことになる」

別所は、野口の顔を覗き込んだ。野口は顔をそむけた。その額には、血管の隆起が稲妻のように走っていた。

「そんな……。わたしは屋台へは寄らなかった。わたしが屋台へ寄ったという証拠でもあるんですかね」

野口の息使いが早まった。

「清瀬の爺さんに訊いてみろ、とでも言いたいのですか？　そう訊かれるのが恐ろしくて、あなたは爺さんを殺した！」

声は低かったが、別所は叩きつけるように言った。

野口の肩が躍った。その喉も微かに鳴ったようだった。

「野口さん、あなたには告白する義務がある！」

別所はさらにかぶせた。そう言いながら、彼は受送器をはずして、軽く耳に当てた。

野口は背を円くして、せわしく別所の顔を眺め回した。お茶を運んで来た女子事務員が、蒼白な野口の顔を一瞥《いちべつ》して行った。

「わたしはね、わたしは……」

野口はかすれた声で口早に言った。小鼻をふくらませて、唇の痙攣はとめようもないようだった。

「そうだった、そうだったんです。奴等は玄関へ躍り込むなり、女か子供を出せって怒鳴ったんです。その時わたしは、台所で水を飲んでいた。これは人質を連れて逃げるつもりだと判断したわたしは、千鶴を突き飛ばすようにして、床下へ隠れろと言いつけた。千鶴は裏口から飛び出した……」

あの晩の情景を思い浮かべているのか、野口は遠くを見るような目をした。

「どうして、それだけですまさなかったんです？」

別所は呟くように訊いた。

「それだけでは、家探しされると思ったんです。わたしは、隣りの奥さんが編物をしている姿を、ガラス戸越しに見ました。一瞬、わたしは決心したのです。狂犬どもの目先をかわそう……つまり、奴等の餌食に、隣りの奥さんを、と思ったんです。わたしは部屋を横切ってガラスをあけると、庭へ飛び出しました。奴等は女が逃げたとでも思ったのでしょう。わたしの誘導にひっかかって、家の中を素通りすると、庭を突っ切って純子さんの方へ襲いかかって行きました。ところが、ふと気がついたのですが、このわたしの残酷な行為は、考えようによって推測されてしまう恐れがあったのです。脱走囚がわたしの家に飛び込んだのを、目撃した警官もいたはずでしょう。わたしや千鶴が家にいたのに、素通りして隣りの奥さんを襲うというのは不自然です」

「それで、あなたはその時刻に、まだ家に帰って来ていなかったと見せかけようとしたわけですね？」

「ええ……」

野口は崩れるように、身体全体で頷いた。彼はもう足掻こうとはしなかった。自らの敗北は認めたようだった。

「わたしが留守で、千鶴一人だったとしたら……脱走囚に連れ去られたものか、それともどこかに隠れているのか、はっきりしないのが当然です。わたしは、ちょっとの間、家の裏にひそんでいて、それから何も知らずに今帰ってきたというように装ったのです。わたしが村野さんと同じ危惧《きぐ》を抱いて、小屋の中の女が誰であるか苦悩していると見せかければ、まず、わたしの卑劣な行為は発覚しないだろうと信じました」

だが、問題が一つあった。九時半に正確に店じまいする清瀬万吉の屋台に寄って、軽く一杯やったことである。

清瀬万吉の屋台店に寄ったとすれば、野口は九時半前にすでに自宅付近にいたことになるからだ。十時ちょっと前に帰宅したという野口の主張は否定される。野口はこのことを懸念したに違いない。

「翌晩、わたしは爺さんの屋台で一杯やりました。すると爺さんが、新聞記事に十時少し前に帰宅したと出ていたが、あんたは九時三十分頃帰ったはずだ。どうしてあんな嘘をついたのか、と言うんです。わたしは愕然としました」

清瀬万吉にそう指摘されて、野口の胸に殺意が生じたのだろう。曖昧に答えておけば、清瀬万吉が誰かに喋る気遣いがあったからだ。

「けれど、辛かったです。千鶴も、純子さんを身代りにしたということを、うすうす感じたらしく、笑いを忘れてしまったようなんです。——実は、わたしには前科があります。やくざな時分のことですが、婦女暴行のね。わたしは暴行された被害者の悲惨なことを、目で見て知ってました。千鶴だけは……と思って……お恥しい話です」

野口は深く吐息した。彼の身体が急にしぼんだように見えた。疲れ果てたという顔の色は、青黄色く、鼻の頭に浮き出た脂《あぶら》が不潔そうだった。

別所は、村野の告別式で初めから終りまで泣きじゃくっていた千鶴を思い出した。しかし、別所は千鶴にもこの野口にも同情を覚えなかった。現在の野口も、かつて女を犯した時の彼も、その生臭さの点で寸分違わないように思えた。

別所はもの憂《う》く、ダイヤルを回した。回しながら、第三の被害者清瀬万吉が、本当の被害者だったかも知れないと考えた。

頭の上で通過する国電の音がした。その震動で、湯呑の中のお茶が揺れた。埃が浮いているようだった。

不安な証言

――二月八日付朝刊記事――

世田谷成城で人妻殺さる
料理学校の先生、妹を追及

七日夜十時十分ごろ東京都世田谷区成城二ノ一二工藤昌平さん（四六）方の玄関脇六畳間で、工藤さんの妻清子さん（三八）が血まみれになって死んでいるのを、外出先から帰宅した工藤さんが見つけ成城署に届け出た。

同署で調べたところ清子さんはノドと背中を鋭利な刃物で切られており、殺人事件とみて警視庁捜査一課、鑑識課に連絡、捜査をはじめた。

調べによると清子さんは背中を突かれ、さらに横からノドボトケのところを切られて倒れたものらしい。家の中に荒された形跡はなく清子さんが抵抗したあともないところから、ものとり強盗などのしわざではなく顔見知りの犯行と見られる。

同夜九時四十五分頃、注文された二人前のソバを届けた付近のソバ屋江戸屋の出前金井正吉さん（二一）が工藤さん宅へ行った時、清子さん自身が受け取りに出ていることから、九時四十五分から十時十分の間に清子さんは殺されたものと分かった。

なお凶器に使ったと思われる果物ナイフは門の外のドブの中から発見されたが、同時に血を拭いたらしい女もののハンカチも見つかった。このハンカチは清子さんの実妹Ｈの持ちものであり、また死体の傍らにＨの勤め先であるバーのマッチが落ちていた。六畳間の食卓には注文した二人前のソバが手をつけられずに置いてあり、客があったらしく茶器などが出ていたが、湯呑みの一つからはＨの指紋が検出された。

工藤さんの話によると、前日の午後にも清子さんがＨを呼びつけ、Ｈの素行上のことについてなじり、清子さんとＨは激しく口論したという。その時、Ｈは明日は日曜日で店が閑だから勤めを休んでもう一度話しにくると言って帰ったそうである。

これらのことから、事件当夜、清子さんのところへ来ていたのはＨで、口論の末、カッとなったＨが清子さんを刺し殺したものではないかと見て、同署ではＨを追及する方針をたてた。

清子さんは自由ヶ丘の料理学校の先生をしており、足の悪い工藤さんの面倒をみるといった、男まさりだが真面目な奥さんだったという近所の評判であった。

工藤さんの話　まだ妻が死んだという気がしません。ちょっとした傷が因で右足を切断してしまったわたしにしてみれば、松葉杖を失ったも当然で、全く途方にくれてます。義妹（Hのこと）が犯人だとは考えられません。

Hの話　確かに姉のところへは行きました。でも喧嘩したので姉の家を飛び出し、九時五十分頃にはアパートへ帰ってました。主人は出張中だしアリバイを証明する方法もありませんが、姉を殺したなんて濡れ衣です。

1

松喜美沙子が、二人の刑事から面会を求められたのは、二月八日の昼休みの時間だった。その時、美沙子は三階の事務室の窓際で、ぼんやり空を眺めていたのだ。昨日まで空にあったのは、茫漠とした冬の雲だったが、今日は冷たそうな青空がそれに替って、厚味のある日射しが、中庭いっぱいに溢れていた。

事務室はガランとして、五十あまりの事務机だけが殺伐な感じで、雑然と並んでいた。執務時間中の統制が失われていることが、ここに一人残った美沙子の孤独を強める。職員たちの殆んどは、久しぶりの好天気に屋上へ出ている。若やいだ屋上からの人声が、四十五分間に限り直射日光を浴びられるという、時間の価値を物語っている。

なぜ、自分は一人でいるのか、どうして屋上にいる同僚たちの仲間に入らないのか——美沙子は、窓の縁に頬杖をつく。

その原因は分かりきっている。二ヵ月ほど前に離婚したことが、美沙子を自分の殻にとじ込めさせるのだ。

二十七歳、××省東京地方局に勤続九年、××事務官、一度結婚に失敗したという点を除けば、何万人といる都会のＢＧと、大した変りはない。

何も離婚したからと言って、八方塞りの気持になる必要はないのだ。特に美沙子の性格は、過去にこだわることを許さない。

例え夫から捨てられた美沙子でも、普段の彼女はそう自覚しないように努めている。対等の意志で別れてやったのだ、という気持が現に離婚してしまっている女の心の支えであり、最後の誇りでもあった。

そんなに勝気で、激しい気性の美沙子が、なぜ悪いことでもしたように、人の目を避けているのだろうか。

美沙子のいる世界では、離婚は悪いことも同然だったのである。確かに、美沙子の職場では、離婚という実例が少なかった。愛することもないが、嫌いにもならない、という夫婦が多いからだ。人はこれを平凡と言うが、美沙子の職場での結婚に対する固定観念は、誰と誰とが夫婦になるのではなく、夫と妻が夫婦になるということだった。

万一、夫婦の間に亀裂が生じても、離婚を実行するところまでは行かないのだ。離婚を思いとどめさせる理由が二つある。一つは、実直勤勉でなければならない公務員が離婚問題など引き起すと、上司の信用を失い、勤務成績にさしさわりがある、という不思議な観念があることだ。

もう一つは、周囲の口がうるさいことだった。無気力で単調な職場にとって、同僚のトラブル、特に離婚問題などは話題として最上の餌食になる。

人々は、勤務成績を無視して、職場の好奇の目にも耐えるほどの勇気を持っていなかった。彼等にとっては、結婚の対象よりも、職場と生活の方が、はるかに大切なのだ。

美沙子が勤めている、この官庁の地方機関には、千名以上の職員がいた。だが恐らく、性格の相違などという贅沢な理由で離婚を実行したのは、美沙子が初めてだろう。

男であれば、ある期間、離婚したことを人に知られずにすむ。しかし、女の場合はそうは行かない。まず、姓を旧姓に戻さなければならない。それに住所変更がある。官庁ではこの種の届け出について厳格である。ずるずる延ばしていることは出来ない。届け出をすれば、人事係の口から洩れて、離婚したという事実は三日のうちに全局に知れ渡ってしまう。

美沙子は、廊下を歩いていても洗面所にいても、常に無遠慮な視線を感じたものだった。女の視線には同情とも軽侮ともつかないものが含まれていたし、男はまるで美沙子の裸身を吟味するような目を向けた。

親しかった同僚たちも、気安く声をかけなくなった。美沙子も無口になる。なるたけ目立つまいと努めて、下を向いて歩く。虚勢を張るどころか、抹殺されかけているのだ。美沙子にとって、せめてもの慰めは、同じ××省の職員でも、別れた夫とは部局が違うことだった。もし、夫と同じ職場に勤めていたとしたら、美沙子は転勤願でも出さなければならなかっただろう。

美沙子が高見俊介を知ったのは、二年ほど前である。事務手続きの見習いということで、俊介は一ヵ月間ばかり、美沙子の職場へ派遣されて来たのだ。

俊介は美沙子より一つ年下であった。俊介の子供っぽい容貌、それに適当に我儘で、甘えるような仕種に、美沙子はひどく惹かれた。もともと気が強く年上の男に興味を覚えなかった美沙子は、年下の男と意識しながら、俊介の面倒を見てやることが楽しかった。母性本能を刺戟されたというやつかも知れない。

一年後に二人は結婚した。積極的だったのは美沙子の方で、俊介は引きずられたというより、結婚を深く考える年齢ではなかった。

共稼ぎの職場結婚となると、夫が若すぎても、別に珍しくない。二十五歳の夫と、二十六歳の妻は、三軒茶屋に近い世田谷の上町に、アパートの一間を借りた。

しかし、二人が互いに自分を殺せたのは、最初の半年だけだった。間もなく、美沙子の勝気と俊介の我儘が、しばしば争いの因を作った。俊介はまだ、家の外に魅力を感ずる年齢だった。独身の同僚に誘われれば、酒だマージャンだと付き合うし、従って外泊もしてくる、美沙子に無断で借金をするという工合だった。

こういうことに黙っていられる美沙子ではなかった。

「勝手に借金したり、ずいぶん亭主面するじゃないの。あたしに文句を言わせないような身分になってから、好きなことしなさいよ」

と、美沙子は容赦なく、ののしった。

二人の争いが必要以上に加熱するのは、年上の妻ということばかりではなかった。美沙子の意識外にあることだが、美沙子の収入の方が俊介のそれより上であるというのも、一つの原因だった。下級官庁の俸給は勤続年数で決まる。男女の差別もないから、美沙子の方が倍近く高給とりであるのは当然だった。

このことは口に出さなくても、二人の生活にしみ込んでいた。生活の主導権が自分にあることを、美沙子は当り前だと思っていた。

　しかし、美沙子は夫婦喧嘩を特に深く考えていなかった。別に俊介が憎いわけでもなく、まして離婚などということを考えたこともなかった。二人は死ぬまで夫婦だし、喧嘩は誰でもすることだと、頭から決め込んでいたのである。

　だが俊介の方は、夫婦喧嘩のくりかえしとは、単純に考えていなかったようだ。だからこの夫婦の破局は、いつものような争いによって、あっさりと招かれた。

　原因は、俊介が黙ってオーバーを月賦購入したことだった。俊介の給料袋から月二千円十カ月払いの月賦伝票を見つけた時、美沙子はカッとなった。オーバーは買ってやるつもりだったが、無断でそうされたことに腹が立った。好意の押し売りかも知れないが、こうしてやろうと思っていたことの先を越されたのが口惜しかった。

　夕食後に、新聞を読んでいる俊介の鼻先へ月賦伝票をつきつけて、美沙子はいつもの調子で詰問した。いつもは沈黙してしまう俊介が、珍しく応酬したので、美沙子は一層興奮した。自分で戸惑うほど感情的になっていた。

「このオーバー一着だって、あんたの一ヵ月の給料じゃ買えないのよ。一体、何様なのよ」

「おれが一カ月間、喰わなきゃいいんだろ。喰わしてくれるところは、幾らでもあるんだ」

「そう。じゃあ食べさせてもらいなさいよ。何さ、言うことだけは一人前のくせに」

「ふん。オーバーも着せてくれない鬼みたいなやつと一緒にいたくなんかないよ」

「第一、あんた、二万円のオーバーを着るガラなの？　これだけ言われて口惜しかったらもっと稼いでごらんなさいよ」

「いいよ。ここを出て行けばいいんだろ」

「行くあてでも、あるっていうの？」

「彼女のところへでも行くさ」

「笑わせないでよ。自惚れてるわ。あたしはいつでも別れてあげるからね。彼女が出来るほど、あんたって人に魅力があるもんですか！」

この時、俊介は初めて顔の前から新聞をどけた。彼の頬は蒼白だった。喰い込むような鋭い視線を美沙子に据えていたが、その目は充血して熱っぽく光っていた。次の瞬間、俊介は勢いよく立ち上った。それは文字通り、畳を蹴るような荒々しい動作だった。

美沙子は、俊介がボストンバッグに下着類を詰め込んで部屋を出て行くまで、動こうとはしなかった。

興奮状態が去ると、後悔と不安が美沙子の胸で膨脹した。大分ひどいことを言ったらしいし、まるで人殺しのような夫の形相を見たのもこれが初めてだったのだ。

しかし、美沙子は楽観していた。明日にでも、気拙そうな顔で帰ってくるだろう。俊介の身寄りは東京にはいないはずだ。帰って来たら、仲なおりすればいい、と美沙子はそんなふうに考えていた。

だが、美沙子の見込みは狂っていた。彼女は三日間も、湿ったように冷たいアパートの夜を一人で過さなければならなかった。

四日目に、俊介の代理という男から、電話がかかって来た。代理をたてて来たと知って、美沙子は狼狽した。離婚ということの実感が、やっと脳裡に凝固した。

俊介の代理だという男の話では、俊介はすでに、ほかの女と同棲しているとのことだった。女は、橋本旗江という二十一歳の娘で、渋谷の小さなバーで働いているそうだった。俊介は以前からそのバーの常連で、旗江から好意を寄せられていたという。アパートを飛び出した俊介は、そのまま旗江のところへ転がり込み、旗江も喜んで彼を迎えたのである。

今までは旗江との間に特別な関係はなかったが、こうなった以上、もう美沙子のもとへは帰らない、というのが俊介の言伝《ことづ》てだった。

美沙子の身体のあちこちに痙攣があった。意表をつかれた衝撃に、思考は同じところを堂々めぐりするばかりだった。

美沙子は翌日、離婚は承知したという前提で、俊介と会う約束をとりつけた。そろそろクリスマス景気が夜の雑踏を盛り上げている渋谷の喫茶店で、二人は会った。しかし、美沙子には俊介が、つい一週間前まで寝食を共にしていた夫という気がしなかった。俊介が他人然と振舞うせいもあったが、この男には別の女がいると意識すれば彼の存在が遠くなるのだ。だが美沙子は不思議と彼に憎悪を感じなかった。美沙子の憎しみは、ここにはいない旗江という女に向けられていた。

女は自分の愛人が他の女に走った時、裏切った男よりも、間接的な対象である女の方を憎悪する。同性間の対抗意識が根強いのだろうか。それとも女の独占欲は、独占することよりも、独占を妨げるものに対して働きかけるのだろうか。

美沙子は言いたいことの百分の一も、俊介には言えなかった。そのくせ、旗江がもしこの場に現われたら、泥棒！と叫んで飛びかかってやる——そんな激しい怒りを、想像の中の旗江にぶつけていた。

結局この夜の話し合いで、美沙子と俊介の夫婦関係には終止符がうたれることになった。俊介に美沙子の許へ戻る意志がない以上、そう結論を出すより仕方がなかったのだ。

一週間後に二人は離婚手続きをすませた。離婚すること自体には、特別な感慨はなかったが、届けの用紙に判を押す時、美沙子の指先は、旗江に対する口惜しさで震えた。降伏の調印をするような屈辱感だった。

美沙子は新しく借りた目黒の安アパートへ移った。手伝う者もなく荷造して、四畳半の小部屋へそれを運んだ時の侘しさを、美沙子は忘れることが出来なかった。

――美沙子は事務室の窓際で、そんな短い回想にふけっていたのである。

独身だった昔に還ったと思えばいい。公務員として停年まで生活能力はある。それに、世の中には離婚する夫婦など算えきれないほどあるはずだ。

ただ、美沙子の胸に残された傷痕は、旗江に対する憎悪と敵意だけなのだ。だが、それもやがて、時間が解決してくれる――と、彼女は眩しい日射しに目を細めて、重く吐息した。こんな時である。受付から、警察の人間が面会に来ている、と知らせて来たのは。

2

受付の真向かいにある面会室は、寒々として薄暗かった。窓が小さいせいか、鉢植の棕《しゅ》櫚《ろ》の葉が黒い光沢を見せている。

古ぼけた円形のテーブルの向こうに、二人の男が坐っていた。窓を背負っているので、逆光を浴びた男の顔は判然としなかった。

美沙子が面会室へ入ると、二人の男は言い合わせたように腰を浮かせて、ポケットから手帳を抜き取った。ほんのおしるしに示すだけだが、その手帳の黒い表紙が、美沙子の網膜に焼きついた。刑事たちがどんな用件で来たのか分からないうちから、もう取り調べを受けているような気持にさせられていた。

「松喜美沙子さんですね？」

美沙子が椅子に坐るのを待って、貧弱な身体つきの、中年の刑事の方が口を開いた。もう一人の、若い方の刑事は無言で美沙子を上目使いに瞶《みつ》めていた。

「そうです」

「あなたは、高見俊介を知ってますか？」

「ええ。別れた夫ですけど？」

弱味を見せまいというふうに、胸を張りながら美沙子はギクリとした。俊介と犯罪を結びつけたからだった。だがすぐ、俊介はもう赤の他人なのだと、気持を抑えつけた。

「あなたは、高見の住所を知ってますか？」

「道玄坂の上にある緑風荘アパートです」

「電話番号も知ってますね」

「四六一局の××××番です」

「その電話は、高見俊介の部屋に直通の電話なんでしょうね？　それとも呼び出し……」

「いつも、電話をかけると高見が直接出ますから、多分、専用なんでしょうね」

「昨夜、高見のところに電話しましたか」

「ええ。しましたけど……？」

なぜ、電話のことなど訊くのだろう。確かに昨夜、美沙子は俊介のところへ電話をかけている。だが、それが一体どうしたのか。たまたま、別れた夫に電話したことが、もう警察に知れているのは不可解だった。それに、美沙子の電話が、どんな事件にどういう関連があるのか、不安であった。

「どんな用事で電話されたのか、さしつかえなければ、聞かせてくれませんか？」

笑顔のつもりなのか、刑事は目を細めていた。

「鏡台の抽出しに、高見のネクタイピンが入っているのを見つけたので、必要なら取りに来いと連絡するつもりだったのです。でも、高見は出張とかで、留守でした」

「ほう。そのネクタイピンを、昨夜見つけたというわけですな」

「いいえ、見つけたのは、もっと前です」

「すると、昨夜そのネクタイピンのことを思い出して、電話する気になったんですね？」

「そうでしょうね」

「なぜ、昨夜になって急に、ネクタイピンのことを思い出したんです?」

「そんなこと、分かりません。ただ、ふっと思い出して、電話をかける気になったのです」

「しかし、何の理由もなく、ネクタイピンのことを思い出すなんて、変じゃありませんかねえ……」

「思いつくには、必ず理由がありますかしらね。頭の中には何もなくても、こうしようと思いたつことだってありますわ」

美沙子は不快な表情を露骨に見せた。

そのネクタイピンは、まだ俊介と結婚する前、彼の誕生日に贈ったものである。よく二人で出かけて行った多摩川の河原で、このネクタイピンを彼に手渡した、あの頃は幸福だった。美沙子にとっては大切な思い出でもある。そのネクタイピンが鏡台の抽出しの中にあったことを発見したのは、半月ほど前である。昨夜になって、どういうわけでそのことを思い出したのかは分からないが、ふと俊介にそのネクタイピンのことを知らせて、皮肉の一つも言ってやりたくなり、電話をする気になったのには間違いない。

ただ、どうして昨夜、そのネクタイピンのことを思い出したかと訊かれても、その理由は分からなかった。衝動的に、そんな気になったのかも知れないし、とにかく具体的な意志の働きがあったわけではないのだ。

「高見俊介が留守だったとすると、電話には誰が出たのですか？」

刑事は質問の方向を変えた。

「旗江という女です。妻か情婦か知りませんけどね」

「あなたは旗江に会ったことがあるんですか？　そうでなければ、旗江の声だとは言いきれないでしょう？」

「電話では幾度も聞いている声です。特徴のある声だし、絶対に旗江に間違いありません」

美沙子の耳には、旗江の弾むように、そして鼻にかかった甘い声がこびりついている。『高見は出張で留守です』と言った旗江の、『高見』という呼び捨てに、美沙子は胸をえぐられた気持で手荒く電話を切ったものである。昨夜の電話の相手が旗江であることは、間違いなかった。美沙子にしてみれば、忘れろと言われても忘れることの出来ない旗江の声だった。

「それで、その電話をかけた時間を覚えておられますか？」

「さあね。電話をかける時、いちいち時計を見るわけじゃないですから、正確なことは分かりませんわ」

「電話は、あなたのアパートの管理人室のところにあったやつを使ったんでしょう？」

「そうです。夜は電話器が管理人室の外の棚に出してありますからね。誰でも自由に使えるんです」

「おかげで、あなたが何時頃電話をかけたのか、知っている者が一人もいないんです。何とか思い出して頂けませんか？　何時頃かけたか……」

「どこかでラジオの時報が鳴ったような気がしますから、九時だったんじゃないですか」

「九時に違いありませんか？　前後の事情で見当がつくでしょう。例えばテレビの番組からだとか……」

「残念ですけど、あたしのところにはラジオもテレビもありませんの。昨日は日曜でしたし、夕食後何となく時間を過しているうちに電話をかけてみようと思いたったんですからね。九時だったという直感だけに、頼るより仕方がないでしょう」

「十時だったということは、考えられませんか？」

「あたしは九時だったと思います」

理由もないのに美沙子は不貞腐れていた。強いて言うなら、捨てられた女の惨めな嫉妬を、刑事たちに見すかされたと思ったからだろうか。彼女の返答も半ば投げやりで、多分に反抗的だった。

電話をした時間が、絶対に九時だったという確信はなかった。人間の生活には時間で区切られた『節』がある。だから時計に頼らなくても、時間の見当はつく。しかし、生活の『節』は自分以外の人間と接触が多いほど、はっきりするものだ。夫が帰宅する時間、子供が眠たがる時間、友人が訪れてくる時間、などがそれだ。

美沙子には、そういった生活の起伏がなかった。しかも勤めに出ない日曜日ともなれば、彼女には時間を気にかける必要は全くなかったのだ。好き勝手に、規律のない一日を過せばいいのである。彼女にとって、時間は待つものではなく、ただ過ぎて行くものだった。七時と十時ならば、その差をはっきり感じ取れるだろうが、九時か十時かということになると、どっちという断定は下せなかった。ただ九時だったろうと思ったから、美沙子はそう答えたまでである。

刑事たちへの反感もあった。確実に九時であったかどうか、真剣に記憶を糺《ただ》すことが面倒だった。

「電話局へでも問い合わせれば、正確な通話時間が分かるんじゃありません？」

美沙子は無責任な言い方をした。

「いや、それは無理ですよ。昨夜の電話なんですからね」

刑事は苦笑したようだった。

「とにかく、電話したのは九時だった、と自信を持ってあなたに証言して頂ければ、それで結構です」

「証言？」

思わず美沙子は、視線を刑事へ戻した。二人の刑事は、揃って頷いた。重々しい頷き方であった。

「つまり、警察や検事に対して、最終的には公判廷において、証人として証言をお願いするかも知れないのです」

「一体、何があったんです？　あたしは、まだ自分が何の事件に関係しているかも、知らされてないんですよ」

美沙子は高ぶった声を出した。何も知らないうちに、法廷での証人、という重大な任務を負わされてしまうのは不快だった。自分は迂闊《うかつ》なことを喋らなかったか——と、美沙子は咄嗟に考えた。刑事は、電話をかけた時間の確認が目的で、美沙子に会いに来たことは間違いない。美沙子は九時だったと答えた。それがもし、ある犯罪の結果を左右するような重大な証言だったとしたら——美沙子は、瞬間的に九時だったと軽はずみに答えたことを後悔していた。

「今朝の新聞を、まだ読んでいませんね？」

　刑事はそう言って、だるそうに身体を傾けると、脇のポケットから筒状にまるめた新聞を引っ張り出して、美沙子の目の前に社会面を拡げて見せた。

『世田谷成城で人妻殺さる
　料理学校の先生、妹を追及』

という見出しが、美沙子の目に触れた。美沙子は活字の上っ面だけをなでたがる自分を抑えて、ゆっくりと目を据えた。

読み了えると、美沙子は静かに顔を上げて新聞を刑事の方へ押しやった。彼女の胸には動揺があった。驚きばかりではなく、それに何か爽快さのようなものが加わった。恰度《ちょうど》、あまり成績がよすぎて反感を抱いていた友人が試験に落ちた、ということを聞いた時のような、動揺であった。

　もう記事にあるHが旗江のことであり、また刑事が電話をかけた時間を訊きに来た理由も、美沙子には分かっていた。

「つまりですな……」

　説明するように、刑事がつけ加えた。

「旗江の主張によると、旗江が昨夜姉のところへ行ったのは八時頃で、それから口論が一時間ばかり続き、九時少し過ぎに、注文したソバぐらいは食べて行けという姉の言葉を振り切って、工藤宅を出たというのです。十時前には道玄坂のアパートへ帰っていたというわけだな。しかし、アパートの住人でその時間に旗江を見かけた者はいない。アリバイの立証方法がないんですよ。ただ一つ、旗江は十時頃、あなたからの電話を受けたというんです。もしこのことが事実なら、旗江は白ですよ、完全にね。工藤清子が殺されたのは九時四十五分以後なんです。成城から渋谷までは、どんな交通機関を利用しても、十五分や二十分じゃ行けません。だから十時に、旗江が道玄坂のアパートにいたとしたら、この犯罪は無関係だったことになる。旗江が主張する通り、九時少し過ぎに姉の家を出たということを裏付ける。しかし、今あなたが言われたように、電話したのが九時だったとすれば旗江の容疑は濃厚です。九時にあなたの電話を受けた後、それから旗江が姉のところへ出かけて行ったのだとすれば、犯行時間前には工藤宅に着いたはずですからね。旗江は犯行可能の線が強くなる」

「旗江は何が原因で、姉さんとそんなひどい喧嘩をしたんです？」

「清子はそもそも旗江のバー勤めを嫌っていたし、姉として旗江のために有利な縁談の口を心がけていた。ところが旗江が勝手に男と同棲してしまったどころか、清子に金を貸してくれと頼み込んで来たことが原因らしいですな」

「そうですか……」

ざまアみろ、と美沙子は思った。あの働きのない、そのくせ浪費家の俊介をかかえ込めば、忽ち金に困ってしまうだろう。その俊介の女房ぶって、『高見は……』などと言っている旗江を、美沙子は嘲笑してやりたかった。

旗江には姉殺しの動機がある。現に事件当夜、旗江は姉のところへ行っているのだ。血を拭った旗江のハンカチ、湯呑みについていた指紋、旗江のバーのマッチ、アリバイの証明者なし、凡て旗江にとっては不利なことばかりだ。警察でも九十パーセント、旗江を犯人と見ているに違いない。

他人の亭主を横どりした女に下った天罰だ——と、美沙子は軽い興奮を覚えた。快い興奮だった。

どこへ出ても、誰に対しても、『旗江に電話したのは九時だった』とはっきり証言してやろう。旗江は起訴されるに違いない。裁判は結果はともかく、旗江は数ヵ月間、殺人容疑者として世間から隔離される。そのことだけでも、美沙子は痛快だった。

その夜、ひとり寝の冷たい布団の中で、美沙子は離婚してから今日まで辛い思いをして来た甲斐があった、と思った。旗江が不幸になるのは嬉しいことだった。復讐の喜びではなく、一種の勝利感なのである。

だが、そんな満足の中にも、ある異物感がまざっていた。絶対に九時だったかという不安が、それだった。しかし、何も作為の偽証をするわけではなく、訊かれたことに正直に答えるだけで、九時だったと思ったからそう証言するのだ。例え事実は十時であったとしても——と、睡気に朦朧となった意識の中に美沙子のそんな気持があった。

九ヵ月後の十一月四日、殺人容疑者橋本旗江の第三回公判廷で、美沙子は検察側証人として証人台に立つことになった。

3

第三回公判の日時が決定したことを知らされた時、美沙子は自分が少しもその日を待っていないのに気がついた。

旗江の裁判など、地方の遠い町で行われていることのように、身近に感じなかった。新聞の三行記事を読むのも同じで、何の感興も湧かないのだ。どうでもいいことのようであり、証人として出廷する熱意どころか、ひどくそれが億劫であった。以前のように、旗江に対する加虐的な勝利感もなく、また旗江の不幸を喜ぶ気持も失われていた。

一口に言えば、美沙子にとって旗江は遠い存在だったのだ。凡てを時間が解決したようなものだった。九ヵ月間が、美沙子と俊介を本当の他人にしてくれたのである。同時に、旗江も過去の人間になっていた。美沙子はもう、俊介や旗江に対して、こうだという感情も抱いてなかった。懐しさもない代りに、憎しみも感じない。形だけではなく、気持の上でも縁のない人間だった。

それに、美沙子には感情の方向を定むべき新しい対象が出来かかっていたのである。この一ヵ月、同じアパートに住む運送会社の社員と急速に親しくなりつつあったのだ。

美沙子は一つの義務感から、証人台に立つつもりだった。旗江に与える打撃を期待するのではなく、九時に電話した、ということを裁判官の耳に入れるだけのことだった。

そんなことで、美沙子はかえって平静だった。例え美沙子の証言のために、旗江が有罪の判決を受けたとしても、少しも嬉しくはない。だが、少しも同情しないだろう。いわば第三者の無責任さ――それほど、美沙子は旗江を遠く隔てて見ていたのだ。

十一月四日が目前に迫ったある土曜日の午後、退庁時間で勤め先の玄関口へ出て来た美沙子を、四十五、六の男が待ち受けていた。

声をかけられても、誰だとはすぐ思い出せない男だった。

「ぜひお願いしたことがありまして……」

男は松葉杖をついていた。右足の膝から下がなく、ズボンは膝のところで縫い合わされている。顔色が青黒く、小皺が目立って多かった。四十代を思わせるのは、あまり薄くなっていない黒い頭髪だけだった。

「どなたです?」

美沙子は、一目であまり恵まれた環境にはないと知れる相手を、足の方から眺め回した。

「工藤昌平と申しますが……ご存知でしょう? 旗江の義兄にあたる者ですよ」

「ああ……」

美沙子は軽く頷いた。旗江に殺された清子の夫に違いなかった。当時の新聞にも、確か工藤は足が悪いということが載っていた。

「それで何か?」

「実は旗江のことで、折入ってご相談がありまして……。二、三時間付き合って頂けないでしょうか?」

工藤は哀れみを乞うような目をした。

旗江のこと自体に興味がないのだからって工藤に付き合うのは迷惑だった。どんな相談か知らないが、何を聞いても退屈に違いない。

だが、相手が松葉杖をついているのを見ては、むげに断るのが気の毒のような気がした。無駄足させるのは残酷だと思った。それに、今日の午後をどう過すか、別に予定もない。二、三時間ならいいだろう、と美沙子は思いなおした。

「結構ですわ」

「そうですか……」

工藤は安堵したように吐息すると、嬉しそうに幾度も頭を下げた。

「じゃあ、わたしの知っているところがありますから、そこへご案内します」

器用に杖を操って、思ったより達者に工藤は先に立った。その憑かれたような歩きぶりが、なぜか美沙子には哀れに思えた。

麻布二の橋からタクシーに乗り、工藤は渋谷へ行くように運転手に命じた。

「いよいよ三回目の公判ですな」

前方へ向けた顔を動かさずに、工藤は言った。多分、公判に関係した話だろうと思っていたが、やはりそのようであった。

美沙子は窓に顔を寄せて、走り去る外を眺めた。暖かい気候のせいか、それとも土曜日の午後だからか、街にはかなりの人出があった。

「旗江も可哀想な女です。わたしは今でも、旗江が犯人だとは思っていませんよ。旗江は人を殺せるような女じゃありません。一本気なところがありますが、根はやさしいしね。それがああして、刻一刻、罪人の座へ追いやられていると思うと……。わたしは自分の身を切られるように苦痛を感じます」

逆境にある男らしく、工藤の言い方は愚痴っぽかった。

《間もなく、俊介と別れて一年になる……》

明るい街の風景を見やりながら、美沙子はそんなことを考えていた。

工藤は渋谷の宮益坂の途中にある、『舟田井』という割烹旅館へ、美沙子を案内した。建物の新しさから推して、古いのれんの店とは思えなかったが、部屋の造作や調度品は、純日本風になかなか凝っていた。工藤が、こんな割烹旅館へ出入り出来るのが、不思議なくらいだった。

顔馴染らしい女中に、工藤は酒を用意するよう言いつけた。女中が立ち去ると、工藤は美沙子の前に正坐した。唐突なその態度に、美沙子は目を見はった。

「松喜さん、お願いです。どうか旗江を助けてやって下さい。わたしは家内を失った上、今また、たった一人の身内とも言うべき旗江を獄窓に送りたくはありません。どうか、わたしの不自由な身体に免じて、何とか旗江を救ってやって下さい」

美沙子は工藤の下げた頭の、乱れた髪を呆然と見下した。片膝は二つに折れているが、もう一方の膝がツンと美沙子へ向かって突き出ているのが、醜悪というより無気味な感じだった。

「一体、それはどういう意味なんです?」

美沙子は圧倒されたように、固い口調で訊いた。

「いや、これは不当なお願いかも知れないし不正な申し出ともなるでしょう。しかし、旗江を救えるのは、この世にあなた一人だけなんです」

「とおっしゃると……」

「ええ。あなたの証言が、旗江の運命を左右する鍵なんです。あなたが捜査段階で認めたように、旗江と電話で話したのが九時だったと、その通りのことを今度の公判で証言されれば、旗江は九分通り不利になります。しかし、もしあなたに、十時だった、と証言頂ければ、旗江は無罪になったも同然なのです。十時——たったこの一言で、一人の人間の一生が救われます」

「するとあなたは、わたしに法廷で嘘をつけとおっしゃるのですか？」

「偽証であるかないかは、あなた以外の人間に判断がつきっこないのです。あなたがただ目をつぶって、十時だった、と一言おっしゃって下されば、それですむことなんです」

「警察や検事に出鱈目を言ったことになりますわ、あたしが……」

「記憶違いだったということにして頂ければ……」

「そんなこと、とても無理ですわ」

「松喜さん、ご覧の通り、わたしはこんな身体をしております。身寄りもないし、生活力もありません。世間では相手にしてくれないんです。わたしは本当に一人ぼっちなんですよ。わたしは旗江を失いたくない。あの娘を実の子のように思っているんです。旗江はねえ松喜さん、バー勤めはしていても、純な娘でしてねえ。好きな男と一緒になるまでは、きれいな身体だったんです。実はこの旅館も旗江が高見さんと初めて結ばれた思い出の場所なんですよ……」

工藤は、それが自分の思い出でもあるように、懐しさと甘い余韻のある眼差しで部屋の中を見回した。

「この旅館は、家内が料理の出張指導に来たことがあって、それ以来、親戚同様にしている家なんです。旗江もそんなことから、安心してこの家を利用したんでしょう。高見さんとは新婚旅行にも出掛けられなかった。せめて、旗江もこんなところで高見さんと、結婚初夜の真似ごとでもしたかったのでしょう。旗江は、そんないじらしさを持っている娘なんです」

回想するように目を細めた工藤の、人のよさそうな面差しを見やりながら、美沙子は彼の無神経なことにあきれていた。

工藤は、美沙子が高見俊介の妻だったことを知っているはずである。それを知っていながら、俊介が初めて旗江と結ばれた旅館へ美沙子を連れて来て、しかもそのことを平然と説明している。美沙子を離婚した女として、割り切ってしまっているのか、それとも、身贔屓から旗江のことばかりに夢中になり、美沙子の気持など察する余裕がないのだろうか。

「旗江のやつ、わたしに会った時にも言っておりましたよ。女というものは、初めての男ということばかりではなく、そうした場所、日時、その時の感情など、凡てを一生忘れることは出来ないってね……」

　女中が運んで来た酒を注ぎながら、工藤は感傷的な言い方をした。

「そうそう、松喜さん、これを一ついかがです？」

　思いついたように身を乗り出して、工藤は美沙子の前に小丼を押しやった。

「スルメ、昆布、人参などを細かく刻んで、酒と醤油につけたものなんです。山路づけと呼んでますがね、恰度、色合いが紅葉を含めた山路の落葉を連想させるからでしょうね。家内がすすめて、この店の名物の一つにしているんです。旗江も高見さんとの三々九度を、この山路づけを肴にやったんでしょ」

「…………」

　美沙子は不機嫌に黙り込んでいた。工藤の饒舌が次第に腹立たしくなる。彼は彼なりに、美沙子の同情を買うべく、旗江の純情なところを説明しようと懸命らしい。だが、それは逆効果だった。何よりも、場所が拙《まず》かったのだ。

美沙子の折角埋もれかけた記憶の断片は、掘りかえされてしまったのだ。それらの断片は彼女の気持の中で、徐々に元通り復元されつつあった。

なおりかけた傷を、再び切り裂かれたように、美沙子はあの当時の激痛を思い出した。水をかけても眠りから目覚めないというには、まだ美沙子の眠りは浅すぎた。

美沙子は目の前に、絡み合った俊介と旗江の白い裸身を描いた。知りつくしている俊介の交わりの際の癖である。美沙子には、俊介と旗江との行為の手順が、容易に想像出来た。すると、期待に満ちた旗江の顔や、俊介の息使いが、この部屋のどこかにあるような気がした。進んで男に身体を与えた時の、あの処女のすがすがしい顔つき、満足しきった男の穏やかな目——美沙子は、久しぶりに頭へ血が上るのを感じた。

前後のことが念頭からなくなって、ただ頭の中で熱い輪が激しく回転する。胸の動悸が高まり、矢鱈と大声や大きな物音を立てたくなる。しばらく忘れていた、カッとなった時の美沙子の状態だった。

　ここは、美沙子に訣別を告げた俊介が、それを決定づけるべく、初めて旗江と結ばれた旅館なのである。美沙子が、ただ嫌な場所だと思うだけで片付けるには、あまりにも生々しかった。俊介と旗江が、互いの肉体を確かめ合ったという場所だけに、美沙子は耐えきれなかったのだ。彼女は、明らかに嫉妬していた。

美沙子は無言で席を立った。

「工藤さん、あたし、これで失礼しますわ」

「待って下さい。なぜ、そんな急に……」

慌てた工藤は前のめりに両手を畳についたが、バランスを失って横倒れになった。膝から先の部分を失った方の足が下になったために、もがいてもすぐには起き上れなかった。

「お願いです。わたしを一人にしないで下さい」

もがきながら、工藤はかすれた声で言った。反射的に手を貸して、美沙子は工藤を引き起こしながら、口にすべき言葉に迷った。ヒステリー女のような嫉妬ぶりを、この身体障害者に見せつけるのも気が引けた。

「わたし、外の空気を吸いたいんです」

仕方なく、美沙子はその理由づけをした。

「そうでしたか。それなら、すぐここを出ましょう」

工藤は気がせくのだろう。壁に立てかけた松葉杖へのばした手が、二度三度、空を摑んでいた。

二人は『舟田井』を出た。だが、だからと言って行くあてはなかった。土曜日の渋谷は大変な混雑だった。毛細血管のように人通りが入り乱れて、それは映画館を中心にした主流へ合流していた。どの顔にも、明るい解放感があった。松葉杖をついた四十男と自分のとり合わせだけに、美沙子は周囲との違和感があるように感じた。

「工藤さんは、今でも成城の家に住んでいらっしゃるんですか？」

話題に窮して、歩きながら美沙子はそんな質問をした。

「いや、とてもそんな贅沢はしておられませんよ。成城の家は、それでも四間あった家ですからね」

工藤は自嘲的に笑った。

「すると、あの家は……？」

「ええ。売りました。わたしは家内に養われていた身なんです。その家内をなくしたんですから……まあ売り喰いするほかに手はありませんよ。ところがね、人殺しがあったというので、値をたたかれて、マキ代同様の値段でなければ売れなかったんですよ」

「それで今は？」

「アパート住まいで、細々と居喰いしてますよ。そうだ、いかがです？　わたしのアパートへいらっしゃいませんか？」

「でも……」

美沙子には、工藤のアパートなどに関心がなかった。工藤にしてみれば、美沙子の歓心を買うために何かとサービスしているつもりなのだろう。それも何とか美沙子を味方に引き入れて、旗江のために有利な証言をさせたいからではないか。そう思うと、尚更これ以上、工藤に付き合うのが苦痛になる。

だが、そんなことを考えているうちに、早くもタクシーを停めた工藤が、手を上げて美沙子を呼んでいた。結局、美沙子は工藤の提案に従うより仕方がなかった。

「この足を見て下さい」

車の中で工藤がポツンと言った。半分になった足を押しつけられたような気がして、美沙子は思わず腰をドアの方へずらした。気の毒だとは思っても、何とも気味の悪いものだった。

「怪我なんでしょう?」

目をそむけて、美沙子は訊いた。

「二十年前のね」

「二十年前?」

「ええ」

「じゃあ、二十年間もずっと……?」

「そうなんです。でも悲観して死のうなんて考えたことはありませんよ。五体健全でなくなってから、かえって生きることに執着を感じ始めましたよ」

「どういう怪我でしたの？」

「わたしが言問橋に近い材木屋で働いていた頃です。隅田川に落ち込んだ主人の娘さんを助けようとして、わたしも川へ飛び込んだのですが、その時のちょっとした切り傷からバイキンが入りましてね、到頭、膝から下を切断しなければならなくなったのです。徴兵が決まっていた頃で、ずいぶん辛い思いをしましたよ。その時助けた主人の娘が、わたしの家内だったのです」

工藤は、当時を思い起すように、遠くを見るような目をしていた。美沙子も、ふと、その頃の工藤と、まだ十七、八だった材木屋の娘を漠然と想像した。人生の変転というものが、皺の多い工藤の横顔に感じられた。

「まあ、一種の同情結婚でしょうな。終戦後わたしたちは結婚しました。材木諸共、家内の家は焼けてしまった後のことですが。それから十五年、まあわたしは飼い殺しも同然で家内に養われて来ましたよ。三日に一度の晩酌を楽しみにね……」

工藤は寂しそうな笑いを見せた。彼の人生の大半はあまり幸福とは言えなかったようだと、美沙子は思った。

タクシーは三軒茶屋から右斜の道へ入った。

「あら、上町へ向かうんですか？」

美沙子はのび上って、流れて行く街並を見た。

「そうなんです。わたしのアパートは上町にあるんですよ」

「面白い偶然だわ。あたしも、上町に住んでいたんですよ」

「ほう。それはそれは……」

工藤は驚いたように唸った。

「あの、大きなペンキ屋とタクシー会社の間の道を入ったところでしたわ」

「じゃあ、酒屋の前にある〝和田荘〟じゃないんですか？」

「よく、ご存知ですね。そうですわ」

「わたしの住んでいるのは〝和田荘〟の裏に出来た〝宝アパート〟というところなんですよ」

車はタクシー会社の角を曲がり、酒屋の前で停まった。車の周囲は、美沙子には馴染み深い風景であった。酒屋の店構えも変っていない。見覚えのある顔の店員が、配達から帰って来たところだった。三河屋というはげかかった看板もそのままである。隣の魚屋では、相変らず夫婦が揃って、威勢よくゴムの前かけを光らせて動き回っている。積み上げた樽の上で、白い猫が円くなっているのも、以前の通りだった。そう言えば、肉屋へ出入りしている主婦たちの顔は、どれも見たことのある顔ばかりのような気がする。

一年前までは、美沙子もあの中の一人だった。勤めから帰ってくると、急いでこれらの店へ買い物に来たものだった。『へえい、いらっしゃい、奥さん』という店の者のかけ声が、耳の奥に甦ってくる。

あの頃の生活には張りがあった。喧嘩もしたが、その代り心からの笑いもあった。

《現在の自分には、それがない》

なぜ、あの頃の生活がそのまま延長されなかったのだろうか。俊介を失ったからだ。そうだ。あの幸福を中断させたのは、旗江という女の存在だったのだ。

俊介を奪った女――美沙子はあらたに、旗江に対する憎悪で胸を熱くした。

「いかがです？　ちょっとお寄りになりませんか？」

工藤が松葉杖を引き寄せて、腰を浮かせた。美沙子は頬を冷たくしながら、首を振った。

「このまま、車に乗っていた方が……」

「そうですか？」

工藤は美沙子の顔を覗き込んだが、彼女の機嫌を損いたくなかったのだろう、すぐあきらめて腰を落ち着かせた。

「ここまで来て寄って頂けないのは残念ですが……では、ドライブとしゃれますかな」

強いて冗談めいた言い方をして、工藤は、運転手の肩を叩いた。

「静かなところ……そうだな、多摩川べりへでも行ってもらうか」

多摩川べり――と聞いた時、美沙子は自分もそこへ行ってみたいと思っていたことに気づいた。

俊介に関する追憶が、多摩川べりを連想させたのだろうか。結婚前、俊介と一緒にしばしば多摩川べりを歩いたものである。渋谷あたりで勤めの帰りに待ち合わせて、玉川電車で多摩川べりにくると、恰度あたりが暗くなる頃だった。アベックにとっては、余計な閑つぶしのいらないコースであった。

美沙子は週に二度は、俊介と多摩川べりを歩いたと記憶している。初めて俊介の接吻を受けたのもそうだし、腿に彼の手の感触を覚えたのも、多摩川の河原であった。

結婚前の二人の思い出は、殆んど多摩川べりに散在していると言ってよかった。

大井町線の二子玉川駅前で、工藤と美沙子はタクシーを降りた。ここから河畔の料亭が並ぶ道を縫って、十分ほど歩くと、多摩川の河原だった。背後の土手の上を行き交う車が、小さく見える。川は水量が少なく、細い帯となって窪みの中程を流れているだけだった。

美沙子は先に立って歩いた。そう意識はしていないつもりだったが、やはり吸い寄せられるように、俊介と並んで坐ったことのある地点へ向かっていた。

見覚えのあるその場所は、今も変っていなかった。三方の周囲を遮蔽《しゃへい》するように、土が盛り上っていて、川に面した一方だけが低くなっているという窪地である。

二人はここに坐って、夜の川を眺めた。結婚について話し合い、また接吻と愛撫だけの中途半端な興奮を味わったりした。

美沙子はあの頃の、狂おしいような愛撫に疲れてそれが終った時の虚脱感を、今もはっきり思い出すことが出来た。焼けるように熱くなった自分の頰、スカートをなおしてくれる時の俊介の髪の毛の匂い、そして闇に赤く咲いた煙草の火——美沙子は、再び手に入れられないものを、とり逃してしまったような気がした。

昨夜のアベックが残して行ったものなのだろう、窪地の底には新聞紙と煙草の吸殻が散らかっていた。美沙子は、貴重なものを見るような目で、それらを見下した。俊介の誕生日に、ネクタイピンを贈ったのも、確かここであった。その夜、俊介はトランジスタラジオを持って来ていた。ラジオからは、〝珊瑚礁の彼方〟のメロディが流れていた。二人は肩を寄せ合って、このメロディに口笛を合わせた。対岸の灯を眺めながら、美沙子はロマンティックな気分に酔っていた。そして、そんな雰囲気の中で、俊介に贈り物を手渡したのである。

「ここも旗江にとっては思い出の場所なんです。よく高見さんと二人で来たらしい」

不意に、工藤がそう言った。とたんに、美沙子の胸にあった甘美な感傷は萎えた。彼女は振り返って、鋭く工藤を睨みつけた。だが工藤は気づかずに、川面を眺めていた。

旗江、またしても旗江！　しかも、俊介がここへも旗江を連れて来ていることは、美沙子にとって衝撃だった。結婚には失敗しても、それ以前の愛情は信じていたのだ。

美沙子は身体をすくませた。俊介が旗江をここへ連れて来たことは、美沙子と寝た同じ布団に、旗江を招じ入れるのも同然ではないか。それは、俊介の心に美沙子の存在の片鱗すら残っていないことを意味する。

美沙子は噴き上げてくる怒りを抑えて、蒼白になった顔を工藤に向けた。

「高見は今、どうしているんです？」

「役所は旗江の事件のために辞めたようですが、今は小さな商事会社に勤めているそうです。それでも、旗江の無罪を信じて、不自由な自炊生活を続けているらしいですね」

「そうですか……」

そうまで俊介は、旗江を愛しているのだろうか。あの女のどこがそんなにいいのだ。美沙子は、自分が無視されたようにあっさりと俊介に見捨てられただけに、そうまで彼の執着を得ている旗江が憎かった。

美沙子の胸裡で、何かが音をたてて崩れ、同時にそれは抑えていた怒りを噴出させた。

「工藤さん、いいかげんにして下さい。あなたの鈍感さには驚きました」

「はあ？」

「あなたは、ご存知なんでしょう？　高見はあたしの夫だったんですよ」

「それは分かっています。しかし……」

「夫だった男と新しい女の思い出だとか幸福だとかいう話を聞かされて、あたしがどんな気持でいると思います？」

「しかし、そのう……わたしは、あなたの方から嫌になって、高見さんを捨てたのだという話を聞いていたものですから」

「とんでもありません。あたしは高見には今でも未練を持っているんです！」

「じゃあ、そのう、お願いした例の、旗江のための証言の件は……」

「お断りします。真平です。あたしは、はっきり電話をかけたのは九時だったと証言します！」

哀願するふうな工藤から、もぎとるように視線をはずすと、美沙子は土手に向かって河原を走り出した。

憎かった。俊介も旗江も、それに工藤までが憎かった。三人を苦しめてやりたい。そのためにも、声を大にして『九時だった』という証言をしてやるのだ。美沙子はそう呟きながら走った。

旗江を有罪にしなければ、美沙子は女として蘇生出来ないような気がした。

4

それほど特異な事件の公判廷ではないので、傍聴席にやりきれないというふうな緊張感はなかった。それでも、席は満員で、婦人の傍聴者が目立って多いのは、やはり被告人が女であるせいだろうか。

成城人妻殺しの第三回公判は、淡々として進められていた。

美沙子は証人席につくと、すぐに被告席へ目をやった。実物は初めて見る旗江だった。斜め後から見るのだが、小柄な肢体から受ける印象は繊細な女らしい感じであった。襟足が白く、ほっそりとした項《うなじ》が弱々しい。俯向《うつむ》きかげんの横顔に、小さな唇とツンとした鼻先が見えていた。

自分の夫を奪った女と、こんな形で対峙することに、美沙子は奇妙な感慨を覚えた。立場上の優越感と、本質的な敗北感が錯綜する。弁護人側の証人席に、俊介と工藤の顔が見えていることが、いっそうその感慨を強めた。

美沙子は考える——。

美沙子の証言によって、旗江のアリバイは否定される。判決はともかく、旗江や俊介、それに工藤に与える打撃は大きいだろう。

工藤は先日、証言を旗江に有利になるよう考えなおしてくれと頼みに来た。今も不安そうな目で、美沙子の方を盗み見している。

馬鹿な男である。美沙子の胸中も知らずに、ただ旗江が罪人とされればいかに哀れなことかを強調しようとした。だが、その結果は逆効果だった。そうだ。美沙子は、工藤と会う時までは、この公判に興味を失いかけていたのだ。出来れば、証人台に立つことも拒みたかったのである。別の世界の出来事として、美沙子は忘れたかったのではないか。

それを、わざわざ、寝かかった赤ン坊をゆり起すように、反感と敵意を掻き立てたのは工藤自身だったのだ。

特に、多摩川べりでの工藤の言葉は許すことが出来ない。なぜ、あの場所にまでも俊介と旗江の足跡が残されていることを、美沙子に喋ったのだ。聞きたくないことだった。多摩川べりは、あらゆる点で美沙子が初めて俊介と触れ合った場所ではないか。接吻、結婚の約束、贈り物。あの場所は、美沙子にとって、女としての聖地だった。

贈り物のネクタイピン。あの夜、俊介のトランジスタラジオから〝珊瑚礁の彼方〞が流れていた。ハワイヤンふうのあのメロディ——と、美沙子は頭の中でそのメロディを口ずさんでみた。

《珊瑚礁の彼方……！》

——と、この時、美沙子の思考の深部で、ピクリと痙攣したものがあった。

それは潜在意識のように、漠然とはしていても、一種の連想作用には違いなかった。

国電の中で見た広告から、同じ広告のあった都電を思い出し、その都電に乗っていた子供のことを考え、自分があの年頃には横浜に住んでいたなどと思う。起点から辿りついた思い出まで、連想過程としては形をなしている——そんなひらめきだった。

美沙子は慄然となった。断崖のへりで足をとめ、下を覗いてその高さにハッと息を呑んだ時のような気持だった。

気がつくと、証人台で工藤が証言しているところだった。どうやら、殺された清子の性格の激しさについて語り、旗江に同情すべき点があることを強調しようという弁護人側の狙いのようであった。

「家内は、我儘でもあり、また非常に勝気でもありました。感情的になる傾向もあり、カッとなると自分が口走ったことさえ、あとで思い出せないようでした。従って、人に浴びせる言葉も容赦なく、頭から罵倒するというふうでした」

「証人も、日常、夫としてそのような扱いを受けたことがありましたか？」

と、弁護人が誘導する。

「はい。わたしはもう馴れてしまいましたが、聞くに耐えないような雑言を吐かれたこともあります。特に、わたしがこのような身体で生活力がないため、家内は……」

間違いない、と美沙子は顔を上げた。何もかも分かったような気がする。先日、工藤が美沙子を引っ張り回したのも、実は彼の計画に基いた行動だったのだ。

渋谷の『舟田井』、上町の『和田荘』、そして多摩川べり。美沙子を刺戟するような場所へばかり連れて行ったと、さっきは彼の愚鈍さを笑った。しかし、彼がその三つの場所を、意識して選んだとしたらどうだろう。

いずれも、美沙子の嫉妬や怒りを煽るところばかりだった。『舟田井』では俊介と旗江の結びつきを生々しく描き出させた。『和田荘』では、幸福だった俊介との生活を思い起させた。そして多摩川べりでは、美沙子の怒りを爆発させた。凡ては美沙子に改めて旗江を憎悪させるべく仕組まれているではないか。工藤は、なぜそうしなければならなかったのか。彼は美沙子の旗江に対する敵愾心が薄れるのを恐れたのだ。

工藤は旗江が清子殺しの犯人ではないことを知っていた。だから勿論、美沙子と旗江が電話したのは、十時だったということも承知の上だったのだ。それを、美沙子が警察に九時だったと主張したので、これはテッキリ旗江に対する憎しみから、虚偽の証言をしたものと思い込んだのだろう。これは工藤にとって好都合だった。公判廷でも、美沙子がその通り証言してくれることを望んだに違いない。

しかし、公判までに九カ月間の空白があった。この間に旗江に対する憎悪も薄れ、美沙子が公判で証言をひるがえすかも知れないという危惧が、工藤にはあったのだ。そこで、工藤は、公判直前に美沙子が怒りをあらたにするよう仕向けたのに違いない。女の感情を利用して、九時だったという決定的な証言をとりつけようとしたのだ。口では、旗江を救ってくれと哀願しながら。

美沙子が証人台に立つ時が来た。さし込むように胸が痛み、四肢が筋ばったように固かった。美沙子は集中する視線に苦痛を感じた。このまま、忽然と法廷が消えてくれないものかと思った。

誓約書に署名し、形通りの質問が終ると、検事の緊迫した声が耳に飛び込んで来た。

「証人は本年二月七日夜、住居である証人のアパートから、どこかへ電話をかけましたか?」

「かけました。四六一の××××番です」

「かけたのは、その電話一本だけですか?」

「はい。別れた夫のところへかけただけです」

「相手の電話には、誰が出ましたか？」

「橋本旗江という女です」

「どうして、橋本旗江の声だと分かりましたか？」

「何回となく電話で聞いておりますし、特徴のある声ですから、すぐ分かります」

「では、この声の中で、どれが橋本旗江の声か聞き分けて下さい」

と、検事がテープレコーダーのスイッチを入れた。六人の女が、もしもし、はいそうです、と言う声が録音してあったが、美沙子は即座に旗江の声を指摘した。

「では、証人は、その電話を何時頃かけたと記憶していますか？」

一瞬、美沙子は口を噤んだ。法廷全体も、空気を凝結したように静まりかえっていた。美沙子には、無限の静寂のように感じた。一枚の写真になったこの公判廷を、自分で手にとって眺めているような気がする。美沙子は目をつぶって、この写真を引き裂いた。

「電話をかけたのは、十時です……」

その程度も表現も全く異った反応が、美沙子の右、左、そして背後に生じた。

「十時です。間違いありません。あたくし、先日、工藤昌平という男に誘われて、多摩川べりへ行きました。そして、あたくしが記憶違いをしていたことに気がついたのです。二月七日の晩、あたくしがなぜ、ネクタイピンのことを思いつき、高見に電話する気になったのかが分かりました。あたくしは、多摩川の河原で、このネクタイピンを高見に贈ったのですが、その時、高見が持っていたトランジスタラジオから、〝珊瑚礁の彼方〟という音楽が流れていました。この音楽は、あたくしの思い出と共に、印象に強く残っております。二月七日の晩、あたくしはアパートのどこかの部屋から洩れてくる〝珊瑚礁の彼方〟のメロディを小耳にはさんだのではないかと思いつきました。勿論、この音楽を聞きたいと思ってはいませんでしたから、特に意識して聞こうとしたわけではありません。ところがあたくしには、このメロディとネクタイピンを贈ったことが一つに溶け合って、思い出となっていたのではないでしょうか。だから、あたくしは〝珊瑚礁の彼方〟のメロディを耳にした時、ふと手許にあるネクタイピンのことを思い出し、それが高見に皮肉の一つも言ってやりたいという欲望になって、電話をかける気になったのだと思います。そうはっきりと意識した一連の行動ではなく、人間の心に刻まれている過去の感動や傷痕が、こんな時には潜在意識として働くのではないでしょうか。もしあたくしが再び多摩川べりに立たなかったとしたら、恐らく〝珊瑚礁の彼方〟を耳にしても、ただの思い出のメロディだと感ずるだけで、それによって高見に電話しようとしたのだったとは、気づかなかったでしょう。たった今このメロディは三年来、今日まで続いている民間放送の〝日曜ヒットアルバム〟という音楽番組のテーマソングに使われていたはずと気がつきました。そしてこの音楽番組は、日曜日の夜九時半から十時までだと記憶しています。二月七日の晩、あたくしの胸の中に、そっとしみ込んで来た〝珊瑚礁の彼方〟は、この番組の終りのテーマだったのだと思います。ですから、あたくしが電話したのは十時でした。間違いありません。それから、あたくしには真犯人が分かっております。それは、工藤昌平です！」

「証人は訊かれたことに対してだけ、答えなさい」

裁判長が鋭く、美沙子を制した。検事が発言を求める声と共に、証人席から工藤が、

「わたしに関する調べはついているんだ！　わたしが家内を殺す動機が、どこにある！」

と、叫んでいるのが聞こえた。法廷は騒然となった。

「工藤夫婦とあたくしたち夫婦は全く同じだったんです。工藤の妻は、そっくりそのままあたくしに当て嵌まるんです！」

そう言いかけた美沙子は、背後から抱きかかえられて、出口の方へ引きずられて行った。

「工藤は何かの理由で奥さんにひどくののしられたのです。男として、それも妻にコンプレックスを感じている男として到底耐えきれない言葉を浴びせられて、殺したんです」

美沙子は引きずられながら叫んだ。俊介はあたしを殺さない代りに、ほかの女のところへ逃げた。しかし工藤は逃げるところがないから妻を殺したのだ——と、美沙子は顔の上

を流れる天井に、あの時の殺意に充ちた俊介の形相を描いた。

混乱した思惑の中で、決定的な敗北感が冷たく形作られて行った。

——十一月六日付朝刊記事——

『九ヵ月前の人妻殺し、あらたに解決

犯人は夫、酒を飲んだと口論して凶行』

公判廷で検察側証人が被告人に決定的有利な証言をして話題をまいた、九ヵ月前の世田谷成城の人妻殺し事件について、成城署ではあらたに真犯人として被害者工藤清子さん（三八）の夫工藤昌平（四六）を逮捕、調べた結果工藤は犯行を自供した。

自供によると、去る二月七日の夜、工藤は近所の映画館へ行ったが、酒が唯一の楽しみでありながら普段清子さんが滅多に飲ませないので、この機会にと思い工藤は酒屋でポケットウィスキーを買い、それを映画館の中で飲み干した。十時少し前に帰宅すると、妹の旗江さん（二一）と喧嘩したあとだった清子さんは不機嫌で、工藤が酒臭いと分かると激しく怒り「酒を飲める身分かどうか考えろ、そんな甲斐性があるなら、拾ってくれる女でもいるだろうから家を出て行け」とののしった。この言葉に工藤は、長い間の不満が爆発、夢中で清子さんを刺したという。

家に、清子さんに会いに来ていた旗江さんのハンカチやマッチなどの忘れものがあったのに気づき、工藤はこれらを利用して旗江さんの犯行と見せかけ、その後……

鏡のない部屋

1

拝藤美佐は、いわゆる醜女《しこめ》であった。

どんなに醜い容貌であっても、年頃になればどこか女としての魅力が芽生えるものだが、拝藤美佐の場合、その片鱗すらなかったのである。

女の美しさは、形や色合で決められるものばかりとは限っていない。性的な魅力に結びつく、具体的に形容出来ないものもまた、女の美しさと言える。顔は整っていなくても、その雰囲気に魅力のある女もいれば、後ろ姿の身体の線に息を呑むような新鮮さを感じさせる娘もいる。こうした特徴が一つでもあれば、その女は醜女の範疇に入らないのだ。

そうした女の魅力は、公式論ではなし一定の鑑賞規準があるわけでもない。見る人間の感じ方や好みによって決まるのである。だから、人は好きずきだ、というような言葉が用いられる。

しかし、拝藤美佐にはそのような好みの対象になるものさえなかったのである。顔の美醜ばかりではない。身体つき、雰囲気、それに表情にも、人の気を惹くような魅力は微塵もなかったと言っていい。

あれで年頃の女かねえ——と、口の悪い連中がたたく陰口そのままに、つまり拝藤美佐には性的な魅力もなく、女に触れてみたいという男の気持を全く起させなかったのだ。拝藤美佐は、人間らしく動いて生きている物体にすぎなかったのである。

弛んだ皮膚はドス黒く、毛穴が顕微鏡で覗いたみたいにブツブツと大きい。近眼でもないのに極端に腫れ上っている瞼が垂れて、右の目などはつぶれているように細かった。瞳は鉛色に鈍く光っていて、死魚の目のように無感動である。せまい額には、妙なタテ皺が刻まれていて、それは鼻孔ばかりが目立っている鼻まで続いていた。眉毛は殆ど消えかかっていて、そのくせ髪の毛ばかりが盛り上るほど多いのである。唇は薄く、細い線ほどに見えるのはともかくとして、前歯が動物のそれのように大きいために、いきなり口があるみたいで気味が悪かった。

背丈は標準並であった。しかし、猪首で怒り肩が男のように幅広いから、ちょっと見には背が低いと感ずる。立派なのは、この肩だけだった。身体のあとの部分には、肉がついているという円味が全くなかったのである。胸が薄く、胴長で、尻が落ちているせいか身体に立体感というものが乏しかった。そこには、女の肉体といった言葉から感ずる柔らか味も、滑らかさも、甘さも、それに神秘性もなく、不恰好で貧弱な骨格があるだけだった。以上が先天的なものだとすれば、それによって彼女自身が作り上げてしまった醜さもまたあるのだ。

美佐が自分の枯木のような容姿を自覚して、陰湿な性質にみずからをしてしまったのは、あるいは当然のことかも知れなかった。美佐は人前で笑ったことはなかった。と言うよりも、表情を変えないのである。悪相だというわけではないのだから、彼女の面のような無表情さはかえって無気味だった。死人の顔を連想させるのだ。

明るさのない美佐は、一層彼女を『女』から縁遠くさせた。若い老婆といった、フランス映画でよく使われる小人のあの醜怪さと同じようなものを感じさせるのも、彼女に生気が乏しいからだった。

他人とは接しようとせず、内向的な思索ばかりにふけっていれば、人間にも黴《かび》や苔が生える。それが美佐を何倍か醜く見せていたことは確かだった。

なぜ、美佐のような娘が出来てしまったのか、彼女の家族たちも気持を暗くするよりも前に奇異な感じに捉われるのである。父親の礼一郎も母親の静子も、十人並以上の容姿をしていた。二人の兄と一人の妹がいるが、これも両親のどちらかに似ていて、少しも醜くはなかった。特に妹の利佐は、同じ姉妹だとは到底考えられない美しい娘だった。近所の老人たちは、美佐のことを何かの祟《たた》りの結晶だと言い、妊娠した人妻は恐怖の目で美佐のことを語り合った。

美佐がその醜さの割りに、絶望的な屈辱感を味わうことなくすんだのは、拝藤家が裕福だったせいもある。

拝藤礼一郎は、太陽乳業の専務取締役をしていた。このほかにも、彼は太陽乳業の傍系会社である文化ビスケット製菓を経営していた。太陽乳業と言えば、粉ミルクとコンデンス・ミルクのメイカーとして大手三社のうちでも他を抜いているし、そこの専務取締役ともなれば一応は財界名士ということで、経済関係の新聞に名前の載るのは珍しくない。

麹町二番町にある拝藤家の邸宅も、かなり宏壮であった。兄二人はそれぞれ大学を卒業して、太陽乳業と某銀行の本店に就職している。妹の利佐は家事見習い中であった。自家用車もあるし、このお手伝いさん不足の時代に二人の女中がいる。美佐もいわば、恵まれすぎているくらいの大家の令嬢には違いないのである。

せめて人並の容姿をしていれば、文句のつけようもない美佐の境遇であった。だが、彼女は中学一年まで行っただけで、通学はやめてしまった。この頃から、自分の顔や姿を他人に見せたくなくなったのである。

美佐と同じように苦悩したのは、彼女の両親だった。父親は、美佐の一生を経済的に保証するほかはないと半ば諦めていたが、母親はまだ娘の結婚の望みを捨てきってはいなかった。

美佐が二十になった時、父親は知り合いの医師を通じて整形美顔の手術の専門家に相談したが、引き受けられないと断わられた。費用は幾らかかっても構わないという条件だったが、専門家にとっては金の問題より手術の結果の方が重大だったのである。専門家は、美佐を幾らかでも見よい顔にする自信はないと、はっきり言いきった。

顔の整形は、極く限られた部分に手術をほどこすことによってのみ、その効果が生ずるのだという。皮膚の移植とか、二重瞼にするとか、鼻を高くするとか、出っ歯をなおすとか、その部分だけを矯正すれば顔立ちが整うといった場合に、この手術は用いられるのだ。

美佐には、そうした部分矯正は通用しなかった。顔全体を手術の対象にしなければならない。そうなると、整形ではなくて造顔ということになる。それだけの大手術を成功させるほど整形美顔医学は進歩していない、とその専門家は言うのである。なるほど、それが可能なら自分の顔を全く変貌させてしまう人間が幾人も出て来るだろう。

気休めに、瞼の手術だけでもしたらどうだと父親は美佐にすすめたが、彼女の方が承知しなかった。瞼だけ手術したために、かえって奇妙な顔になってしまうかも知れないと、美佐はそれを恐れたのである。顔に触れられること自体に、彼女は極度に神経を尖らしていたのだ。

「もう、いいの。このままの顔でいいのよ。わたしの骨組みや肉づきまで、なおせるというわけではないんでしょう。それよりも、美佐っていう名前を変えてしまいたいわ。わたしの名前に、美しいという字が入っているなんて、自分で自分を皮肉っているようで惨めなの」

美佐はそう言って、動かない表情に微かに哀しみの色を浮かべるのである。

絵に描いたように充ちたりた家庭というのは外見であって、拝藤家には時間と時間の谷間に不意に暗い翳《かげ》りの訪れることが多かったのだ。

家族全員が四六時中、美佐のことを念頭に置いて気詰まりな時を過しているわけではない。美佐の存在を忘れて、家族がそれぞれ陽気に振舞っていることもある。しかし、拝藤家には所詮、美佐の生活が密着しているのだ。愉快に話し合っていても、ふと美佐を連想させるような言葉が口をついて出たりすると、とたんに家族たちは白けた沈黙に落ち込んでしまうのだ。

醜い、スタイルが悪い、恋愛、結婚、などという言葉には、家族の誰もが、非常に敏感だった。テレビの中で、そのような言葉が交わされたり、またそうしたテーマのドラマだったりすると、誰かがスイッチを切ってしまう。女優の名前とか、友人の結婚の話とかいったものは、自然に誰もが口にしなくなった。そんな細かい心遣いであっても、思いのほか人間の神経を消耗させるものである。家庭にあっても、言いたい放題に喋ることは出来ず、世間話一つするにしても前もって吟味しなければならないのでは、気が重くなるのは当然だった。

それが拝藤家の空気を、陰気にそして冷やかにしているのである。家族たちが、美佐を前に置いて遠慮なく口に出来る話と言えば、琴に関することぐらいであった。これは、美佐が唯一の趣味として、琴を習っているからだった。

美佐は週に三回、五番町に住む生田《いくた》流の箏曲家鈴木嘉道の許へ通っていた。これが、美佐にとって数少ない外出の機会だったのだ。外出とは言っても、往復は車で送り迎えだし、正確な意味で外気に触れるというものではなかった。

鈴木嘉道は盲人であった。年は二十八歳だが妻子もあって、一応は娘の結婚の対象になる相手ではない。そんなことの気楽さもあってだろう。美佐はこの鈴木嘉道に接することだけは、苦痛にならなかったらしい。何しろ相手には視力がないのだ。美佐の容姿は、あってもなくてもいいくらいなのである。それで、彼女も安心しきって琴の稽古に打ち込めたのに違いない。

鈴木嘉道も、美佐の面相については妻からでも聞かされて知っていたらしく、何かと心を使ってくれた。彼もまた醜《ぶ》男《おとこ》の部類に属するのだから、そうした意味での思いやりはあったのだ。ほかの弟子たちと顔を合わせたくないだろうと、美佐の稽古時間は朝九時から十時までと特別に区切ってあった。あまり筋のよくない美佐を、鈴木嘉道が上達したと励ましてくれていることは、彼女の家族の者も承知していた。

しかし、琴を習うにしてもそれは生活のほんの一部の慰めごとであって、美佐がその道に没入して全てが解決するというわけには行かなかった。

だから、美佐に縁談が持ち込まれた時は、拝藤家は長い間の気詰まりが一時に氷解して、まさに百花撩乱の華やかさを迎えたようだった。鬱血が去り、俄かに床の上に起きなおった病人も同じだった。とたんに食欲をとり戻し、声にも張りが出て来たように、拝藤家の家族たちは活気づいていた。安堵と期待に輝いた笑顔が、茶の間や廊下で見合わされ、女中たちまでが朗らかになっている。前日までの澱んだ空気は家の中から一掃されて、明るい慌しさがそれと入れ替った。

その中で、むしろ悄然としているのは美佐ただ一人であった。しかし、家族たちはそんな美佐の思惑などには頓着していなかった。美佐の胸のうちは、聞かなくても分っているのである。医者にも見放された病人が、突如として健康体にたち還ったようなものだった。当人が半ば夢心地で、周囲の者と一緒になって騒ぐ気にはなれないというのも無理はない。

それに、自分には縁がないと決め込んでいた結婚というものを突然目の前に置かれた場合、戸惑うよりもまず先に不安を感ずることだろう。美佐の劣等感が、縁談を尻込みさせるのは当然だった。恐ろしくもあり、心細いことでもあるのだ。

縁談の相手は、太陽乳業の東京本社勤務の松井田勉という男だった。総務部企画課の係長次席で、二十九歳になるという。無論、初婚であり、将来を期待されている若手社員であった。知的な顔立ちに冷徹という印象もあったが、二枚目であることには違いない。つまりこの松井田勉という青年は、若い娘には一度は夫として頭の中に描かれる点で万人向きの独身者だったわけである。あるいはすでに、彼に慕情を抱いている女子社員がいたかも知れない。結婚の対象とされることで、この青年は未婚の女性たちの最短距離にいたのだ。

松井田勉が美佐の夫にならなければならない必然性はゼロである。松井田勉と美佐との間に愛情があったわけではなし、彼はまた、結婚を強いられるほどの義理を拝藤家に感じてはいない。

とすれば、当然、この結婚には取り引きというものが付随していると見なければならなかった。事実、そうであった。拝藤専務取締役の苦悩ぶりを見兼ねた太陽乳業の常務の一人が、独身社員を物色して松井田勉に白羽の矢を立て、彼にこの取り引きの要素がある縁談を持ちかけたというわけである。

美佐と結婚するのではなくて、専務の苦労の種を摘み取ってやるのだ。嫁をもらうのではなくて、出世の保証をもらうのだ。とその常務は松井田勉を説得したのである。

松井田も即答は避けた。美佐のことは、社内の噂で知っている。一緒にいるだけでも不快になるような女だと評判の美佐を妻にして、一生に一度の結婚をすませてしまうことは、若いだけに松井田としてもなかなか決心がつかなかった。結婚してしまえば、離婚は難かしくなる。美佐を一生、妻にしておかなければならないのだ。

それに加えて、社内での風評を心配する気持があった。美佐と結婚すれば、よくは言われるはずがない。専務の娘だというので、あんな女とでも結婚したのだ。出世のために男妾になったのだ――と、社員たちの侮蔑をこめた風当りが強いことだろう。そう予想出来るだけに、松井田は社内で孤立してしまうことが恐ろしかったのである。

しかし、常務がそう看破した通り、松井田は打算的な性格の持ち主だった。今まで、社内で恋愛の噂を立てられたことのなかった松井田である。積極的に行動するし、女にも自信がありそうなタイプの青年が、実際には異性の接触を持ちたがらないという場合、結婚も出来るだけ有利な条件のものを選んでといった計算がある例が多い。松井田も無意識に、そうした結婚観を持っていたのかも知れない。サラリーマンにとって、結婚もまた出世の道具になることは多くの実例によって示されている。松井田は計算した。美佐は専務の娘だという姻戚関係のみ使える絆ではない。専務の何よりの苦悩を取り除いてやったと、恩を売る道具としても役立つのである。これによって、異例の出世を遂げられる可能性は充分であった。相当の地位を得られたならば、社内の風評などに痛痒を感じない。結婚しても、出来るだけ美佐と接する時間を少なくする方法があるだろう。どちらかと言えば、希望的観測に基いた結論を出して、松井田勉は美佐との結婚を決意したのである。

　こんな松井田の計算は、誰の目にも一目瞭然であった。拝藤家の家族たちも、そうとは承知の上だった。相手がそんなつもりでは美佐が可哀想だ、などという贅沢は言っていられない。もともと結婚というものは、一種の取り引きである。取り引きだからと逡巡していたのでは、結婚は成立するものではない。第一、この機会を逃したら二度と再び、美佐に結婚申込みがあろうはずはないのだ。と、家族たちは、もうこの縁談がまとまったも同じような意気込みであった。

「同情結婚であろうと、政略結婚であろうと、女はやはり嫁に行かなくては、本当に不幸なんだよ」

と、父親は顔を赤く染めるまで盃を置こうとはしなかった。母親は感無量の面持ちで、しきりに笑いかける目をしばたたいていた。

「恋愛結婚を除けば、結婚は純然たる取り引きだよ。歴史がそれを物語っている。それに人と人との結びつきには、必ず何らかの形で利害が絡むものさ」

次兄はそう力説した。

「だからと言って、美佐が不幸になるとは限らないんだ。美佐のお陰で夫は出世する。つまり、美佐には卑屈になる理由はない。妻として大いに威張っていいわけだ」

長兄がそう主張する。

何も言わないのは、妹の利佐だけだった。利佐には、不安に戦く姉の気持が理解出来そうだった。ただ、めでたい、だけでは姉がますます萎縮してしまうような気がする。もう少し、姉の気持を柔らげる方法はないものかと思った。

両親の喜びは純粋かも知れないが、好意の押し売りのような自己満足を感じさせる。兄たちが一方的に賛成するのは、目ざわりなものを片付けるという気持が多分に作用してのことだろう。利佐はそう判断していた。

縁談は進行した。太陽乳業の常務がこの話を持ち込んで来たのが九月の初め、そして挙式の日取りが十一月の二十六日と決まったのだから類のない早さでまとまった縁談だと言える。松井田の気持が変らないかという不安もあってか、関係者がかなり急《せ》いていたようだった。こうした話が早く実現することに異論をはさむ者はいないし、花嫁の方に短期間で支度を整えられるだけの経済力があったから、結婚が早くなる分には一向に差しつかえがなかった。

　美佐の口からはついに一度も、結婚を承諾したという意志の表示はされなかった。もっとも、拒んだわけではないのだから承諾したものと判断されても仕方がなかったのである。美佐には、この縁談を拒む理由もなかった。彼女に結婚の相手を選択する資格はないのも同然だった。買い手がないと分りきっている品物に値段をつけるようなもので、美佐にそんな道楽が認められるわけがない。まして相手は、二十九歳の独身で生活力のある好男子なのだ。美佐には、願ってもない夫であった。

　結婚式を一週間後に控えた十一月十九日の晩、美佐と二人きりになれた機会を捉えて、利佐は姉の本心を問いただしてみた。

「お姉さん、楽しい？」

「楽しいはずがないわ」

　と、美佐の表情には相変らず動きがなかった。

「やっぱり、不安なの?」

「恐ろしいくらいよ」

「お姉さん、後悔しないかしら、結婚してしまってから……」

「わたしに後悔なんてする資格はないわ。わたしに与えられるのは、最少限度の人生よ。それを歩むよりほかはないのだから、後悔のしようがないじゃないの」

「つまり、今度の縁談を断われるはずがなかったということ?」

「断わるも断わらないもないわ。結婚はわたしにとって、得るものではなく、与えられるものよ。与えられたものを受け取らないなんてこと、出来るはずがないわ」

「でも、正直な気持、結婚はしたくなかったというわけ?」

「わたしただ、鏡のない世界に住んでいたかったの」

美佐は深々と吐息した。その吐息に、結婚を目前にした若い女の複雑な感情が表われているように、利佐には思えた。姉もやはり、生きている女であることには違いないのだ、と利佐は感じた。

鈴木嘉道が、川崎市の箏曲会のために出稽古に泊りがけで行っているために、美佐は琴という気持の解放に役立つ唯一の手段にも頼れず、緊張のうちに結婚式の当日を迎えたのである。

美佐の希望もあって、式と披露宴は内輪の者ばかりが集って、名もない九段の式場ですまされた。新婚旅行も、ほんの形式的な小旅行が予定されていた。美佐も行きたがらなかったし、松井田も彼女を伴って旅行するのはあまり気が進まないふうであったからだ。旅行先は修善寺であった。修善寺に最近完成されたばかりの、五階建てのホテルがある。このホテルの経営者を拝藤礼一郎が知っていたところから、事情を話してよろしく頼むということになったのである。

そのホテルに二泊しただけで、長男の結婚に備えて新築したばかりの芝高輪の二階家を新居に、すぐ現実の生活にたち戻るということになっていた。その方が、余計な神経を使わなくてすむだろうというわけだった。

美佐は二十四になって、初めて家族たちに庇護されていた生活を離れたのである。家族たちがあらゆる方法でかぶせてやっていた覆面を、美佐は脱がなければならなかった。今後は、その顔を剝き出しにして生きて行くのだった。

新郎新婦を東京駅まで見送って、誰も彼もがホッとした表情であった。拝藤家の家族たちにも、娘や妹を嫁にやってしまったという気の抜けたような寂寞感はないふうであった。それよりもまず、多年の望みを果し了《お》えたといった、熱っぽい歓びが先に立つのである。軽い興奮状態にあるのかも知れなかった。どの顔にも、清々しさがあった。

利佐だけは、手放しで安堵していられるほど気持が釈然としていなかった。彼女の思考は、姉夫婦と一緒に東海道線の列車に乗って行ってしまったようだった。後ろ髪を引かれるとは、こういう気分を言うのではないか——と、利佐は思った。

もし、それが利佐の予感だったとしたら、その予感は的中したことになる。修善寺に着いたその日の夜、新郎がホテルの屋上から墜落して死んだのだからだった。

2

松井田勉が修善寺のホテル『大丸』の屋上から四階下のコンクリート敷きの裏庭へ落ちて惨死したのは、十一月二十七日午前四時二十分頃だったという。

発見者はホテルのボイラーマンだった。部屋の暖房が利いていないという苦情が、前夜の十二時すぎに二、三の客からフロントへ伝えられて、ボイラーマンは早速ボイラーの修理にとりかからなければならなかった。主任ボイラーマンが前夜に出掛けてしまっていて留守だったから、この若いボイラーマンの修理はひどく手間どった。

寝ついてしまったらしい客たちから、もう文句は言って来なかったが、冷え込みが厳しい朝までに修理が出来ていなかったら、それこそ苦情が殺到するだろう。ボイラーマンは眠い目をこすりながら、ボイラー室にもぐり込んでいた。

彼がボイラー室の外で、砂袋を放り出すような重々しい音のしたのに気づいたのは、八分通り修理を了えて煙草を口にくわえた時だった。

ボイラーマンは、何気なくボイラー室から外へ出てみた。皮膚を刺すような冷気に肩をつぼめて、コンクリート敷きの裏庭を見回した彼は、ボイラー室のすぐ前に人間の形をした黒い塊りが横たわっているのを発見した。

ボイラーマンは反射的に、頭上を仰いだ。まだ朝の気配もなかったが、各階の部屋の窓がいずれもピッタリと閉ざされているのは、はっきり見通せた。

屋上から落ちた——と、瞬間的に判断したボイラーマンは、そのまま支配人の部屋へ走った。

支配人は死体を見て、これがホテルの経営者から特に口添えのあった四階四〇八号室の客であるとすぐに分った。支配人は、四〇八号の係りの女中だけをそっと起した。警察に連絡するまで、この事件を知っていたのはボイラーマンと係りの女中、それに支配人の三人だけであった。事情がはっきりするまでは、この騒ぎをホテルの客たちに知られたくないという支配人の配慮であった。

支配人と係りの女中は、四〇八号室を訪れた。死んだ客は新婚夫婦の新郎の方であった。

まず新婦の身を案ずるのが、心中を想定した場合は当然だった。

四〇八号室のドアを静かにノックすると、部屋の中から女の声で小さい返事があった。

支配人は安堵した目で女中と頷き合ってから部屋のドアをあけた。

ドアをあけた瞬間に、支配人は視界にあるものをカメラにおさめたように的確に網膜へ吸い取っていた。

部屋は八畳の洋間と六畳の日本間、それにバス、トイレつきという構造だった。部屋の入口に立つと、次の間代りの和室を通して奥の八畳の洋室が一目で見渡せた。

ダブル・ベッドには、まだ人が寝たような乱れはなかった。ベッド・カバーは取り除かれていたが、枕の位置、毛布の隅を三角に折ったあたり、女中がセットしたままであることは、支配人の目から見ればすぐに分る。

中央のテーブルの上に、食べ散らかした洋食の皿が並べてあって、底にほんの飲み残しがあるウイスキーの角ビンが据えてあった。このほかにも、ビールの空ビンが転がっていたし、酒の度を過した人間の酒席であることは明らかだった。

洋間には、人影が一つ残されているだけであった。その人間は部屋の一隅にある大型の三面鏡に向かっていた。初夜の床入りを前にして、夫が部屋へ入って来るのを待つ新婦の風情としては、鏡の前にいる女の姿は似合いであった。

支配人はこれだけのことを見定めてから、新婦に声をかけた。

「旦那さまは、どちらへいらっしゃったのでしょうか？」

「屋上へ出ていますけど……？」

新婦は、横顔だけを見せて答えた。

新婦がこっちへ向きなおろうとしないのは自分の醜い顔を見られたくないからだと、支配人はホテルの経営者に事情を告げられて察しをつけていたし、係りの女中はすでに新婦の顔を見て知っていた。

「この夜更け……というよりもう朝ですけれど、旦那さまは屋上へ何をしに行かれたんです？」

支配人は、四階からの階段をのぼれば屋上へは直接出られるのだ、とホテルの構造を思い出していた。

「飲みすぎて、気分が悪いとかで……」

新婦の声は、無感動に抑揚がついていなかった。

「それで、奥さまはずっとここで、お待ちになっていらしたんですか？」

「ええ、そうですけど……」

待っていてはいけないのか、というふうに新婦は語尾を上げた。

「実は、旦那さまが屋上から裏庭へ墜落して……」

「は？」

新婦は息を詰めたようだった。だが、それ以上、何か言おうとはしなかった。姿勢もそのままだった。とり乱せば、自分の顔を正面《まとも》に人に見せつけることになる。自分の顔は醜いのだという意識が、人間を極度に理性的にするらしい。彼女は、おし黙ったことで、受けた衝撃を最大限に表現したつもりのようだった。

「すぐ、裏庭までおいで願いたいのですが……」

短い間沈黙があってから、支配人が言った。

「人が多勢、集っていませんか？」

新婦は念を押した。新婚夫婦の男の方が死んだというだけで、第三者たちの興味の的となる。野次馬たちは当然、悲劇の女主人公ともいうべき新婦を探し求めるだろう。見つけた女主人公があまり類のない醜女――と、これでは多くの視線に晒される新婦がたまらない。彼女が、より以上に人の目を気にするのは無理もなかった。

「ただいまなら大丈夫でございます。一応、旦那さまであることを確認して頂けば、すぐまたお部屋へお戻りになっても結構でございますから……」

「それで、あの人は……？」

「はあ、医師を手配致してございますが……お亡くなりのようで……屋上から落ちた時にもう……」

新婦は純白のネグリジェを洋服に着換えるために、浴室へ入って行った。

屋上から墜落したのは、新婦の夫であることが確認された。医師は何もしないで帰って行った。男は即死していたのである。

所轄署の係官がホテル『大丸』に到着したのは、六時前であった。現場保存の張り番をしていた土地の警官から説明を聞いて、係官たちは死体と墜落したと思われる屋上のその部分とを調べた。屋上には、大人の腰のあたりまでの高さに鉄柵が張りめぐらしてあったが、その鉄柵に異常はなく、男がはいていたと思われるスリッパの一方が柵の根元に残されてあった。

係官たちは、更に新婦からも夫が屋上へ出て行くまでの経緯について詳細に事情を聴取した。

新婦の話によると、男は前夜の七時頃から酒を飲み始めたという。十二時すぎに、酒をやめてビールとウイスキーを注文した。男はこの頃から、ひどく酔い始めたようだった。それまで新婦と言葉を交わそうともしなかった男が、いろいろなことを口走るようになった。

「おれは、後悔していないぞ」

「五年後には課長だ。十年後には部長さ。こんなうまい話があるもんか」

「長く見馴れてしまえば、どんな顔だって同じさ」

「電気を消せばいいんだ。指に触れるのは、女には違いないだろう」

などと、呂律の回らない口調で呟きながら、男はウイスキーを呷り続けた。その合間に、男は新婦に早く寝ろ寝ろとすすめた。

「わたくしがこんな女ですから、きっとあの人は、グデングデンに酔っぱらわなければ一つ部屋にもいられない気持だったのでしょう……」

と、新婦は係官に付け加えた。係官にも、そうだろうと頷けた。

だが、男にそうは言われても、新婦としては先にベッドへ入ってしまうわけには行かなかった。また、新婚旅行先の第一夜で夫に泥酔された新婦であれば、とても眠りにつける心境ではなかった。それで新婦は、テーブルから少し離れたところに坐って、男の酒に一区切りつくのを待ち続けた。

四時すぎになって、男は気分が悪いと言い出した。見ると顔色が真青である。吐き気をもよおしたのかと思って、新婦は浴室から洗面器を持ち出して来た。しかし、男はそんなものは必要ではないというふうに首を振り、よろけながら立ち上った。

「屋上へは、確かいつでも出られるようになっていたな。ちょっと、冷たい風に当って来ます」

　夕方に一度出てみたホテルの屋上を思い出したらしく、男はそう言って部屋を出て行った。

「大丈夫ですか?」と、男の腰が安定していないのを見て、新婦はその後を追った。

「いいから、いいから。あなたはもう寝た方がいい。おやすみなさい」

　男はそう言って、新婦の鼻先で部屋のドアをしめてしまった。

　それ以上男を追って行くほど、新婦はまだ夫に馴染んでいなかった。それに、こうしなさいと言われたことに、あまり強く逆らってはいけないような気もした。待っているより仕方がない、と新婦は思ったのである。

　新婦の言うことに不審な点はなかった。そして、彼女の言葉通り、男は相当酔っていたということが分った。男は泥酔したまま、屋上の鉄柵に手をかけて佇んだ。だが、この恰好は甚だ不安定であった。鉄柵は腰ぐらいまでの高さきりないのだから、上体を折るようにして柵を握るわけである。しかも、視界は真暗であり当人は酔っぱらっている。遠近感も麻痺しているし距離感もない。身体がぐらついて前のめりにでもなれば、そのまま闇の空間に投げ出されてしまうのだ。

係官たちは、男の死を酔った上での過失死と断定した。そしてその断定は、どう見ても妥当だった。後日、この変事が太陽乳業の社内に知れ渡った時、触れる気にもならない新婦と寝室にいられなくなって、自棄《やけ》酒を飲んだ挙句に過失死を遂げるとは、まるで阿呆の標本だと松井田に同情する声は全く聞かれなかったという。

新婚旅行に出発したその日の夜、泊ったホテルの屋上から新郎が墜落死したという連絡は、拝藤家の人々にとってまさに青天の霹靂《へきれき》であった。長年の苦労に終止符がうたれたと思ったのは、僅か十数時間の間だけだったのである。

母親はその知らせを受けて失神した。自分の娘が死んだわけでもないのに、それほどの衝撃を受けたのは、やはりこれでまた出発点へ逆戻りしたという落胆がひどかったせいだろう。

拝藤礼一郎は、すぐ修善寺へ向かった。しかし、車で行ったために目的地に行きつくまで予想外の時間を費した。ホテル『大丸』に着いたのは十一月二十七日の午後一時に近かった。

礼一郎がホテルに行きついた頃、そこにはすでに美佐の姿はなかった。ホテルの支配人に尋ねると、美佐は自分の荷物だけを持って東京へ帰ったばかりだという。警察も美佐を拘束してはいなかったし、彼女としてもこのホテルに一刻でも長く留まってはいたくなかったのだろう。東京の家へ帰る分には心配しなくてもいい、と礼一郎は思った。

しかし、その夜七時すぎに礼一郎は麹町の自宅へ引き揚げて来たのだが、美佐はまだ戻っていなかった。家中は大騒ぎになった。美佐は先に帰ったとなぜ電話しなかったのか、礼一郎はその軽率さを息子たちに責めたてられた。母親は床の中で震えているだけだった。とにかく、警察へ捜索願だけは出しておいたが、それで片付く問題ではなかった。美佐がどうして行方をくらましたのか、母親の枕許に家族たちが集って口々に自分の推測を述べた。

「美佐は自殺したんだ」

「多分そうだ。そのほかに考えられないよ。美佐が松井田さんを殺して逃げたっていうことはあり得ないからな」

「美佐が松井田さんを殺すはずがないと、断定出来るだろうか？」

「動機がない。美佐は最初こそ不安であり辛いかも知れないが、これが自分に与えられた唯一の結婚のチャンスだということを知っていたはずだ。いわば、松井田さんは美佐にとって最初にして最後の幸福の芽だったんだ。美佐がみずから、その幸福の芽を踏みにじってしまうことはないだろう」

「美佐がこの結婚を嫌っていたとしたら？」

「なぜ嫌うんだ？　嫌う理由がないじゃないか。美佐に恋人でもいて、この結婚を無理に押しつけられたなら別だ。しかし、美佐に恋人がいるはずもないし、無理に押しつけられるも押しつけられないも、美佐にとってはこれきりの縁談だったんだ」

「美佐はホテルで、酔っぱらった松井田さんからいろいろと侮辱されたそうだよ。それでカッとなって……」

「美佐が、松井田さんの言葉を侮辱と感じたかどうか疑問だよ。自分で百も承知していることを人から指摘されても、それほど腹は立たないさ。それより、松井田さんに何を言われようと、美佐はただ一人の夫を大切にしたはずだ」

「それじゃあ、美佐はなぜ自殺する気になったのだろうか？」

「絶望したに決っている。ただ一度、与えられそうになった幸福へ、手をのばしたとたんにもぎ取られてしまったんだ。家へ帰って来て、家族の重荷になりながら再び以前のような生活を続けると考えただけで、美佐は死にたくなったのだろう」

兄たちの議論は、結論を美佐の自殺へ傾けながら続けられていた。

利佐は黙って、その意見に聞き入っていた。兄たちの推測は当を得ている。確かに、美佐には松井田を殺す動機がない。松井田に侮辱されたからと言って、逆上する美佐でもないだろう。醜いとは言え、どこかまだ幾らか自信が持てる場合には、侮辱されてそれが心臓を突き刺すような衝撃になるということも考えられる。

　しかし、美佐には微塵も自信がない。自分の手のつけようもない醜さを、長い間にすっかり自覚しきっている。指摘されたくないのは当り前だが、たとえ面と向かって言われたとしても怒る前に諦めている。つまり、八十の老婆が、お婆さんと言われて怒らないのも同じである。

　また、美佐が松井田を嫌っての余り殺したのだとは、それ以上に考えられないことだった。むしろ松井田の方が、この結婚に苦痛を感じていただろう。女が相手の男を殺したくなるほどその結婚を嫌悪するのは、どういう立場にある時か、利佐は自分をそれに当て嵌めて考えてみた。

　まず第一に当然と考えられるのは、相思相愛の恋人がいた場合。夫となる男を、生理的に嫌悪した場合。夫となる男が何かの点で自分を騙していた、と分った場合。と幾つか思いついたが、どの例も美佐には符合しそうになかった。

　利佐はしかし、姉が自殺したのだろうという想定には同調出来なかった。今更になって絶望感から自殺するくらいなら、姉はとっくに死へ逃避を計っていただろう。姉は今日まで、常人には考えも及ばないような、あらゆる試練、あらゆる苦悩に耐えて来たのである。そうすることの出来た姉が、たまたま一つの衝撃に直面したからと言って、簡単に自殺する気を起すとは考えられない。

とすれば、美佐はなぜ姿を消したのか。という疑問を解く一つの鍵になるかどうかはとにかく、利佐は非常に単純な矛盾が、先刻から気になって仕方がなかったのである。

父親がホテル『大丸』の支配人から聞いて来た話によると、松井田の死を告げにホテルの四〇八号室へ駆けつけた支配人が、部屋の中で鏡に向かっている美佐を見たそうであった。

この、美佐が鏡に向かっていた、という点に利佐は疑点を置いたのである。それだけを捉えれば、確かに小さなしかも単純な矛盾であった。しかし、美佐と鏡がいかに遠い存在であったかを、妹の利佐が最も如実に知り得ていたのである。

美佐は鏡を嫌った。ガラスさえも恐れる時があった。美佐は化粧をしなかったから、鏡を必要としない。ただ、髪の毛に櫛を入れる時は不自由した。それで、髪の手入れは利佐か母親が世話を見ていたのである。

「わたし、鏡のない世界に住んでいたいの」

これは、美佐がよく口にした言葉だった。松井田との結婚式の一週間ほど前、姉と妹二人だけで話し合った時も、確か美佐はそう言っていた。

その美佐が、ホテル『大丸』の自室で、鏡と対峙していたというのはどうしたわけか。

その時、美佐は是が非でも鏡に向かわなければならなかったのだろうか。しかし、前後の事情から推して、そのような理由があったとは考えられなかった。その時、美佐は気分が悪いと言って上へ出て行った松井田が戻って来るのを待っていたのだ。松井田の帰りを待つのに、どうしても鏡に向かわずにはいられなかった、という必然性もない。

勿論、美佐がある種の感慨を覚えて、しみじみと鏡の中の自分を眺めるというようなことはなかった。

女と鏡は切っても切り離せない、とよく言われる。だが、女が一旦鏡を恐れるようになったら、それは本能にも近いものになるのである。そんな女の心境は、利佐にも理解出来た。

　それだけに、美佐と鏡という相離反したものの接近が、利佐には不可解だったのである。

そして、この矛盾が美佐の失踪という疑問の答えになるような気がした。

しかし、この日の美佐は別に失踪したわけではなかったのである。美佐は十一時すぎにひょっこり家へ帰って来た。彼女は手ぶらだった。半ば呆然と修善寺付近を彷徨していて、夜になったと分ってから慌てて東京へ帰って来た、荷物はどこかに置き忘れたらしい、と美佐は弁解した。

　家族たちは安堵と腹立たしさの両方を抑えきれずに、また美佐を囲んで一しきり騒ぎたてていたが、利佐はただ鋭い視線を姉の額に据えているだけだった。

美佐の額には、糸のように細くではあったが、五センチばかりの赤い線が引かれてあった。明らかに、直線だった。

3

美佐は二日後に、再び失踪した。今度は単なる気まぐれや、一時的な精神錯乱による失踪ではないはずだった。美佐は最も大切にしていた古浜縮緬《こはまちりめん》の小紋の着物にブルーのモヘアのコートを着込んで出て行っている。意識的な家出であり、二度と戻らないつもりだとも考えられた。

こうなった以上、死ぬまで口外すまいと決めていた自分の推測を、利佐も誰かに打ちあけないわけには行かなかった。利佐は、警察に連絡をすませた父親をつかまえると、玄関脇の応接間へ引っ張り込んだ。

「松井田さんを殺したのは、お姉さんよ」

閉じたドアに寄りかかるようにして、利佐は言った。

礼一郎は、ソファへ落しかけた腰をそのまま浮かせていた。

「滅多なことを言うんじゃない」

この二、三日で俄かに憔悴した色の悪い顔に、礼一郎は銀髪を散らした。

「そうとしか、考えられないわ」

利佐も、顔色を青くしていた。

「美佐が松井田君を殺すはずがない」

「どうして、そう言いきれるの？」

「言わなくても、お前には分っているだろう」

「そんなの想像だわ」

「お前も、想像でものを言っている。美佐が松井田君を殺しただなんて……」

「根拠があるのよ」

「よしなさい。わしは忙しいんだから……」

礼一郎はそう言いながらも、苛立たしそうにピースのカンから一本抜き取った。

「わたし、永久に黙っているつもりだったわ。でも、お姉さんが死ぬために家出したとなったんでは、わたしも黙っているわけには行かなくなったのよ」

誰にという対象もないのに、利佐は胸のうちに膨脹する憤懣《ふんまん》を抑えきれなかった。知らず知らずのうちに興奮して来て、声は甲高くなっていた。

「美佐が死ぬために家出した?」

煙草に火を近づけながら、礼一郎は上目遣いに利佐を見やった。

「そうよ。お姉さんは全て、自分の計画通りに行動しているのよ。今朝、お姉さんが家出したと知って、わたしには何もかも分ったような気がするの」

「お前に何が分る」

「少なくとも、お父さんよりは分っているつもりよ」

「冷静になりなさい、冷静に……」

「お母さんはもう、すっかり男に同化してしまっているわ。お父さんやお兄さんたちは純然たる男性でしょう。わたしが、いちばんお姉さんの身近でものを見たり考えたりすることが出来る人間だわ。男なんかに、あのお姉さんそのものが理解出来るものですか」

泣けて来る理由もなかったが、利佐は目の奥が熱くなるのを感じた。

「お父さん、自分で話を聞いて来たくせに、何の不審も感じなかったんでしょう?」

「何の話だ……?」

礼一郎は矢鱈《やたら》と、煙草の煙をあたりに吐き散らしていた。

「ホテルで、お姉さんが鏡に向かっていたっていう話よ。お姉さんと鏡……こんな矛盾にも気がつかなかったんじゃないの。鏡を嫌う人間が、どうしても自分の顔を見てみたくなる……これ、どういう場合かお父さんに分る？」

「自分の顔に何かついてないか、確かめる場合よ。こんな時は、どんな人間だって、自分の顔を鏡に映してみるわ」

「美佐の顔に、何がついていたというんだ」

「何かがついていただけなら、顔を洗えば落ちてしまうわ。でも、お姉さんの場合は洗っても落せなかったのよ。十一時に帰って来た時のお姉さんの顔……額のところに、五センチぐらいの赤い線がついていたわ。これは傷跡よ。爪で引っ掻かれた傷……」

「だからって、なぜ美佐が松井田君を殺したという根拠になる？」

「お姉さんは屋上まで松井田さんと一緒に行って、松井田さんを突き落したんだわ。その拍子に作った引っ掻き傷なのよ」

「そんな子供騙しみたいなことは、通用しないよ。引っ掻き傷ぐらい、どんな拍子にも出来るものだ」

「何でもない引っ掻き傷なら、お姉さんはわざわざ鏡なんか覗きませんでした。お姉さんがどんなに鏡というものを恐れていたか、お父さんなんかに分るもんですか。そんなに恐ろしい鏡でも、あえて覗こうという気になったのは、その額の傷がそれだけ重大な意味を持つものだったからなんだわ」

「美佐はどういう理由で、松井田君を殺さなければならなかったんだ」

「わたしたちが、お姉さんの意志を無視して松井田さんとの結婚を押しつけたからよ。お姉さんの立場としては、わたしたちに逆らって我を通すわけには行かなかったんだわ。それで……」

「じゃあ、美佐は松井田君との結婚をそれほどまでに嫌っていたというのか」

「お姉さんが喜んでいる、と決めてかかっていたのは、わたしたちの一方的な判断だったのよ。あんなお姉さんでも、人間である以上、個人としての意志を持っているということを、わたしたちは度外視していたのよ」

「しかし、美佐が特に松井田君を嫌うこともなかっただろう」

「もし好きな人がいたとしたら、女ってその人以外の男は全て嫌うわ」

「美佐に恋人がいた？」

「そうよ」

「馬鹿馬鹿しい」

「普通の人から見れば、そうかも知れない。でも、お姉さんにはお姉さんの世界があったのよ。その世界では、お姉さんもお姫さまだったんだわ。第一、お姉さんにだって愛し愛されたりする権利があるっていうことを、なぜわたしたちは認めようとしないのよ」

「美佐には男の付き合いなんて、まるでなかったんだ」

「お姉さんが、荷物も持たずに帰って来た時、わたしには、誰かと会って来たんだなってすぐ頷けたわ。松井田さんを計画的に殺したという前提に立って考えれば、夜までどこかをほっつき歩いたり、荷物を置き忘れて来たりするほどお姉さんは血迷っていなかったはずよ。修善寺からの帰り、誰かと会って、これから先のことについて話し合って来た……近いうちに家出する、その時のために旅行用の荷物も預けて来た……その相手って、一体誰だろうかって、わたしは考えたの。お姉さんには何人もの知り合いはない。それで、修善寺から東京へかけての……と、この時わたしは思いついたのよ。確か、鈴木嘉道さんが川崎に出稽古に行っているはずだった。お姉さんの恋人は、もしかすると鈴木嘉道さんかも知れないって……」

　利佐には溢れ出て来る涙で、立ち上った父親の顔が朧《おぼろ》げにしか見てとれなかった。

　美佐と鈴木嘉道の服毒心中死体は、二カ月ほどたって、紀伊半島の南端に近い和歌山県東《ひがし》牟《む》婁郡《ろぐん》大河の足郷山《あしごうやま》山麓で見つかった。遺書のようなものは、紙一枚残されてなかった。なぜ、二人が死の褥《しとね》をこの地に選んだのか、その理由は分らない。ただ、このあたりには人家は勿論のこと、池、小川なども見当らなかった。利佐は、心中死体のあった場所を〝鏡のない部屋〟と名づけた。その場で利佐は、一月の末だというのに鶯《うぐいす》の声を聞いた。

アリバイ奪取

1

社会部の駈け出しがサツ回り、経済部の駈け出しがカブト町、とよく言われるが、遊軍に回された時はこの駈け出しが羨しくなる。

遊軍になると、まるで自主性を失ったように自分が頼りなく、胸にポッカリと穴があいたように張りがない。おまけにこのところ、すっかり不漁続きで遊軍出動の余地はないらしい。

そんなことから、わたしはこの一週間刷りたての新聞にじっくり眼を通し、どんな小さな記事でも脳の皺《しわ》に刻み込むように読む習慣がついた。今までは記事を読むことより書くことに重きを置き過ぎて、こんな習慣など思いもよらなかったが、それが妙なことに役立った。

昨夜の日曜日である。一通り夕刊の活字を拾い読み、改めて社会面に眼をやった時、わたしはおやっと思った。左端にある二段抜きの記事だ。

《鎌倉に凶悪強盗　娘さん殺さる》

横浜発＝今日午前十一時三十分頃、鎌倉市××町××番地大矢根和男さん方離れに強盗が入り、離れに下宿している木下美知子さん（二二）＝東京都品川区大井権現町太平紙業勤務＝が殺される事件が起きた。今日正午過ぎ、木下さんの勤務先の同僚久保田豊さん（二九）等四名が木下さん方を訪れ、麻紐で背後から絞殺されている木下さんの死体を発見、直ちに鎌倉警察署に急報した。離れは母屋と約五十米離れており、出入口も別なので独立家屋と同じであるため、また附近が樹木の多い屋敷町で人通りも少ないところから、怪しい人間を目撃したものもない。室内は手際よく荒らされ、現金、預金通帳などは全く残されてなかった。白昼大胆な手口で、しかも何の手がかりも残していないという点など、前科ある流しの凶悪強盗と断定、同署は神奈川県警の応援を得て捜査を始めた。

別にこれと言って首をひねる記事ではない。一週間に一度位は眼にしなければならないニュースなのだ。しかし、わたしがおやっと思ったのは記事そのものではなく、記事に出て来た人物の名前なのである。これは、わたしの新聞熟読の成果であり、丹念に記事面を記憶していたおかげだった。私は自分の記憶を信じて、早速、前日即ち土曜日の夕刊を取り出して拡げた。同じく社会面の、これは片隅にあるほんの五行記事であるが、そこには次のように報じてあった。

《若い女、列車から落ちて死ぬ》
今朝七時頃、東北線古河、栗橋間の利根川鉄橋下に若い女の死体があるのを、附近の子供達が発見した。調べによると、今暁同鉄橋を通過した上り列車三本のうちのどれかから墜落したものらしく、女は仙台—東京間の切符を持っており、死体の状況位置によってそう確認された。一見女給ふうで、近くにあったハンドバッグから現金二万円と「太平紙業　久保田豊」の名刺が出て来たが、身許不明。

やっぱり間違いなかった、とわたしは満足した。土曜日の夕刊にある「太平紙業　久保田豊」と、日曜日の夕刊にあったそれとは、同名異人であろうか。わたしはそう思えなかった。姓名だけではなく勤務先も同じなのである。同一人物と見るのが至当であろう。とすると、ちょっと引っ掛かるものがある。

常に事件と事件の境い目にあるような、一種の混乱と錯綜《さくそう》の現代社会だから、同じ人間が二日続いて新聞記事に扱われることもあるに違いない。まして事件の主人公ではなく、単なる関係者としてならば、そんな偶然もあり得ないとは言えない。

しかし、わたしが第六感などを抜きにしても、この偶然性を否定したい理由は三つほどあった。

まず、この久保田豊なる人物が関係した二つの記事は、両方とも若い女の死亡記事であることだ。それも土、日と続いている。ここから、久保田の名刺を持って仙台から上京して来た土曜日の女、久保田が鎌倉まで訪ねて行った日曜日の女、とある種の想像をめぐらしたくなるのは当然であろう。

第二に、死亡した二人の女が全ての点でかけ離れていて、そのくせ久保田豊という男が登場する点で一致しているのが、偶然とは言えない人為的なものを匂わせるのである。つまり、二人の女にもっと共通性があって、例えば二人とも東京で死亡したとか、同じ会社関係のとでもいうなら、たまたま久保田の知り合いが二人も——と、有り得るというギリギリの線で偶然も考えられるのだ。それが、一人は名刺を持って仙台から列車に乗って来て、茨城と埼玉の県境で死んだ女給ふうの女、もう一人は久保田達が訪れてくる一時間前に神奈川県鎌倉市で死んだ女事務員。しかも前者は事故死であり、後者は強盗に殺されるという一種の災害死である。

　第三に、久保田という男が、両事件ともほんの端役、というよりも、事件当事者とは、程遠い存在であることだ。女給ふうの女の場合は、単に名刺を所持していたのだし、鎌倉の場合は、たまたま遊びに来て事件の発見者となっただけである。同じ偶然でも正面からぶつかってくるものと、このように何かコソコソと見え隠れしているようなものがある。私には、このコソコソの方はなんとなく偶然を装っているという感じがしたのである。

（何かある……）

　と、私は感じた。

　二日続けて、夕刊の全く異った記事に、同一人物が現われたのを気づいた人は、恐らく一人もいないに違いなかった。片方の記事は小さかったし、加害者や被害者の氏名と違い、読者の印象に残るはずはなかったからだ。

　わたしだけが知っている——ということは、何となく意欲を燃え立たせるものだった。この二人の女性の死が偶発的なものであるのか、それとも久保田という線によって連繋しているものか、わたしは調査してみようと思い立った。もし、二人の女性の死が相関連するとしたならば、当然、単なる転落事故や強盗殺人として片づけられない、計画的犯罪と考えなければならないし、二つの死が凡そかけ離れた隔りを感じさせることから、わたしは挑戦し甲斐のある「偽装」だと判断したのである。

都合のいいことに、わたしはこの「太平紙業」の社長の娘を知っている。四カ月程前の、太平紙業労働争議における大乱闘事件を取材中に知り合ったのである。

太平紙業は正規従業員九百名で、勿論大会社ではない。しかし最近はクラフトライナーの製箱加工で大分景気がよくなった。クラフトライナーとはクラフトパルプを原料とした段ボール原紙で、需要分野も食品、電気器具、繊維品、雑貨、薬品化粧、陶磁器、機械などと拡大されて、従来の木箱包装にとって代わり、なかなかの盛況であった。

ところが昨年末、最低賃金制の確立と労働協約問題に端を発して組合がストに入った。最近の中小企業の労働争議の傾向は、労使ともに強硬過ぎることであるが、この場合もその一例で、妥協にはほど遠い力と力の闘争が繰り返された。組合幹部の解雇通告、それを拒否してのピケ、ロックアウト、そして今年の二月、不幸なことに五百人の第一組合、四百人の第二組合と真っ二つに分裂してしまった。

四月になって、第二組合の強行就労とそれを阻止する第一組合、それに警官隊や支援労組、右翼までが入り混って、重軽傷者三百人を出す大乱闘事件を引き起こしてしまった。

わたしはこの事件の取材中に、太平紙業社長の一人娘である君塚真紀というお嬢さんと親しくなった。二十一歳でまだ少女の面影が残っている麗人だが、争議中に脳溢血で倒れた社長を助けて奮闘するという芯《しん》の強さもあった。社長令嬢として、自家用車を乗り回し、青春を奔放に過していることを許される彼女であったが、本社総務課の一職員として堅実な勤務ぶりを見せている。

　わたしはこの君塚真紀に会って、久保田豊という男について聞き込んでみることにした。前もって電話連絡をしておいて、わたしたちは大井町駅前のHデパートの二階にある特設ビヤホールで会った。十一日の夕方である。

　上品に小ぢんまりと整った顔、あどけない表情、愛くるしい瞳、タイト・スカートからすんなりとのびた脚も、真紀を可憐に見せていた。

「まだ争議のことで何か……？」

　真紀は額の汗をハンカチで押さえながら言った。わたしは首を振って、運ばれて来たパインジュースを彼女の前に、生ビールを自分の前に置いた。

「今日は別のことで訊きたいんですが……どうです、その後落ち着きましたか？」

「ええ、あの乱闘事件が契機となって、会社側も大幅譲歩しましたし、第一組合もストを解除して、一応は安定した休戦状態ですけど……それは表面だけで、第一組合員と第二組合員の感情的な問題が残っていて、憎み合いは日に日に強くなっています」

　真紀は眉をひそめた。彼女が若く美しいだけに、神経をすりへらし、気を使っているのが気の毒だった。

「とにかく、同じ仲間の分裂は悲劇ですよ」

「つくづくそう思います。最近も嫌なことがあって……」

わたしはふと、真紀の左手の薬指に金の指環が光っているのに気がついた。

「ほう……結婚されるんですか？」

「は？……」

真紀はわたしの視線を追って自分の指を見た。そして初めて、乙女らしい恥らいと甘さを含んだ微笑をした。

「二週間ばかり前に嵌《は》めたばかりですの。適当な石がなかったので、エンゲイジリングにしては寂しいんですけど……」

「ほう、勿論恋愛結婚でしょうな。おめでとう、祝福しますよ」

と、わたしはビールを口許に捧げ持ち、一口飲んでから話題を変えた。

「あなたの会社の社員で、久保田豊という男をご存知ですか？」

「久保田さんが何か？」

真紀はハッとしたように身を乗り出した。

「いやいや、そういうわけではないんですが……この二、三日中に、その男の身辺に何か変わったことがありませんでしたか？」

「ありましたわ」

真紀は言下にそう答えて、ちょっと眼を伏せてから呟くように言った。

「その久保田さんがわたくしの婚約者です……」

これは妙なことになったとわたしは思った。知らず知らずのうちに、わたしは久保田という男に犯罪の翳を被《おお》いかぶせてしまっていたが、彼が真紀の婚約者であることを知らされたとたん、わたしは何か大きな誤算をしているような気がした。

真紀の婚約者とすれば、人物手腕ともに第一級だろうし、将来太平紙業の首脳部の地位は保証されている男だ。その久保田と犯罪とは縁遠い感じがする。

だが同時に、私の興味も倍加した。そんな久保田と、二人の女の死との結びつき——しかも、最近の彼の身辺に変事があったと、真紀もはっきり認めているではないか。

「その変わったことというのを、お話し願えませんか？」

「記事になさるんですか？」

「その必要があればね」

「とっても怖いことなんです。それも久保田さんが窮地に追い詰められるような……。もし、これ以上発展するようでしたら、わたくし、どなたかに相談するつもりでしたから。

お話しますわ」

と、真紀は昨日までに久保田の身辺に起きた一連の出来事を語り始めた。それは、次のような経緯であった。

2

音量は低めてあったが、モダン・ジャズが店一杯に流れていた。

上野駅前のフルーツパーラである。

夜の訪れが遅い夏の宵も、ふんわりとした都会の闇を迎えて、一枚ガラスの窓から躍るネオンが見えた。

真紀も久保田も、向かい合ったまま重苦しい沈黙を続けていた。テーブルの上のバナナサンデーには、二人とも言い合わせたように半分も手をつけていない。そのガラスの器に、頭上でゆっくり回転する扇風翼がチラチラと映った。やがて、真紀が久保田の顔を覗き込んで言った。

「お願いだから自重してね」

「ええ……」

久保田は、俯向いて煙草を吸う姿勢のまま頷いた。

「みんな、何とかしてあなたの失脚を狙っているのよ。どんな意地悪されても我慢してね」

「わかってます。ではそろそろ……」

久保田は時計を見て、足許のスーツケースに手をのばした。

「そうね、みんなもう来ているわ」

「原は帰りに会津あたりの温泉に寄るつもりらしいですが、ぼくは出張の用件を了《お》え次第、真直ぐ東京へ帰って来ます。留守中、気苦労が多いと思いますが頑張って下さい」

「あなたも充分気をつけてね。今度の出張の道連れは、原さんと柳田さんでしょう。二人にとっては絶好の機会だから、何を企んでいるか分らないわ」

一週間の別離であるが、この恋人たちには別れを惜しむ余裕はなかった。だがそれだけに、瞶《みつ》め合う二人の眼には感動的で、ひたむきな情熱があった。ともすれば感傷に痺《しび》れがちになる思いを振りきるように、真紀は勢いよく立ち上がった。久保田は照れ隠しに、ぶっきら棒な手の出しようで握手を求めた。二人は遠慮がちではあったが、互いの掌の感触を確かめ合った。

フルーツパーラを出ると、一雨呼びそうな冷たい風が快かった。ノースリーブスのブラウスから露出した真紀の腕がひんやりと湿《しめ》った。

そぞろ歩きの通行人が二人に視線を送った。旅行へ出掛ける似合いのアベックと見たのかも知れない。

二人は、大通りを上野駅へ向かって横切った。大東京の裏玄関らしく、駅は相変わらず雑踏の渦を孕《はら》んでいた。構内に入ると、巨大な空洞に反響する種々雑多な音が耳をおおって、それが旅愁などとはほど遠い、生存競争の非情さのようなものを感じさせた。

真紀は、売店でチューインガムと週刊誌、それに新聞を買って久保田に渡した。

「ガムはあの二人にもすすめてね。二人はいらないって言うかも知れないけど」

「どうも……」

独特の仏頂面で、久保田は真紀の心尽しを受け取った。

真紀はチラッと新聞を覗いたが、ふと吐き出すように言った。

「主流、反主流、第一組合、第二組合、分裂……政党も労組もどうしてこうなのかしら」

「主義思想の違いで対立するなら仕方がないでしょう」

「でも、それよりも反目し合うことが先になってるわ。うちの会社みたいに……」

真紀は慌てて口を噤んだ。旅装した二人の男が近づいて来たからだ。原と柳田である。

二人とも三十を過ぎたばかりで、個性の強いいかにも精力的な感じだった。

「久保田、改札だ、行こう」

敵意を露骨に、ぞんざいな口調で久保田に声をかけた柳田は、ついでに真紀をジロッと一瞥した。真紀はつい、素直な気持で言葉をかけてしまった。

「御苦労様ね。でもあんまり久保田さんをいじめないで下さいね。お願いします」

「お嬢さん」

原が冷やかに言った。

「あなたは私生活において社長令嬢を振り回しても構わんが、社においては総務課の一事務員、つまり我々と対等な労働者だ。そのあなたから、出張に関して我々が余計な指示を受ける必要はない」

「よせ、大社長のお嬢さんに対して」

柳田が皮肉な笑いを浮かべて、原を宥めた。「大社長」などと表現するのは、社長の資格などない、と真紀の父親を侮蔑する響きを含んでいる。

真紀は唇を噛み、久保田を見た。

（何も言うな……）

と、彼は首を振っていた。

柳田たちが歩き出し、久保田もそれに従った。真紀は寒気のような孤独感に襲われながら、それを見送った。

改札を待っていた列が、一匹の百足《むかで》のようにゾロゾロと動き出す。遠くなる久保田の後ろ姿を見ていると、言いようのない不安を感じて、今からでも追いかけて久保田を引き留めたい衝動に駆られた。

柳田と原がならんで先を行き、少し遅れて久保田が一人続いた。

（もう彼を無視するいやがらせが始った）

真紀はそう察した。

久保田の肩のあたりには、悲壮感さえ漂っている。気の毒な彼が愛おしくて、ならなかった。

この時、真紀は斜め背後から自分に注がれている視線を感じた。何気なく振り返ると、白い円柱の蔭に素早く身を隠した人影があった。長い髪の毛とピンクのブラウスが、瞬間的に真紀の眼の隅で捉えられていた。

木下美知子――と、真紀は直感した。

（木下美知子も上野駅へ来ていた。そして、わたくしが見ると何故隠れたのだろう）

周囲を人の群が流れ、杜絶《とだ》えてはまた流れた。真紀は、久保田一行を乗せた上野発十九時五十分の常磐線経由青森行急行「北斗」がホームを離れきるまで、円柱の傍らに佇んでいた。

3

真紀は車を駆って、目白の自宅へ戻った。

父親の君塚勇吉は、争議中の軽度の脳溢血が因で、寝たり起きたりの生活を続けているが、今夜ももう眠ったらしく、階下の奥にある寝室は、灯も消えて森閑としていた。住み込みの家政婦と、二十年もこの家にいる婆やが食堂でテレビを見ていた。家族はそれだけである。真紀は一人っ子だし、母親は十年前に病死した。広い邸宅だけに、人気の温か味に欠けて寂寞《せきばく》としていた。

婆やがベッドの敷布を取り換える、というのを断わって、真紀は二階の寝室へ引き籠った。バルコニーへ通ずるガラス戸を開くと、レースのカーテンを吹き上げるほど、風が流れ込んで来た。真紀はベッドへ大の字に倒れた。疲労が待っていたとばかり手足へ拡がり、後頭部がジーンと重くなる。真紀は瞑目した。久保田のことを考えると、底なし沼へ引き込まれるように不安だった。

久保田は第一組合員の憎悪と反感の矢面に立っている。針小棒大の中傷もあるだろうが、今年の二月、組合分裂を計ったのも彼の煽動《せんどう》によるものであり、第二組合創立の蔭の立役者も彼だということになっている。

第一組合員と第二組合員との間では、今も尚、烈しい憎しみ合い、いがみ合い、いやがらせ、が続けられているが、その根強さ執拗さは第三者の想像の及ばない凄惨なものであった。

最初のうちのように、直接手を下して喧嘩するということはなくなったが、その反面、ジワジワと迫って来るような、精神的苦痛を強いる手段が多くなった。この分裂の元凶とされている久保田には、特に苛酷な集中攻撃が加えられた。そして最近の、真紀との恋愛、婚約が、第一組合員達の憎しみに拍車をかけ、怒りの炎に油を注ぐ結果となった。

「久保田は主義思想の違いという名目で、第二組合を結成したが、彼は美貌の社長令嬢と結婚して、将来の栄達を計ることが目的だったのだ。彼はそのために自分の仲間たちを裏切った。犬畜生同然の男だ」

と、久保田は烙印を押された。これには第二組合員の中からも賛同の声があり、久保田ボイコット運動などはかなり強力に推進された。

真紀にしてみれば、社長の娘という立場もあり、経営者側に同調するのが自然の成行きであったので、別に第二組合結成の功績を讃えて久保田と婚約したわけではない。ただ、第二組合結成当時、必然的に顔を合わせる機会が多くなり、そのうちに久保田を忘れられなくなっただけである。いわば全てを切り離した純粋な愛情で、久保田と結ばれたつもりだし、また彼もそう言っている。

だが、そう理解されようと望むのが無理であった。「久保田追放」「久保田よ辞職せよ」という掛け声は日増しに強くなり、中には「久保田を消せ」という過激な声も聞かれた。

仕事の必要を除いて、第一組合員たちは久保田と一切口をきかなかった。中傷は私生活に関するものも含めて、数限りなくあった。脅迫状じみた手紙が、彼のアパートへ舞い込んだ。久保田の悪口や、彼が社の金を使って高級ナイトクラブで女を抱いている、という意味の漫画が、社内の掲示板にデカデカと貼り出されたこともある。また夜道で石を投げつけられた経験もあった。警察沙汰にならない範囲で、あらゆるいやがらせを繰り返し、久保田を社内にいたたまれないようにする作戦だった。

だが、久保田は黙々と空《から》馬鹿のようになって、それに耐えた。人権擁護局へ提訴したらという意見もあったが、彼は笑ってそれに応じなかった。真紀に対する愛情もあり、組合を分裂に招いた張本人として、今ここで全てを投げ出すことは出来ない責任がある。理解してもらえるまで耐えるつもりだ、と彼は言っていた。

そして今日の出張である。

今までの例として、第一組合員達は出張に久保田と同行することを嫌った。出張命令を拒否することは出来ないが、殆どの者が誰かと代わって貰えないか、と申し出ている。

ところが、今度の場合は案に相違して、原も柳田もあっさりと久保田と三人で出張することを受け入れた。原と柳田は第一組合員である。柳田は馘首《かくしゅ》されなかったたった一人の組合幹部、という前歴を持っている。久保田に対する憎悪は、人一倍強いはずの二人だ。それが一言も異議をはさまずに、出張に応じたのである。と言って、それが和解を示すものでは絶対にない。上野駅での今夜の態度を見ても、二人は真紀をも含めて久保田に、はっきり敵愾心《てきがいしん》を燃やしていた。

（何か魂胆があるのではないか……）

真紀はベッドの上で寝返りをうった。やはり不安の焦点はそこにある。出張に応じて、旅先で久保田失脚の原因でも作ろうとするのか。とすれば、一体どんな目論見があるだろう。真紀は考える。これと言って思い当ることはない。大鉈を振るう――と言っても、まさか久保田を殺したり傷つけたりするとは考えられない。

どうも二人が素直に出張に応じたことに、意味がないとは思えなかった。そして、二人にとっては絶好の機会なのだ。遠く仙台の地にあってこそ、予期し得ないような陥穽を構えられるだろう。何でもないような入口から久保田を誘い入れ、出口のない迷路へ彼を追い込もうとしているのではないか。——

真紀の膝を、ベッドが頼りなく上下に揺すった。水さしから一口二口、喉へ流し込むと、水は冷たくなかったが、火照《ほて》る身体に心地よかった。

　ふと真紀は、先刻上野駅でチラッと姿を垣間見た、木下美知子を思い出した。

　木下美知子は秘書課の、久保田の部下である。彫の深い顔立ちで、肢体も見事に発達している。胸と腰が形よかった。過去、久保田の恋人だったという噂を、真紀は耳にしている。中傷の一部かも知れないが、久保田が美知子を捨て去ったということになっている。久保田もそれを否定してないし、その反感から美知子は頑として第一組合員を続けているのだ、とも充分推察出来た。

　その無口で何かつきつめたような眼をしている美知子が、上野駅にいたことも真紀には無気味であった。男たちと違い、嫉妬怨恨から何をするかわからない女が、物蔭から秘かに監視を続けていた——そして、不可解な人物と仙台へ出張した久保田の安否。

　（やっぱり、何かの策謀が……）

目には見えない一つの輪が、久保田を中心に徐々に締めつけられて行くような気がした。

　真紀は指のリングにそっと触《ふ》れてみた。

急行「北斗」は、今どの辺を北上中だろうか。すでに彼の身辺に、ある種の危険が迫っているのではないか。殺人は予期し得ない時に、常識外の動機によって、こともなげに行われるものではないだろうか。最悪の場合、久保田の生命に拘わるのではないか――と真紀の脳裡を様々な思いが錯綜した。

小さな唇を心持ち開きかげんに、蒼ざめた頰に指をあて、まるで恋に悩む女学生のように、真紀はネグリジェに取り換える気にもなれず、ベッドの上に静座し続けた。

被いかぶさってくる暗雲を象徴するかのように、カーテンが烈しく乱れ、舞った。

4

真紀にとって、刻々と身を刻まれて行くような六日間が過ぎた。身体は芯から疲れ果て、明方になって泣き寝入りのようにトロトロとまどろむのが、この六日間の習慣であった。

七日目。心身ともに打ちひしがれた真紀は、昼近くまでベッドを離れられなかった。

午後から大井町にある社へ出勤した。

紺碧《こんぺき》の空に立ちのぼった積乱雲やクリーム色の社屋、歩道の白一色の流れ、それに街路樹の緑も、みな底抜けに明るかった。真紀だけが灰色に澱んだ気持を抱いて、社のエレベーターへ重い足を運んだ。

四階の廊下へ出たとたん、真紀は呆然と立ちすくんだ。眼の前に久保田がいたのである。

「いつお帰りになったの？」

嬉しさや安堵よりも、身の細る思いで心配していた自分に、一言も帰京の連絡をしてくれなかったことへの不満が先に来た。

「今朝早く東京に着いたので、その足で社へ来ました」

「どうして電報なり電話なり下さらないの」

「すみません」

久保田はムッツリと答えた。何か憂鬱に翳った表情であり、笑顔一つ見せなかった。

「みなさんも一緒？」

「原だけが三日ばかり遅くなるでしょう。南会津の木賊《とくさ》温泉へ寄りましたから」

「一人で？」

「ええ。神経痛にいいとかで」

と、久保田は真紀の視線を避けた。リングを嵌めてくれた時の、あの愛情豊かな眼の輝きはその片鱗さえも窺えず、沈痛な面持ちで言葉少ない久保田である。

（やっぱり何かあったのだ……）

真紀の胸に疑惑が生じた。翳を背負ってしまった久保田。唯一人山奥の温泉へ寄ってくるという原の突拍子もない行動。そこには、どうも納得出来ないものがあった。

「どうも様子が変よ。何かあったの？ どんなことをされたの？」

久保田の返事はなかった。顔をそむけたまま長い吐息をしただけである。

「言えないこと？ 私を裏切るような……」

真紀は語気を強めた。裏切るような――という言葉に、久保田の肩がピクリとした。そして思いきったように顔を上げて言った。

「僕は、僕は負けました……」

真紀が声をかける前に、彼はもう逃げるように背を向けて歩き出していた。

彼が何を隠しているのか、出張先で何があり、何に負けたというのか推察出来なかったが、久保田が以前の彼でなくなったことは確かだった。真紀は、母親を失った時の、あの荒野にとり残されたような寂しさと同じ気持で、久保田の後姿を見送った。

総務課へ入ると、ルームクーラーの冷たさが冷笑するような社員達の視線とともにヒヤリと肌に触れた。席に着くと、部屋全体の眼が真紀に集中しているのがはっきり判った。囁きや女の子の忍び笑いが聞こえる。真紀は身がすくむような思いだった。明らかに、真紀に関係する新事態――それも人々の嘲笑をかうような何事かがあったのだ。

（久保田のことではないか……？）

柳田が一緒に帰って来ているはずだ。出張先で久保田が演じた醜態を、柳田が今朝から社内に吹聴《ふいちょう》して回ったに違いない。二派に分裂して、その成り行きを鵜《う》の目鷹の目で見守っている連中の間に、醜聞を流すには、一時間もあれば社内の隅々まで行き渡るのである。

久保田が演じた醜態――それが彼に「負けた」と言わしめ、真紀に対する裏切り行為となったことではなかったか。

真紀は意を決して電話を引き寄せた。渉外課を呼び出して、柳田に今すぐ屋上へ来てくれるよう頼んだ。

屋上は風が強く、日蔭を探す程暑くはなかった。遠く林立したビルもアドバルンも見馴れた真昼だが、今の真紀には、それらが外国のもののように、よそよそしく眼に映じた。

「お呼び出しを頂き、光栄です」

柳田がＹシャツの胸を押し拡げ、巫山戯《ふざけ》た調子で近づいて来た。

「仙台で久保田さんが何をしたのか、教えて頂きたいの」

真紀は遠くの空の一点を凝視して言った。

「久保田本人から聞いたら如何《どう》です？」

「あの人、何も言わないわ」

「まあそうでしょうな。俺の口からも言いにくいんですからねえ」

柳田は上機嫌だった。やはり彼等の意図が的中した——言い換えるなら、彼等が仕掛けた罠に久保田がまんまと嵌ってしまったからではないだろうか。

「どんなことにも驚きません。言って欲しいわ」

柳田は少し間を置き、嫌味な笑いを口辺に漂わせながら言った。

「久保田の奴……仙台で、女が出来たんですよ」

「……！」

「アオバというキャバレー、まあ仙台では一流ですがね、そこの女なんです。仙台へ着いた日の晩からアオバへ通い始めて……ちょっと深入りし過ぎましたよ。二日目の晩、キャバレーが閉《は》ねてから二人はそのまま旅館へ……ってわけですよ」

「嘘、嘘じゃないんでしょうね！」

「いやいや。それからだって毎晩ですよ。久保田は一度も僕達がいる宿舎には戻って来ませんでした。そんな深い仲になれば、女の方だって熱くなる。一度や二度の肉体関係じゃありません。仙台を離れる時、その女は駅まで見送りに来ましたよ」

真紀の表情の変化を楽しむかのように、柳田はわざわざドギツイ表現をした。

「お嬢さんのような繊細な美しさと違って、その女はムッチリと肌が張り切っていて、素晴しいグラマーです。僕なんかも、あの女と久保田の絡《から》み合う肢体を想像すると、なかなか寝つかれませんでしたよ」

　真紀には、まだ男とそうした経験がないだけに、柳田の言葉から久保田と女の情痴の場をオーバーに想像して、烈しい衝撃を受けていた。動悸が早まり、耳をふさいだまま屋上から飛びおりてしまいたかった。

「久保田はその女と結婚の約束をしました」

「何ですって！」

「女は今度の土曜日までに身の回りの整理をして、上京して来ますよ。久保田のアパートに一緒に住むことになるでしょう」

　真紀にとって死刑の宣告に等しかった。驚愕を通り越して、瞬間頭が空っぽになり、眩暈《めまい》を感じて、その場にしゃがみ込んだ。やがて、白昼夢から覚めたように立ち上がった時には、柳田の姿は屋上になかった。

　真紀は秘書課へ行き、久保田を強引に連れ出すと、社のビルを出て駐車場へ行った。久保田を助手席に押し込み、真紀はヒルマンのハンドルを握った。ヒルマンは東へ突っ走り小一時間で葛西小橋を江戸川区へ入った。堤防の内側を利用したドライブウェーが、江戸川べりの左近川水門あたりまで九キロ以上も坦々と続いている。真紀はドライブウェーを中程まで走らせて車を停めた。人影や自動車も視界にはなかった。海とヨシの繁みと風だけで、嘘のように静かだった。

「仙台の女の人って、何ていう名前？」

久保田の身体が硬直するのがシートを通じて感じられ、項垂《うなだ》れた彼は涸《か》れた声で答えた。

「二ツ木芳江……っていうのが本名です」

「綺麗な人だそうね。東京へくるという話だけど、貴方、本当に結婚するつもりなの？」

「……はあ……」

「私はどうなるの？」

「……すみません」

(やっぱり本当だったんだ……)

真紀は急速に身体が冷えて行くのを感じた。泣きたいような、大声で笑ってやりたいような気持だった。

(すみません、で片がついてしまうものだろうか。婚約者の私を捨てて……男女の愛とはこんなものだろうか)

横眼で窺うと、彼は指のエンゲイジリングをはずそうとしていた。

「待って！」

真紀は体当りするように、彼の手を押さえた。

「貴方、私よりもその人を愛しているの？」

「……いいえ」

彼は苦しそうに答えた。その額にジットリと脂汗が滲み出ていた。

「じゃ何故、私を捨ててその人と――」

「仕方がないんです。そうせざるを得ない羽目になってしまったんだ」

「どうしてなの？」

「仙台へ着いた日の夜、僕達はアオバというキャバレーへ行きました。その時僕の相手になったのが、ルミと名乗っていましたが、その二ツ木芳江なんです。そして翌晩、僕は柳田達からひっつこく酒をすすめられました。御存知のように僕は酒が強くありません。仙台の町の飲み屋を二三軒歩いているうちに、何が何だか判らなくなりました。そしてまたアオバへ行ったらしいのです。僕は何を喋ったか記憶にないのですが、意識がはっきりしたのは朝でした。見ると、旅館の一室で、柳田達の姿はなく、僕の隣りに芳江が……寝ていました」

――久保田は愕然とした。自分も芳江も半裸であり、身体のけだるさからも二人の間にある行為があったことは歴然としていた。目を覚ました芳江も、媚《こび》と恥らいを見せて久保田に縋《すが》りつき「貴方って素敵だわ。もう絶対に離さないで」と甘く囁くのである。彼は懊悩した。真紀に対する裏切りであり、売春婦でもない芳江を弄んだことになる。更に「結婚するって嘘じゃないわね」と芳江に念を押されると、酔っていてそんな約束した憶えはない、とは言えなかった。結婚という甘言で芳江を抱いたことになる。これを、旅の恥はかき捨て、と割り切ることは久保田には出来なかった。

芳江を欺《だま》したと思われるのは釈然としないし、どうにでもなれという自棄もあり、それからも毎晩、柳田達に誘われるがままに久保田はアオバへ行った。キャバレーが看板になると、芳江はいそいそと久保田を自分の下宿へ連れて行った。勿論彼女は、金は愚か何かを買ってくれとねだるようなこともしなかった。芳江は真剣なのだ、と久保田はいよいよ責任を感じた。結局は、整理がついたら東京へ行って貴方と結婚する、という芳江の願いに、久保田は応じなければならなかったのだ。少くとも、結婚を前提として久保田と芳江は五日間、同棲したのに等しかったからだ——。

久保田は真紀に、以上のような説明をした。真紀は相変わらず海を見ていたが、その表情は意外に明るかった。

「貴方には罪はないわ」

聞き終わって真紀は言った。

「これが柳田と原の謀略だったんだわ。こうさせるのが目的で貴方の出張に進んで同行したのよ。勿論、柳田達が仕組んだ罠なんだわ。その芳江っていう人だって、柳田達がお金を出して頼んだに違いないわ。芳江っていう人にしてみれば、お金は貰えるし、貴方と本当に結婚出来るかも知れない、一石二鳥よ、承知するに定《きま》っているわ」

「しかし、酒や女に溺れた僕がいけなかったんです。弱かったんです。だから後になって柳田達の計略だと気がついて、僕は、負けました、と貴方に言ったんです」

「貴方は精神的に疲れていたし、それに旅先で寂しかったのよ」

久保田は真紀を瞶《みつ》めた。真紀の寛大な思いやりに感謝しているふうであった。

「土曜日まで三日あるわ、私お金用意する」

もし久保田に結婚の意志ないことを知れば、その女は婚約不履行で訴えるとでも脅かすつもりであろう。柳田達からもそう入れ智恵されているに違いない。従って、その女に事情を話し十万円位で納得するよう交渉するより仕方がなかった。

「しかし、そう簡単に始末がつくような罠を彼等が仕組んだとは思えません。それだけなら、僕がただ社内の笑い者になっただけで失脚とまでは行かないでしょう。僕はもっと奥の奥の企みがあるような気がします」

「その時はその時よ。この事に関しては、貴方は何も考えないで。貴方の奥さんは……私だけにしておいて……ね」

「……心配かけて、すみません」

真紀は憑《つ》かれたように、久保田に武者振りついた。彼女にしてみれば思いきった行動であった。

「いけない、僕は……汚れてる」

「いいの……」

と、微かに洩れた真紀の唇を、久保田のそれが掩《おお》った。風が吹いて海面がチラチラと煌《きら》めき、ヨシの繁みが騒いだ。何もかも消えようとする真紀の意識の片隅で、

(奥の奥の企みがあるのだろうか……)

と、不安が小さく渦を巻いていた。

5

土曜日の早朝、真紀は上野駅へ行った。二ッ木芳江という女は、昨夜の九時に仙台を立ち、今朝五時二十七分上野着の列車で来るはずである。

真紀は芳江が上野に到着次第、駅前の旅館へでも連れ込んで、早速話し合いをするつも

りだった。ただ、未知の芳江を見つけ出す方法がなかった。それで仕方なく、逢わせたくなかったが、久保田にも上野まで出迎えさせることにした。

朝五時というのに、構内には既に忙しく通行する人々の姿があった。改札口近くに久保田が立っていた。二人は眼で挨拶を交しただけで、別に話す事もなかった。真紀は緊張していた。芳江とはどんな女であり、話し合いはどう進展するか。

「やあ、お嬢さんもお見えでしたか」

突然背後から声をかけられた。

「あら、柳田さん、どうしてここへ？」

「何ね、久保田君の遠来の花嫁が到着するのを歓迎しようと思いましてね」

語調は軽かったが、柳田はあの鋭い眼差を真紀に注ぎ、口を「へ」の字に歪めて立っていた。

真紀は、しまった、と思った。彼がいては、芳江を旅館へ連れ込むのが困難になる。

（それにしても変だ。柳田がこんな朝早くから、何の為に——）

歓迎というのが本音でないことは判りきっている。久保田へ仕掛けた罠の成果を眼で確かめようというのか。それとも、別に下心があるのか。

五時二十七分定刻に列車が到着した。寝呆《ねぼ》け眼《まなこ》をこすりながら、不機嫌そうな乗客達が国電連絡口へと二列に分かれて、改札口へ流れ出て来た。三人の眼はそれに集中した。しかし芳江らしい女の姿はなかった。その代わりに意外な人物が現われた。温泉へ寄って来た原だった。

「お出迎えとは恐縮です。只今帰りました」

そう言う原に柳田が囁いた。

「この列車の中で、例の久保田の花嫁さんを見かけなかったかい？」

「いやあ判らんな。僕だけじゃあなく、夜行列車では誰もが眠ってしまうしねえ」

原は、薄汚れたYシャツを気持悪そうに肌から引き離しながら答えた。

結局、原を加えた四人は、八時近くまで待った。通勤用の近距離列車が殆どであったが、もしかするとこの次ので、という気があって、なかなか改札口を離れられなかった。

だが、芳江は遂に来なかった。

柳田と原はブツブツぼやき、久保田はホッとしたように真紀を見た。

一同は真紀の車で会社へ引き揚げた。ビルの通用門で車を降りると、門の附近でソワソワしていた男が、救われたように素っ飛んで来た。宿直の社員である。彼は、久保田、真紀、柳田と順に見やってから言った。

「先刻、上野の鉄道公安室から電話連絡があったのですが、一時間ばかり前、古河栗橋間の利根川の鉄橋下で若い女の死体が発見されたそうで、その女の所持品らしいバッグから久保田さんの名刺が出て来たので、女の身許調べに協力してくれ、と頼んで来ました」

誰も口をきくものはなく、揃って彫像のように動かなかった。久保田はポカンとしているし、真紀も身動きすると悪寒が背筋を走りそうな気がした。

宿直社員の話によると、その女は仙台——東京都区間の切手を持っており、鉄道通過中の上り列車から墜落したものと見られた。幾度も何かと激突し、首の骨が折れ、身体中に打撲や裂傷があるという即死死体の状況や、位置から言っても、それ以外の場合は考えられなかった。

発見したのは、早起きして遊びに来た少年達で、死後幾らも時間を経てなく、上野着四時三十分、五時七分、五時二十七分、の三列車のどれかから落ちたものと断定された。死体は堤防よりの砂利の州にあり、少し離れてバッグが転っていた。女は年齢二十二三歳、体格よく美貌、手足の爪にマニキュアをしており、唯一の特徴は唇の右上につけ黒子。

「芳江に間違いない……」

久保田が誰に言うともなく呟いた。

「君、まさか……策に窮して、その人を列車から突き落としたんじゃないだろうね」

柳田が言った。冗談めかした口調ではあったが、鋭い響きが感じられた。原も詰問するように久保田を瞶《みつ》めていた。

「変なこと言わんでくれ。そんな馬鹿なことを……僕は上野駅で彼女を待ってたんだぜ！」

　久保田もさすがに顔色を変えていた。

「しかし、久保田はあの女に手を出して結婚を迫られていた。お嬢さんのこともあるし、どうにもならなくなっていたんだ。このどたん場を切り抜けるには、たった一つ、あの女が死ぬことだ。君には殺す動機が充分ある」

　柳田がここぞとばかり、まくしたてた。

「僕は現に、あの列車が到着した時、上野駅にいたじゃないか。その僕が、どうして茨城県と埼玉県の県境を走っているあの列車から人を突き落とせるって言うのだ」

「だがね、芳江は何もあの列車に乗っていたとは限らんだろう」

「え！」

「三本の列車の中のどれかから墜落したのだと推定されてるじゃないか。五時二十七分の列車で来るというのは、実は君の出鱈目であって、芳江にはそれより前の列車で来るように言ってあったのじゃないかな」

　この時、ポケットから小型時間表を取り出して、しきりと調べていた原が言った。

「この三本の列車とも、栃木県の小山に停車した後は、大宮まで停まらないよ。とすればだ、久保田は昨夜の二十三時四十分上野発の下りで小山まで行く。小山着が夜中の一時十七分だ。適当に時間をつぶしてから、今度は小山発三時九分の上りに乗る。この列車で来るように指定されていた芳江と逢う。夜汽車だから乗客達は殆ど眠っている。ソッと芳江をデッキへ連れ出しても注意しているものはないだろう。そして、利根川の鉄橋を通過中に芳江を突き落とす。久保田はそのまま、その列車で上野まで来る。上野着が四時三十分だ。それからは、芳江の出迎え人に早変わりして、改札口で待つ振りをすればいい」

久保田は、言おうとすることが言葉にならないのか、口をパクパクさせるだけだった。眼ばかりが、怒りに燃えて真赤に充血していた。

「同時に貴方達がその通りのことをやったとも言えるわ」

真紀が夢中で叫んだ。彼等の卑怯なやり口に、真紀の忿懣《ふんまん》は爆発していた。

「原さん、貴方なんか最もその可能性があるのよ。意味もなく温泉へ寄ったりして、今朝の、その芳江という人が乗ってくるはずだった列車で帰って来たじゃないの」

「それは偶然ですよ」

「いいの、私には何も判ったわ。貴方達の穢《きたな》い謀計が！」

真紀には読めた。やはり裏があったのだ。久保田に芳江を押しつけて、真紀との仲を割こうとしたのだ、という解釈は単純過ぎた。危惧した通り、それは舞台装置に過ぎず、久保田が切羽詰まって芳江を殺す、という動機を作り上げるのが目的だったのだ。そして、一歩進めて誰かが芳江を列車から突き落とす。久保田には立派な動機があるのだから、殺人容疑がかかるかも知れない。そうすれば、久保田を、起訴不起訴に拘らず、刑事問題を引き起こした好ましからざる人物として、会社を辞職させる事が出来る。もし芳江の過失事故ということでケリがついても、あれは久保田がやったことだと社内で宣伝して、それを口実に社内風紀上引責せよと迫るに違いない。女を押しつけ、更にそれを殺したとデッチ上げる二段構えの罠だった。久保田自身には手を加えず、自然の成り行きを装って、彼を窮地に追い込む巧妙な策謀だったのだ。

久保田もそうと察したらしかった。だが余程はっきりした反証がない限り不利である。抗する術を失ったように、彼は凝然と立ちすくんでいた。爽やかなはずの朝の空気が、真紀には窒息しそうに重く張りつめて感じた。

午後。真紀は、上野の公安室から帰って来た久保田の報告を聞いた。

死体は写真で、二ッ木芳江と確認され、彼女の身の回り品を詰めたチッキも上野駅に到着していた。久保田は、仙台出張中に知り合った芳江に名刺を渡し、近日中に上京する彼女の為に住居を世話する約束だったと、うまく曖昧な説明をしたらしい。その点は深く詮索されずにすんだ。仙台のアオバを通じて、肉親を探し、死体引き取りの依頼が行くことになった。目撃者や特に不審な点がないからには、他殺の線も出しようもなく、デッキへ出て息抜きをしようとしたところ誤って振り落とされた事故死、と簡単に片づけられたらしい。

だが、柳田達が仕組んだ一連の、

1　久保田の仙台出張に同行して、仙台で芳江を押しつけた。

2　早朝に拘らず柳田が上野駅へ来て、原が芳江の上京と同時に帰って来た。

3　芳江は列車から落ちて死に、久保田の仕業にしようとしている。

という筋書から考えて、彼等がこのまま引き退るはずはなかった。果して、退社時刻間際になって、久保田を伴った柳田と原が、真紀の処へやって来た。柳田は開口一番、激しい口調で言った。

「警察の追及がないと言って、問題に終止符がうたれたわけではないでしょう」

「どういう意味でしょう？」

真紀は努めて冷静を装った。

「社内は地獄耳が揃ってます。久保田はあの女とお嬢さんの板ばさみに苦悩して、突き落としたのだろうと、専らの評判です」

「貴方達が放送したんでしょ？」

「こういう疑惑はやがては警察が探知しますよ。これは社内の風紀上、社の信用上、実に拙《まず》いでしょう。この際、久保田は進退を明らかにするべきです」

「許しません。想像を理由にして社員の進退を決めるなんて――」

「お嬢さんには人事権はないはずだ」

「社員の裁量が必要でしょう？　何でしたら私がその裁量権を委任して貰って来ましょうか？」

「では、久保田君に明確な申し開きをして貰おうか。疑惑を一掃する絶対の証拠をね。アパートへ問い合わせてみたが、昨夜、君の姿を見かけた者はいないそうだよ」

久保田は何かを期するように、おもむろに口を開いた。

「僕は昨夜遅くアパートへ帰ったから、誰も僕を見なかったんだろう」

「何処へ行っていたんだ？」

「昨夜の行動がはっきりすればいいのか？」

「それで結構だ。上野駅発二十三時四十分の列車が最後で、それ以後は、今朝まで下りがないから、その終列車に乗らない限り、小山まで行って、あの女が乗ってくる上り列車に乗り換えることは不可能だからね」

「それなら一種のアリバイを持っている。僕は昨夜鎌倉へ行った。十一時頃まで鎌倉だ」

「証明してくれる人がいるのかい」

「いるよ。木下美知子だ」

「ほう、あの秘書課の木下美知子かね?」

「うむ……」

「木下美知子が鎌倉に住んでいることは事実だが君はまた何の用があって――」

「そんなことは問題外だ。僕が彼女と夜十一時頃まで鎌倉にいたことが確かならいいだろう」

真紀は、久保田が美知子と何を話し合ったか聞いてないが、凡その想像はつく。出張へ出発する時に美知子が姿を見せたことから考えて、何か問題が起こったのかも知れなかった。

「これで僕の潔白は立証されたわけだね」

久保田が固い表情のままで、念を押した。原と柳田は鋭く視線を交した。何事か眼と眼で合図したように、真紀には受け取れた。

「木下美知子が証明してくれれば、だね」

という原の言葉からは、美知子は証明しない、という自信が感じられた。すると、それを裏書きするように、柳田が哄笑した。

「久保田も甘い。美知子はね、君が捨てた女だぜ。殺してやりたい、復讐したい、と彼女は常々君に対して憎悪を持っているんだ。しかも彼女は、第一組合員でいわば我々の味方さ。どうして君のアリバイ成立に一役買うもんか」

「しかし事実は否定出来ないだろう。人間一人の一生を決める重大事だとしたら、会社の派閥争いや個人感情に左右されるべきものじゃない。それは社会常識で義務だろう」

「さあねえ、女は感情次第で非常識にもなるからねえ」

この時、電話をかけていた原が振り向き、

「木下美知子は、熱っぽいから休むという届けが出ていて、今日は社へ来てない」

「明日は日曜日だ、みんなで鎌倉の美知子の下宿先へ出掛けてみたら如何でしょう」

柳田が提案した。

「そうしよう。僕も早く結着をつけたい」

と、久保田が応じた。

「……お嬢さんも、車で行けば大混雑だし、横須賀線でどうかな。じゃあ明日のお昼前後、鎌倉駅ホームの前寄りに集合しよう」

話は決った。あくまで久保田を罪人に仕立てようとする柳田達の執拗な追及に腹を立てたが、真紀は、明日になれば久保田の潔白が明らかにされるものとばかり思い込んでいた。

酷暑の日曜日だから、海水浴客が鎌倉駅に溢れてゴッタ返していた。それでも、車で前がつかえている国道をオタオタ辿ってくるよりも、横須賀線を利用した方が、埃まみれにならないだけ賢明である。

興奮していたせいか早起きをしてしまった真紀は、十時四十一分鎌倉着の電車に乗って来た。集合場所にはまだ誰もいなかった。次の十一時十一分着で、原が汗を拭き拭きホームへ降り立った。彼はホームの先端でアイスクリームを幾つも平らげていた。真紀は少し離れて、ニコリともせずに突っ立っていた。

十一時四十一分の電車が、熱気を吹き上げて滑り込んで来た。二分停車するのだから慌てる必要もないだろうに、開かれたドアから濁流のように先を争って人が溢れ出て来た。その流れの最後から久保田の姿が現われた。恰度《ちょうど》真紀の眼の前のドアだったので、真紀は思わず微笑して手を振った。

残りは柳田一人であった。彼はその次の十二時十一分の電車から降りて来た。

揃った一行は駅を出て鎌倉郵便局を目指して歩いた。木下美知子は、この郵便局裏手にある屋敷の離れに下宿している。もと画家が住んでいた家で、離れはアトリエを改築したものだった。明るい洋風造りで、部屋代が月千円という魅力もあり、少々の通勤不便は我慢しても、美知子はこの下宿を出る気にはならなかったらしい。

路次を抜け、なかば朽果《くちは》てた木戸を押すと、美知子専用の小径が、桐の木に囲まれた離れの入口まで続いていた。

久保田が入口のドアをノックしたが、返事はなかった。屋根の傾斜の一部に嵌めこまれた採光ガラスだけがアトリエの名残りで、四方はモルタル壁であるし、二箇所にある小さな窓も磨《すり》ガラスで、部屋の中は覗けなかった。

「留守かな……」

と呟きながら、原がトンとドアを押した。ドアは軋《きし》りもせずに開いた。と同時に、原が妙な声を発してドアの前から逃げ出した。真紀は反射的に中を覗いた。横転している椅子が見え、真正面に白い肌が引き立つ電気洗濯機が備えてある。そして、その前に崩れるように坐り込んだ美知子の姿があった。頸部から蛇のように麻縄が垂れ下り、こちらへ半分見せている顔の色は、生きている者のそれではなかった。

「畜生！　遅かったか！」

久保田の悲痛な叫びを耳にしながら、真紀は彼の腕の中で失神した。

6

ドアから入って左側に、三畳敷きの畳の部分があり、その周囲に洋服ダンスや三面鏡の類が並んでいる。右側は形ばかりのカーテンで仕切られた簡単な炊事場で、ドアの正面に電気洗濯機がある。部屋の中央には安物のカーペットが敷かれ、これも安物の三点セットがその上に配置されてある。

室内は大して乱れてはいなかったが、タンスや机の抽出は残らず引っ掻き回され、現金、預金帳、装身具は全く持ち去られたらしく、部屋からは一つとして発見されなかった。

電気洗濯機には美知子自身の汚れ物が一杯に詰めてあり、コードも電源に差し込んであった。美知子は洗濯にとりかかっていたのだ。洗濯機に向っていると恰度ドアに背を向けることになり、風のように飛び込んで来た犯人が背後からいきなり二重にした麻縄を首にひっかけて締め上げれば、叫び声は勿論、抵抗する隙もなかったろう。凶器の麻縄はドアの外の物干場にあったものだという。推定死亡時は十一時三十分頃とされた。つまり真紀達一行が訪れる約一時間前の犯行であった。また美知子が倒れた拍子に触れて落ちたと思われる卓上時計の針が、十一時二十分を指したまま破損していることも、推定時を裏付けていた。

離れと母屋の距離は相当あり、その間に灌木林《かんぼくりん》もある。母屋の人間は、離れへ出入りする者に全然注意をはらっていなかったし、周囲が、樹木の多い閑静な邸宅ばかりで、不審な人間を目撃した者もなかった。

被害者に抵抗の余地も与えず殺害、しかも極めて短時間に室内を荒して逃走、その上誰にも姿を見られていない、というような諸点から、手馴れた流しの凶悪強盗、と神奈川県警では判断した。指紋採取が重要になった。

真紀達一行は、被害者を訪れて来た勤務先の同僚ということで、簡単な参考事情の聴取の後、帰宅を許された。勿論一行には確たるアリバイがあり、犯行には無関係とされるのが当然だった。犯行時の十一時三十分頃は、真紀と原は鎌倉駅のホームにいたし、久保田と柳田は横須賀線で鎌倉へ向かいつつあったのだ。

「これで君の潔白を証明出来る人間が一人もいなくなったわけだね」

帰りの横須賀線の中で、柳田が久保田に言った。周囲の乗客を憚《はばか》っての低い声が今や決定的な勝利を握った者の威圧に感じ取れた。原がそれに呼応してからかうように久保田の肩を叩いた。

「どうだい久保田、これでもまだ芳江の死に関係ないことを釈明出来るかね」

　久保田は白くなるまで唇を噛みしめていた。

「しかし、木下美知子が強盗に殺されるとは夢にも思わなかったな。明日は組合としても葬儀に就いて心配をしなければならんねえ」

　柳田がうんざりしたように呟いた。

「たった一人の証人が死んでしまったのねえ……でも私が何とかしてみせるわ」

と、真紀が久保田に囁いた。彼女は今、推理小説で読んだ「アリバイ奪取」という言葉を反芻していた。

　ある人物を擬似犯人に仕立てようとする場合、その人間のアリバイが成立してしまっては意味がない。この為に、アリバイを立証出来る者の口を塞ぐ必要がある。これが「アリバイ奪取」だ。

　久保田を芳江殺しの犯人に仕立てようとことを運んで来たが、思いがけなく、久保田のアリバイを立証出来る木下美知子という人間がいた。柳田達は美知子にそれをさせまいとしたのだが、さすがに美知子も、無実の久保田を殺人犯にするに忍びず、その指示には従わなかった。そして——殺されたのではなかったか。

　同僚が強盗に殺されたら、普通、もっと衝撃を受けるか興奮するのが当然だろう。それにしては柳田達は落ち着き過ぎている。まるで予期していたことがあったように平然と、久保田に矛先を向けている。彼等には微塵も哀悼の表情なく、粛然《しゅくぜん》とする様子もない。

また、強盗が美知子を襲ったことも偶然過ぎると言えば言えるのだ。確かに強盗というものが存在する以上、いつ何処にその被害者が出るか判らない。しかし、唯一人の証人として東京から訪ねて来た美知子が、一時間程前に強盗に襲われて殺された、となると偶然とは言いがたい作為が感じられる。そして、本来ならば柳田達自身も、そんな偶然に疑惑を感じなければ嘘である。それを、「証人がいなくなったろう」などと痛快がるのは、とても素直に受け取れない。

美知子の死を知った時、久保田は「遅かったか」と叫んだが、真紀も同じ気持だった。それは唯一の証人を失ったという絶望感と同時に、先手をうたれたという直感が閃《ひら》めいたからである。唯一の証人を奪われたことを裏返せば、その証人を奪わなければならない者がいたということになる。柳田と原だ、とは確信しているが、想像の域を出ないし、絶体絶命の久保田を救う鍵もない。もっと具体的な、例えば仙台を出発した芳江と南会津の温泉にいた原との繋り、今日、強盗を装って美知子を殺したのは誰か、などを探って結論を引き出さなければならなかった。

美知子を殺したのは誰か、と考えても真紀は容易に答を出せない。今日鎌倉へ来た者にはアリバイがある。と言って、鎌倉へ来た者以外の手によって美知子を殺したとは考えられない。事が犯罪に関する限り、そうそう共同謀議の枠《わく》を拡げてしまうわけには行かないからだ。すると、柳田か原かが真紀の盲点をついて巧みに美知子殺害を果したことになる。しかし、原は十一時三十分前後、鎌倉駅ホームの真紀と二米《メートル》も離れていない地点にいた。彼のアリバイは確実である。とすれば柳田ということになる。

　真紀は品川駅で時間表を買い帰宅した。蛍光灯の下で時間表を開き、横須賀線の部を丹念に調べる。調べている中に、真紀は一つの仮定をまとめることが出来た。柳田は十二時十一分の電車に乗って来たが、彼は東京からこの電車に乗って来たのではなく、鎌倉の一つ手前北鎌倉で乗車したのではなかったか。

　十一時三十分に美知子を殺し、鎌倉駅へ引き返す。美知子の住居から駅までは、急げば男の足で五分である。そして十二時発の下り電車に乗り、北鎌倉まで行く。十二時三分である。すると十二時七分の下り電車が入ってくる。これに乗り換えれば十二時十一分に鎌倉へ着く。真紀達は当然、この電車で東京から来たものだという印象を受ける。柳田は東京から来る、という固定した先入感を持っている真紀達の眼の前へ、電車から降りれば、誰が一つ前の駅から乗って来たのかも知れないと疑念を抱くだろう。久保田の「アリバイ奪取」の為に、柳田はこの方法によって美知子殺しを計ったのではないか、と真紀は八分通り確信を持った。

次に、真紀は久保田から受取った「アオバ・ルミ」という名刺の電話番号を調べて、仙台へ長距離電話をかけた。芳江が何時の列車で仙台を出発したか、確かめる為である。アオバのマダムから、次のような返事を聞き出した。

「店の者が総出で駅まで見送りに行きましたが、ルミは十八時四十八分仙台発の列車に乗りました。最初は二十一時発の約束だったんだそうですが、出発当日になって東京から電話があって、十八時四十八分にしろと連絡を受けたとかで、大急ぎで仕度しました」

やはり芳江は、久保田や真紀が待っていた列車には、最初から乗ってなかったのだ。それより二本前の上野着四時三十分の列車に乗り込むよう、当日になって何者かの指示を受けている。柳田が東京から電話したに違いなかった。

真紀は全国温泉案内を持ち出して、南会津木賊温泉の項を開いた。「会津田島からバスで約三時間。谷間にある木賊部落は戸数二十軒ほど。温泉は部落から二三分西根川の川ばたに湧く。うすいイオウ泉で四十二度。神経痛、リューマチに特効。温泉旅館は一軒。バスは一日二乃至三往復」

時間表によると、原がもし会津田島発十八時十分の会津線に乗ったとすれば、会津若松に十九時四十七分に着く。磐越西線に乗り換えて郡山到着が二十二時三十二分だ。一方、芳江を乗せた列車が郡山へ入ってくるのは、二十二時四十分である。原と芳江は、郡山という一点でうまく合致するのではないか。ここで、原が芳江と同じ列車に乗り込んだという想定は結実した。原は芳江を突き落とすと、大宮でその列車を降り、二本遅らせて上野着五時二十七分の列車に乗り込み、何喰わぬ顔で真紀達の前へ現われたのである。

真紀は柳田と原の詭計を解いたつもりだった。恋人の危急を救った満足が、心の安らぎを呼んだ。

7

「すると、芳江は原によって、美知子は柳田によって殺された、という結論ですな」

真紀の話を聞き終わってわたしは言った。

「ええ。でもこれという証拠もないし、あの人達がこれ以上、久保田排撃の行動にさえ出なければ、私としては積極的に警察へこの結論を持ち込んだりするつもりはありません」

真紀は、揃えた膝の上でハンカチをもみながら言った。

「久保田君はまだ会社にいられますか？」

「多分いると思います。あの人は平常遅くまで居残ってますから」

「職務熱心ですな。少し久保田君からお聞きしたいことがあるのです。ここまで出て来るように連絡して頂けませんか」

真紀は頷いて立ち上がり、電話のあるカウンターの方へ歩いて行った。

わたしは、わたしなりの推理を頭の中で整理した。この推理は、やはり二つの偶然に基いて生じた矛盾から、出発していた。わたしはどうも偶然にこだわるように出来ているらしい。だが、もう少しこの推理を具体化したかった。いうなれば決め手が欲しかったのである。わたしは、真紀と入れ代わって電話口へ立ち、横浜支局を呼び出した。鎌倉強盗事件捜査に新たな進展はないか、聞く為であった。

「今日改めて、現場一帯を徹底的に調べたようですが、手がかりとなるようなものは全然発見出来なかったそうです」

「どんな些細なことでもいいんだけど、何か変わったことありませんか？」

「さあ、電気洗濯機の洗濯物の中から指環が出て来た、なんてつまらんことを除いては全くありませんな」

「指環？」

「いやあ、これは内側にＭ・Ｋと刻印してありましてね。木下美知子の頭文字で、被害者のものとわかりましたから、所詮手がかりにはなりませんよ」

「サイズは？」

「14だそうです。被害者の指にはちょっと太目ですが、だからこそ洗濯物を詰め込んでいる時、指から抜けたんでしょうがね」

「いやどうも」

わたしは電話を切ると、急ぎ足で席へ戻った。真紀はひっそりとジュースを飲んでいた。

「お嬢さん……」

わたしは残り少なくなったビールを、舐めるように飲んでから、真紀を瞶《みつ》めた。

「人間には主観的な偏見というものがあります。これは感情動物が成長して来た環境や過程によって自然に出来上がるもので、時には愛すべきものとなりますが、場合によっては恐しい間違いを招く原因にもなります」

わたしが妙な解説を始めたので、真紀は、わたしが一杯のビールで酔ったとでも思ったのか、呆れたように私を見返していた。

「つまり、お嬢さんは社長令嬢という環境や成長過程によって人間形成されている。従って、生まれつきの浮浪者とは、ものの考え方や解釈の仕方が全く違うでしょう。貴女の会社に激しい労働争議があった。第一組合と貴女のお父さんは敵味方となって闘い続けて来た。貴女は社長令嬢として、知らず知らずの中に、第一組合員に対する敵対意識に染まってしまったのです。それと同時に、久保田君を唯一の味方と決め込んで、次第に贔屓の感情が強まった。貴女は無意識に、久保田君は正しく、柳田や原は正しくないと判断してしまっているのです。この事件に対する貴女の推理は、この上に立って出発している。こんな推理は正しいはずがありません。貴女の肌にしみ込んでいる偏見や主観は、柳田と原が久保田君を罠にかけたという結論を出そうとして、その方向へ推理を進めているのです。貴女の推理は、真実を解明しようとする為ではなく、柳田と原を犯罪者にするのが目的です」

　真紀は何も言わなかった。俄か作りのステージで、ハワイアンバンドが演奏を始め、柵に沿ってズラリと吊り下っている赤と青の提灯に電気が点いた。わたしは委細構わず続けた。

「わたしは第三者として、貴女の話を聞いた。その結果、二つの偶然から生ずる矛盾に気づきましたよ。その一つは、貴女は現象をつなぎ合わせて、貴女の結論に都合いいように判断しているが、その現象の必然性を全く無視されてます。貴女はアリバイ奪取、という面白い想定をなさった。しかし、久保田のアリバイを立証出来る木下美知子という女がいたことは、柳田や原にとって偶然の、それも思いも寄らなかった出来事だったのでしょう。もし柳田達が久保田君を陥し入れるつもりなら、当然、最初から久保田君のアリバイが成り立たないように工夫するはずです。たまたま、久保田君が美知子と二人きりでいたといら単純アリバイを申し立てた。これなら美知子を殺すことによって、アリバイ奪取は成功する。だが、久保田君が何十人の同僚と一緒にいたというアリバイを持っていたとしたら、どうします？　柳田達はその何十人もの同僚を殺しますか？　そうしなければアリバイ奪取は出来ないし、久保田君を芳江殺しの犯人にすることは不可能です。計画的な犯罪というものは、こんな偶然によって左右されるようには仕組みませんよ。柳田が久保田君を人っ気のない場所へ釘づけにしておくような工作をほどこすはずです。従って、貴女のアリバイ奪取という解釈は結果論に過ぎません」

　ここで真紀は、初めてわたしを鋭く見た。

「では、柳田や原は、この事件に無関係だ、とおっしゃるんですか？」

「芳江の死を利用して久保田失脚を狙い、いやがらせを言ったり、あるいはまた、久保田君が事実芳江を殺したものと信じていた――柳田と原はただそれだけのことだと思います」

「すると芳江さんの死はやはり過失で、美知子さんは強盗に殺されたのだ、というのですね？」

「いや、わたしはそもそも、その偶然に疑問を抱いて貴女とお逢いしたのですから、この二人の女性の死は計画的な殺人だと思っております」

「殺人である以上、犯人がいるはずです」

「勿論、犯人はいますよ」

「誰です？」

「久保田君ですよ」

「何をおっしゃるんです！」

真紀は文字通り跳び上った。膝頭がテーブルを持ちあげて、ビールのジョッキが横転した。わたしは慌てて、床へ落ちる寸前にジョッキを受けとめた。

「ひどい方だわ、貴方って。どうしてそんな残酷なことを言うんです。いちばん苦しんで、あんなに憔悴している久保田を、人殺しだなんて……」

真紀の眼は潤んでいるようであった。可愛らしい唇が痙攣して傷ましかった。しかし、私は心を鬼にして言った。

「そこで、もう一つの偶然というのをお話しましょう。二人の女性の死に対して、久保田が無関係であることを明確に示す、重要なポイントが二つありました。一つは芳江を上野駅に出迎えた時であり、もう一つは美知子を訪れる為に鎌倉駅のホームへ集合した時です。この両方の場合、もし久保田が貴女と一緒に行動したとすれば、彼は確かに犯人ではありません。しかしどうです？　上野駅の時も、久保田は貴女より先に改札口で待っていたというし、鎌倉駅の時も、彼は貴女よりも二台遅れた電車で来たというじゃないですか。何故です。婚約者同士が同じ場所へ行くのに、別々に行動するのは不自然じゃないですか。これを単なる偶然と言えますか？」

真紀の顔は蒼ざめていた。そして眼を伏せると、蚊の鳴くような声で呟いた。

「そう言えばあの人……私が一緒に行こうって言うと、何かと理由をつけてウンと言わなかったわ」

「彼には単独行動をとるべき理由があったからでしょう」

「でも、久保田はどうして人を殺す必要があったのでしょう。芳江っていう人を殺すなんて意味がないことだと思います」

「ここで初めて、貴女の言うアリバイ奪取が生きてくるのです。久保田は恐らく、このアリバイ奪取を逆に応用したのだと思います。久保田が本当に殺さなければならない目標は、木下美知子だったのでしょう。つまり、私の推定はこうなるのです。彼は美知子殺害の必要に迫られていた。美知子は彼の恋人だったというし、きっと貴女に乗り換える為に、彼は一方的に美知子を捨てたのでしょう。美知子は彼の部下であると同時に、組合分裂当時の恋人だから、何か彼に関する秘密を握っていたと想像出来ます。美知子がこの秘密を種に、彼に復縁を迫ったとしたらどうです。貴女との結婚に野望を燃やす久保田は、美知子を殺そうと決心する。しかし、直接美知子を殺せば、幾ら強盗事件を装っても、動機という点で、まかり間違えば久保田は直ぐ容疑者の範疇に入れられる。そこで彼は考えた。最もいい方法は、美知子を自分にとっては重要な人、つまり美知子の死が彼にとって、ある意味で大打撃になる、と第三者に思い込ませることだ。こうすれば、久保田には美知子殺しの動機があるという風聞を消すことが出来る。自分が第一組合員の憎悪の的になっている事実を利用して、出来れば彼等が久保田を陥し入れるべく罠を仕掛けたと見られるような方法をうみ出した。出張は絶対の好機だった。彼は仙台で芳江を口説いて、結婚の約束をした。上京の手筈も整えた。そして列車から突き落として殺した。この方法は、柳田や原が指摘した通りだったと思います。そして彼は、柳田達の追及を待って、美知子と一緒にいたアリバイを主張する。美知子には土曜日会社を休むように前もって指示しておいたのでしょう。これで美知子は、久保田の運命を左右する、大切な証人に仕立てられたわけです。こうしておいて、美知子を殺せば、まず動機の点では安心だし、貴女のようにアリバイ奪取と受け取ってくれて、容疑が柳田や原の方へ的はずれに向かってくれれば儲けものでしょう。このような彼の目論見を、最初お話したように、貴女は主観的な偏見に基いて、疑心暗鬼、柳田と原の策謀として裏目裏目に受け取ってしまったのです」

「でも、鎌倉での美知子さん殺しに関して、久保田のアリバイは確実です。これはわたくしの偏見でなく、事実なんです」

真紀は最後の抵抗を試みるように、決然としてわたしを見上げた。

「柳田に対して、貴女が推理した、あの方法と同じでしょう」

「いいえ、柳田の場合はそれが出来ますけれど、久保田はそれより一台前の電車で来たのです。すると、北鎌倉まで行って引き返して来たという、あの手段は不可能になります。十一時三十分頃、美知子さんを殺して、十二時発の上り電車に乗ると、北鎌倉で十二時三分です。でも久保田は十一時四十一分鎌倉着の電車から降りて来ました。つまり、久保田は美知子さんの推定死亡時十一時三十分から十一分後に、下り電車の中から姿を現わしたのです」

「いや、もっと簡単な方法があるのです。貴女は確か、その電車は鎌倉駅で二分停車、久保田は降りる客のいちばん最後から姿を現わした、と言いましたね」

「はい」

「電車から降りてくること、イコール、電車に乗って来たこと、とは限らんでしょう。やはり貴女が言ったように、これは先入感の問題であって、久保田は実は、停っている電車に乗り降りしたのじゃないでしょうか？」

「一体どういう意味でしょうか？」

「美知子殺しを果して鎌倉駅へ駈けつける。間もなく十一時四十一分着の横須賀線がホームへ入ってくる。貴女が立っている地点よりも三輛ぐらい後のドアから電車の中へ入り、その三輛を通り抜けて、貴女の眼の前のドアから降りてくるのです。混雑にまぎれて、貴女の眼を避けながら迅速にやれば、成功すると思いますが」

真紀はうなだれた。胸から肩へかけて、絶望的な震えが、チリチリとブラウスをゆるがせていた。やがて、むせび泣くような吐息とともに、真紀は一言、唇の間からこぼした。

「証拠は……あるんでしょうか？」

「あります」

「どんな――」

と言いかけた時、一人の青年が近づいて来た。久保田であった。彼は無遠慮に真紀の隣に坐り込み、私の顔と真紀の横顔を交互に見た。

「貴方は男にしては細い指をしていらっしゃる」

わたしはテーブルの上に組まれた久保田の華奢な指を瞶《みつ》めて、ズバリと言った。

「ところで、指環を失くされたようですな」

久保田は愕然として手を引き込め、真紀がハッとしたように、その手を瞶めた。

「美知子殺しを強盗の犯行に見せかける為、貴方は洗濯中の美知子が襲われたように装った。だが洗濯物を突っ込んでいる際中に、嵌めて間もない指環の悲しさで、指から抜け落ちた。M・Kと刻印されてあるから被害者のもの、と思われているが、貴方が真紀さんと交したエンゲイジリングとしたらどうです。刻印は婚約相手の名前の頭文字でしょう。君塚真紀、即ちM・Kだ。君塚真紀と木下美知子、この名前の頭文字の一致——これこそ、本当の偶然でしょうな」

ふとわたしは、無愛想なウェイトレスの視線を感じて慌てて、ジョッキをもう一つ注文した。

編者解説

日下三蔵

笹沢左保は昭和を代表する流行作家のひとりである。テレビドラマ化もされた「木枯し紋次郎」シリーズで一世を風靡し、時代小説の著作も多いが、最初の著書は第五回江戸川乱歩賞の最終候補となった本格ミステリ『招かれざる客』（60年3月／講談社）であり、やはり推理作家と呼ぶべきだろう。

そもそも「木枯し紋次郎」シリーズも、時代小説のジャンルでは過去の遺物となっていた「股旅もの」にハードボイルドと本格ミステリの要素をミックスすることで、新鮮な魅力を吹き込んだものであった。複数の要素を柔軟に取り入れ、抜群のセンスでミックスしていくところに笹沢ミステリの特長があるのだが、これについては後述する。

二〇〇二年に亡くなるまで執筆を続け、オリジナルの著書だけで約三九〇冊に及ぶ作品を発表した。再刊本、文庫版、再編集本などを合わせれば、著書の総数は千冊を超えるはずである。

量産作家というと、書き飛ばした薄味の作品ばかり、というイメージがあるかも知れないが、笹沢左保に限っては、その法則は当てはまらない。もちろん全作品が歴史に残る傑作とまではいかないが、それに近い傑作、秀作、意欲作、実験作がゴロゴロしていて、とても毎年コンスタントに十冊近い著書を刊行していた作家とは思えないクオリティの高さなのだ。

とはいえ、さすがにこれだけ冊数があると、どの作品から読めばいいのか迷うのも事実。衆目の一致する代表作がない、という状態に近いが、笹沢左保の場合は、代表作たりうる傑作が多過ぎる、というべきか。

幸いなことに、長篇ミステリについては、二〇二一年十月にスタートした徳間文庫の文庫内復刊レーベル「トクマの特選！」において、「有栖川有栖選　必読！　Selection」と題して、笹沢作品が隔月ペースで続々と刊行されている。

カバーには「笹沢左保サスペンス１００連発」とも書かれていて、実際に百冊分の出版許諾を既に取得しているというから驚く。このペースでぜんぶ出すには十五年以上かかる計算の壮大なプロジェクトだが、これによって長篇ミステリの良いところは、あらかた読めるようになるだろう。

二〇二二年八月現在のラインナップは、以下の通り。

1　招かれざる客　60年3月　講談社
2　空白の起点　61年11月　光文社カッパ・ノベルス
3　突然の明日　63年11月　朝日新聞社
4　真夜中の詩人　72年8月　中央公論社
5　他殺岬　76年7月　光文社カッパ・ノベルス
6　求婚の密室　78年7月　光文社カッパ・ノベルス

今後、『結婚って何さ』『人喰い』『暗い傾斜』『盗作の風景』『悪魔の部屋』なども、順次、刊行されていくと思われる。なお、『霧に溶ける』『死人狩り』『取調室』などは、現在、祥伝社文庫で読むことができる。

しかし、全著作のうち百冊強を占める短篇集と連作短篇集は、まだまだ入手困難なものが多いのが現状である。全篇が会話だけで構成された異色のミステリ短篇集『どんでん返し』や、一つの事件に二つの推理が提示される贅沢な連作『セブン殺人事件』は二〇一〇年代に双葉文庫で復刊されたものの、早くも紙の本は品切れのようだ。

こうした状況を改善すべく、笹沢左保の初期短篇から八篇を選んで新たに編んだのが、本書『アリバイ奪取』なのである。まずは、収録作品の初出データを掲げておこう。

伝言　「宝石」58年12月増刊号（「闇の中の伝言」改題）
殺してやりたい　「別冊クイーンマガジン」4号（60年7月）
十五年は長すぎる　「宝石」61年2月号
お嫁にゆけない　「講談倶楽部」61年2月号
第三の被害者　「オール讀物」61年12月号
不安な証言　「オール讀物」62年2月号
鏡のない部屋　「小説新潮」63年2月号
アリバイ奪取　「別冊宝石」63年12月号

「お嫁にゆけない」は第一短篇集『お嫁にゆけない』（61年7月／浪速書房）、「伝言」「殺してやりたい」「十五年は長すぎる」は第二短篇集『十五年は長すぎる』（61年8月／桃源社）、「第三の被害者」は第四短篇集『第三の被害者』（62年6月／東都書房）、「不安な証言」は第五短篇集『不安な証言』（62年8月／東京文藝社）、「鏡のない部屋」は第六短篇集『鏡のない部屋』（63年3月／宝石社）、「アリバイ奪取」は第十三短篇集『アリバイ奪取』（64年5月／東方社）に、それぞれ収録された。

『**第三の被害者**』（東都書房、1962年）

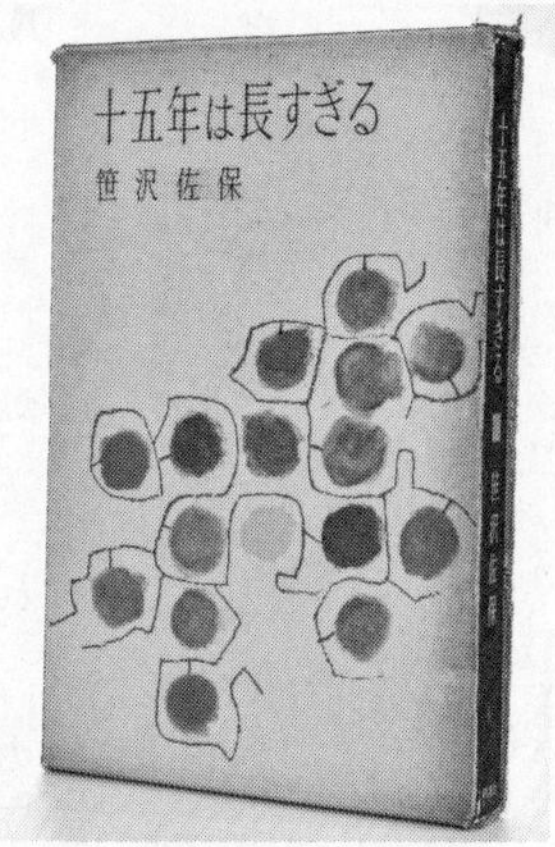

『**十五年は長すぎる**』（桃源社、1961年）。「笹沢佐保」名義

単行本デビューからまる四年で短篇集が十三冊も出ているのも凄いが、この『アリバイ奪取』は著書としては三十六冊目に当たり、コンスタントに年九冊のペースで本が出ていることが分かる。前述のとおり、笹沢左保はこのペースとクオリティを維持しながら四十年以上も第一線の流行作家であり続けた訳で、超人というしかない。

笹沢左保は一九三〇（昭和五）年、詩人・笹沢美明の三男として東京に生まれた。元々はシナリオライターを目指して芝居や映画の脚本を執筆していたが、郵政省簡易保険局に勤務していた五八（昭和三十三）年、郵政省の労働組合の機関紙「全逓新聞」の懸賞小説に投じたミステリ短篇「ある犠牲」が入選し、同紙に掲載される。機械のように扱われる現代の労働者の悲劇を描いた作品で、このテーマは初期の作品で繰り返し用いられることになる。

同年には、「週刊朝日」「宝石」共催の第一回短篇探偵小説懸賞、第五回読売短編小説賞、第十二回「宝石」短篇探偵小説懸賞にも作品を投稿して候補になっている。宝石社の探偵小説誌「宝石」の懸賞募集は、大量の生原稿を選考委員の間で回覧する手間を省く目的もあり、最終候補作を分厚い増刊号として刊行するのが慣例となっていた。笹沢作品も「闇の中の伝言」と「九人目の犠牲者」(それぞれ後に「伝言」「九人目」と改題)の二篇が、五八年十二月増刊号に掲載され、「闇の中の伝言」が佳作に入選している。

つまり「**伝言**」は著者の推理文壇への初登場作のひとつなのだ。探偵役を務める倉田警部補と岸田井刑事のコンビは、第一長篇『招かれざる客』と第二長篇『霧に溶ける』にも登場しており、著者のもっとも古いシリーズ・キャラクターと言えるだろう。

「**殺してやりたい**」は早川書房の翻訳ミステリ専門誌「エラリイ・クイーンズ・ミステリ・マガジン」の別冊に掲載された。「別冊クイーンマガジン」は日本作家の新作を中心にした季刊誌で、第四号は六〇年秋号に当たる。三月に講談社から『招かれざる客』、四月に東都書房から『霧に溶ける』を刊行して注目を集めた著者に、いち早く原稿を依頼しているのは慧眼であった。

「宝石」六二年六月号の特集「ある作家の周囲その13　笹沢左保篇」には青柳尚之のインタビュー「ロマンと社会性の本格派」が載っているが、「殺してやりたい」については、こんなコメントがある。

　ぼくの作品の中で、はじめて殺人のないミステリーでした。これは、ぼくの最近の傾向である、いわゆる〝宿命小説〟の最初の試みでもあります。

この「宿命小説」という造語は、青柳氏の「先生の作品は、人間の宿命ですか……そういうものを扱っているものが多いですね」という質問から生まれたもので、著者は、これにこう答えている。

　これは、ぼくの思想というと変ですが、ぼくの人生観が変らないかぎり宿命小説は書いていくつもりです。これは、ぼくの〈人間不信〉〈孤独〉といった思想から出ているものでしょうね。

『お嫁にゆけない』（浪速書房、1961年）。「笹沢佐保」名義

「十五年は長すぎる」は昭和のミステリ・ファンならば、タイトルを見ただけで殺人罪の時効を扱った作品と見当がつくだろう。本編でも、十五年間逃げ切った殺人犯に、あまりにも皮肉な結末が訪れることになる。なお、殺人の公訴時効は二〇〇四年に十五年から二十五年に延長され、さらに二〇一〇年に廃止されたため、現在、殺人罪に時効は存在しない。

青柳インタビューでは「これも宿命小説ですが、宿命・プラス・サスペンスを入れたところにちがいがあると思っています。好きな作品です」とコメントされていた。

「お嫁にゆけない」の掲載誌「講談倶楽部」は講談社の月刊小説誌。現在の「小説現代」の前身に当たる。ここに描かれている「処女でなければお嫁にいけない」という結婚観、貞操観は二〇二〇年代の現代から見ると、まさに隔世の感があるが、実際に六十年前の作品なのだから、当時はこうだったのか、と社会の変化に思いを馳せながら読んでいただきたい。

本書の収録作品では、この作品までは初期ペンネーム「笹沢佐保」名義で発表されている。六一年の半ばに表記を笹沢左保に変更。六一年九月の『影は見ていた』（浪速書房）までは佐保名義、十月の『泡の女』（東都書房／東都ミステリー）からは左保名義になっている。

「**第三の被害者**」と「**不安な証言**」は文藝春秋の月刊小説誌「オール讀物」に掲載。「第三の被害者」は著者の同誌初登場作品である。青柳インタビューでは「第三の被害者」について、「この題材は、シナリオに書こうとして十年間ぐらい前からあったためていたものです。それだけに、最も満足している作品です。ナゾ解きと強烈なサスペンスを結びつけて成功したものと思います」とのコメントがあった。

「**鏡のない部屋**」は新潮社の月刊小説誌「小説新潮」に掲載。この作品を表題とする宝石社の短篇集には、カバー表四に江戸川乱歩が推薦文を寄せている。

笹沢左保君の活動ぶりはまことに驚異である。ここに集録されている作品などは笹

『**鏡のない部屋**』（宝石社、1963年）。カバー表4に江戸川乱歩の推薦文が載る

沢君の実力を示すものであろう。「鏡のない部屋」は醜女の悲劇を扱った傑作だし、「クリスマス物語」にしても力がこもっていて、ゆるんだところがない。それにしても笹沢君の力量は、はかり知れないものがある。現在、推理作家中、最も多作をしているようだが、それでいて、駄作が見当らないから敬服のほかはない。

同書の「あとがき」は、わずか九行の短いものなので、ここで全文をご紹介しておこう。

この短篇集には、救いのない悲劇性をもった作品ばかりを集めてみた。『鏡のない部屋』では、女の容貌と愛情の悲劇を。『クリスマス物語』では、異常な環境に成長した少年の悲劇を。『通称プレイガール』では過去が消え去らない悲劇を。『距離・ゼロメートル』では、自責の念に捉われた人間の悲劇を。『曇り日の投影』では、弱者の悲劇を。と、それぞれ、ぼくたちが現実に直面しなければならない状況設定で、悲劇性を強調してみたのである。

推理小説という形態はとっていても、内容は悲劇小説とでもいうべきだろう。同時に、短篇小説というものが、いかに難かしいか痛感させられた作品集として、ぼくには愛着がある。

初の文庫化となる表題作「**アリバイ奪取**」は「別冊宝石」の宝石賞作家傑作集に掲載された百二十枚の中篇。「宝石」誌の短篇探偵小説懸賞は、笹沢左保が佳作に入選した翌年（六〇年）から宝石賞と銘打たれているが、名称は一定しないものの、四六年に山田風太郎、香山滋、島田一男らを輩出した第一回の探偵小説募集から継続的に行われている新人賞である。この号にも、日影丈吉、多岐川恭、藤村正太、竹村直伸ら、笹沢左保以前の受賞作家が数多く寄稿している。

『**アリバイ奪取**』（東方社、1964年）

笹沢左保はデビュー当初から「新本格」派を標榜していた。青柳インタビューでは、その意味するところを、こう説明している。

> 新本格というのは、今迄の本格がナゾ解き中心主義の小説だったのに対して、それにロマンを置いて、背景に社会性を加え、人間の設定にリアリティをもたせた本格推理小説のことです。この試みは、これからもずーとやって行くつもりです。

現在、新本格といえば、一九八〇代末に綾辻行人、有栖川有栖、法月綸太郎らが相次いで登場した際のキャッチフレーズを思い浮かべる人がほとんどだと思うが、笹沢左保はそれより三十年も早く、同じ用語を提唱していたのだ。

どんでん返しを多用したトリッキーな本格推理という基本線は守りつつ、ストーリーにロマンと社会性を盛り込み、サスペンスも忘れない。松本清張以後の日本ミステリ界で、こうした笹沢左保の作風がスタンダードとして支持されたのは、ある意味で当然であった。

実は実験精神旺盛な著者は、トリックを捨てて風俗小説に接近したり、ハードボイルドの手法を取り入れたりと、次々に新たなスタイルを開拓していくのだが、そうした傾向の中・短篇については、また別に傑作選を編む機会を得たいと考えているので、本書では対象外とした。

とりあえず、最初期の作品を対象とした本書は、笹沢左保入門に最適の一冊になっているはずである。才気あふれる新鋭作家が、一作ごとに趣向を凝らして書いた本格ミステリの数々を、たっぷりと楽しんでいただきたいと思う。

底本一覧

伝言　『十五年は長すぎる』一九六一年八月　桃源社
殺してやりたい　同右
十五年は長すぎる　同右
お嫁にゆけない　『お嫁にゆけない』一九六一年七月　浪速書房
第三の被害者　『第三の被害者』一九六二年六月　東都書房
不安な証言　『不安な証言』一九六二年八月　東京文藝社
鏡のない部屋　『鏡のない部屋』一九六三年三月　宝石社
アリバイ奪取　『アリバイ奪取』一九六四年五月　東方社

本書は文庫オリジナルです。

本文中に、今日の人権意識に照らして不適切な語句や表現が見られますが、執筆当時の社会的・時代的背景と作品の文化的価値、著者が故人であることを考慮して、そのままとしました。

中公文庫

アリバイ奪取《だっしゅ》
——笹沢左保《ささざわさほ》ミステリ短篇選《たんぺんせん》

2022年9月25日　初版発行

著　者　笹《ささ》沢《ざわ》左《さ》保《ほ》

編　者　日《くさ》下《か》三《さん》蔵《ぞう》

発行者　安部順一

発行所　中央公論新社
〒100-8152　東京都千代田区大手町1-7-1
電話　販売 03-5299-1730　編集 03-5299-1890
URL https://www.chuko.co.jp/

ＤＴＰ　ハンズ・ミケ
印　刷　三晃印刷
製　本　小泉製本

Published by CHUOKORON-SHINSHA, INC.
Printed in Japan　ISBN978-4-12-207258-9 C1193

中公文庫既刊より

各書目の下段の数字はISBNコードです。978-4-12が省略してあります。

あ-94-1
狂った機関車　鮎川哲也の選んだベスト鉄道ミステリ
鮎川哲也 選　日下三蔵 編
戦前の本格推理から、知られざる作家の佳品まで、鉄道を舞台にしたミステリのアンソロジー。短・中篇の読みやすさ、懐かしさと新鮮さが共存した全七作。
207027-1

そ-3-14
ビショップ氏殺人事件　曽野綾子ミステリ傑作選
曽野綾子　日下三蔵 編
ミステリ分野でも手腕を発揮した作家・曽野綾子の真価。江戸川乱歩に称賛された表題作をはじめ、サスペンスと心理描写に優れた異色作六篇をセレクトする。
207155-1

あ-96-1
昭和の名短篇
荒川洋治 編
現代詩作家・荒川洋治が昭和・戦後期の名篇を厳選。志賀直哉、高見順から色川武大まで全十四篇を収録した戦後文学アンソロジーの決定版。文庫オリジナル。
207133-9

い-2-7
浪漫疾風録
生島治郎
『ＥＱＭＭ』編集長を経てハードボイルド作家になった著者の自伝的実名小説。一九五六〜六四年の疾風怒濤の編集者時代と戦後ミステリの草創期を活写する。
206878-0

い-2-8
星になれるか
生島治郎
直木賞受賞、睡眠薬中毒、そして再起へ。一九六四〜七八年の綺羅星の如き作家たちの活躍を描く戦後ミステリ裏面史。『浪漫疾風録』完結編。〈解説〉郷原 宏
206891-9

い-35-20
十二人の手紙
井上ひさし
転落した修道女の身も心もボロボロの手紙や家出少女の手紙など、手紙だけが物語る笑いと哀しみがいっぱいの迫真の人生ドラマ。新装改版。〈解説〉扇田昭彦
205103-4

い-35-25
四捨五入殺人事件
井上ひさし
大雨で孤立状態となった山間の温泉宿。そこに足止めされた二人の作家の前で、密室殺人が起こる。演劇的仕掛けに富んだミステリーの逸品。〈解説〉松田哲夫
206905-3

い-35-26
犯罪調書 井上ひさし
犯罪はその時代の意匠である。古今東西の犯罪から、著者が興味を引かれた二十件を選び、鋭い人間観察と心理描写で、その暗部・背景を洞察。〈解説〉吉岡　忍
206932-9

い-35-27
さそりたち 井上ひさし
狙った獲物は逃がさない！　外資系事務用機械販売会社のセールスチーム四人組。「さそり」の異名をとる彼らの破天荒な奮闘を描く連作長篇。〈解説〉池上冬樹
207084-4

う-10-35
イーハトーブの幽霊 新装版 内田康夫
宮沢賢治が理想郷の意味を込めて「イーハトーブ」と名付けた岩手県花巻で、連続殺人が。被害者は死の直前「幽霊を見た」と……。〈解説〉新名　新
206669-4

う-10-36
萩殺人事件 内田康夫
お見合いのため山口県を訪れた浅見光彦の親友・松田将明が、浅見と共に連続殺人事件の闇に挑む！『汚れちまった道』と対をなす異色長篇。〈解説〉山前　譲
206812-4

ち-8-8
事件の予兆 文芸ミステリ短篇集 中央公論新社編
大岡昇平、小沼丹から野坂昭如、田中小実昌まで。非ミステリ作家による知られざる上質なミステリ十編を一冊にした異色のアンソロジー。〈解説〉堀江敏幸
206923-7

ち-8-11
開化の殺人 大正文豪ミステリ事始 中央公論新社編
佐藤、芥川、里見に久米。乱歩が耽読した幻のミステリ特集が、一〇四年の時を超えて甦る！「犯罪と怪奇への情熱」に彩られた全九篇。〈解説〉北村　薫
207191-9

な-78-1
中央線小説傑作選 南陀楼綾繁編
井伏、太宰をはじめ多くの文士が居を構えた「中央線」沿線。私小説からミステリまで、鉄道が織りなす時間と風景を味わう傑作アンソロジー。文庫オリジナル。
207193-3

に-7-66
パリ・東京殺人ルート 新装版 西村京太郎
パリで殺害された日本人が内偵中の容疑者と判明し十津川警部は現地へ。だが謎の犯罪組織の罠に警部は窮地に。パリ警視庁のメグレ警部も捜査に協力するが。
206927-5

各書目の下段の数字はISBNコードです。978－4－12が省略してあります。

に-7-67
西から来た死体 錦川鉄道殺人事件　西村京太郎
広島発のぞみの車内で女性が毒殺された。彼女は二五年前に引退した女優で、岩国と日原を結ぶ「岩日北線」の全線開通を夢見て資金集めに奔走していたが……。
206992-3

に-7-68
五能線の女　西村京太郎
私立探偵・橋本は仕事の成功を祝い鉄道旅行を楽しんでいたが、千畳敷殺人事件の容疑者として拘束される！　複雑に仕組まれた罠に十津川警部が挑む。
207031-8

に-7-69
南九州殺人迷路 新装版　西村京太郎
桜島行のフェリー内で、西郷隆盛を尊敬する代議士の若手秘書が刺殺された。容疑は西本刑事の見合い相手に。恐るべき陰謀の正体に十津川警部が挑む！
207069-1

に-7-70
越後湯沢殺人事件 新装版　西村京太郎
名作「雪国」の街に林立するリゾート・マンションの一室で美貌の芸妓が殺害された。容疑者のアリバイと強大な権力の壁に、十津川警部が挑む！
207098-1

に-7-71
えちごトキめき鉄道殺人事件　西村京太郎
〈えちごトキめき鉄道・日本海ひすいライン〉の泊駅で起きた毒殺事件。被害者は、五年前の副総理暗殺事件の担当刑事で、退職してまで犯人を追っていた。
207142-1

に-7-72
松山・道後 十七文字の殺人　西村京太郎
「二人が死ぬ」「怨念」「血の匂い」。四国松山市の俳句ポストに投稿された不気味な句。投稿者の殺意を感じた十津川だが未曽有の殺人劇が開幕してしまう。
207183-4

に-7-73
京都感情案内（上） 新装版　西村京太郎
人間修業をしてこいと父親から1億円を渡され京都へ来た青年は、芸妓や弁護士、骨董の目利きらと知り合うが、都をどりのさなか彼の目前で殺人事件が！
207209-1

に-7-74
京都感情案内（下） 新装版　西村京太郎
都をどりに端を発した連続殺人事件。京都府警の捜査は難航する一方、密命を帯び身分を偽り連日お茶屋に通う十津川警部もまた、京文化の闇に翻弄される。
207210-7

に-20-1
粘土の犬 仁木悦子傑作短篇集
仁木 悦子
江戸川乱歩に見いだされ、「日本のクリスティー」と絶賛された仁木悦子。「かあちゃんは犯人じゃない」はじめ初期傑作短篇群がここに甦る。
206476-8

の-2-4
野口冨士男犯罪小説集 風のない日々／少女
野口冨士男
二・二六事件前夜、平凡な銀行員が小さな行き違いの果てに一線を踏み越えるまで。日常のリアルな描写の積み重ねがサスペンスを生む傑作。〈解説〉川本三郎
207128-5

の-17-1
野呂邦暢ミステリ集成
野呂 邦暢
「失踪者」「もうひとつの絵」「剃刀」など中短篇八編とエッセイを併せて年代順に収録。推理小説好きを自認した芥川賞作家のミステリ集。〈解説〉堀江敏幸
206979-4

ひ-1-2
女の家
日影 丈吉
妾宅の女主人の死は事故か自殺か、それとも他殺か。女と男の語りが明かす意想外の真相とは。澁澤龍彦、種村季弘に愛された著者の代表作。〈解説〉堀江敏幸
206937-4

ひ-1-3
応家の人々
日影 丈吉
昭和十四年、日本統治下の台湾、名家の美女の周辺で不審死が相次ぐ。内地の中尉が台南の町々をめぐり事件の謎を追う妖しい長篇ミステリ。〈解説〉松浦寿輝
207032-5

ま-12-6
突 風
松本 清張
貞淑な人妻の胸を吹き抜けた突風。日常性の中にひそむ陥穽――。小説技巧と人間洞察の深さが生む著者の思い出深い初期短篇傑作集。〈解説〉三好行雄
200079-7

ま-12-11
ミステリーの系譜
松本 清張
一夜のうちに大量殺人を犯す「闇に駆ける猟銃」、継子の娘を殺し連れ子と「肉鍋を食う女」など、人間の異常に挑む、恐怖の物語集。〈解説〉権田萬治
200162-6

ま-12-24
実感的人生論
松本 清張
不断の向上心、強靭な精神力で自らを動かし、つねに新たな分野へと向かって行った清張の生き方の根底にあったものは何か。自身の人生を振り返るエッセイ集。
204449-4

各書目の下段の数字はISBNコードです。978－4－12が省略してあります。

ま-12-25
黒い手帖
松本清張
戦後最大の大衆作家が、馴染み深い作品を例に取りながら「推理小説の発想」を語り、創作ノートを公開する。推理小説の舞台裏を明かす「推理随筆集」！〈解説〉権田萬治
204517-0

ま-12-29
古代史疑 増補新版
松本清張
邪馬台国をめぐる論争点を詳述し、独創的推理によって大胆な仮説を提示した清張古代史の記念碑的著作。当時随一の研究者との貴重なシンポジウムを初収録。
206364-8

や-15-17
殺意のまつり 山村美紗傑作短篇集
山村美紗
どんでん返しの連続に巧緻なトリック。名短篇「殺意のまつり」はじめ、「ミステリの女王」の片鱗を見せつけた初期傑作が一堂に！〈解説〉千街晶之
206620-5

や-15-18
在原業平殺人事件 新装版
山村美紗
西村京太郎
平安文学の研究者が、次々と毒殺される……。山村美紗の遺作を西村京太郎が書き継いだ、ミステリー界二大巨頭による伝説の合作。〈解説〉山前 譲
207238-1

チ-3-3
狩場の悲劇
チェーホフ
原卓也訳
殺人事件をめぐる小説原稿に隠された秘密と、読み終えてなお解け残る謎。近代ロシア文学を代表する作家が残した恐るべき大トリック。〈解説〉佐々木敦
207224-4

ホ-3-2
ポー名作集
E・A・ポー
丸谷才一訳
理性と夢幻、不安と狂気が綾なす美の世界——短篇の名手ポーの代表的傑作「モルグ街の殺人」「黄金虫」「黒猫」「アシャー館の崩壊」全八篇を格調高い丸谷訳でおさめる。
205347-2

ホ-3-3
ポー傑作集 江戸川乱歩名義訳
E・A・ポー
渡辺温
渡辺啓助訳
全集から削除された幻のベストセラー、渡辺兄弟のゴシック風名訳が堂々の復刊。温《おん》について綴った江戸川乱歩と谷崎潤一郎の文章も収載。〈解説〉浜田雄介
206784-4

ホ-3-4
赤い死の舞踏会 付・覚書（マルジナリア）
E・A・ポー
吉田健一訳
疫病に戦慄する人々を描いた表題作のほか処女作「メッツェンガアシュタイン」など短篇小説十篇と、蔵書の行間に書き込んだ思考の断片「覚書」を収録。
207061-5